宁夏诗歌学会丛书

宁夏诗歌选

杨梓 主编

(2013—2018)

黄河出版传媒集团
阳光出版社

图书在版编目(CIP)数据

宁夏诗歌选:2013—2018/杨梓主编.——银川:
阳光出版社,2018.11
 ISBN 978-7-5525-4676-7

Ⅰ.①宁… Ⅱ.①杨… Ⅲ.①诗集-中国-当代
Ⅳ.①I227

中国版本图书馆 CIP 数据核字(2018)第 274084 号

## 宁夏诗歌选(2013—2018)

杨梓　主编

责任编辑　靳红慧　王佐红
封面设计　黄河梦
责任印制　岳建宁

| 地　　址 | 宁夏银川市北京东路 139 号出版大厦(750001) |
| --- | --- |
| 网　　址 | http://www.ygchbs.com |
| 网上书店 | http://shop129132959.taobao.com |
| 电子信箱 | yangguangchubanshe@163.com |
| 邮购电话 | 0951-5014139 |
| 经　　销 | 全国新华书店 |
| 印刷装订 | 宁夏精捷彩色印务有限公司 |
| 印刷委托书号 | (宁)0011917 |

| 开　　本 | 787 mm×1092 mm　1/16 |
| --- | --- |
| 印　　张 | 27 |
| 字　　数 | 500 千字 |
| 版　　次 | 2018 年 12 月第 1 版 |
| 印　　次 | 2018 年 12 月第 1 次印刷 |
| 书　　号 | ISBN 978-7-5525-4676-7 |
| 定　　价 | 60.00 元 |

**版权所有　侵权必究**

# 目 录

**卷一 古体诗词**

003　沙俊清　诗十首
005　崔永庆　鸣翠湖十咏
007　刘剑虹　甲午年贺岁(外八首)
009　黄正元　沙漠姑娘——花棒(外六首)
011　杨森翔　诗词九首
013　项宗西　诗词十五首
016　高凤林　诗词八首
018　闫云霞　冶炼工人(外八首)
020　张　嵩　诗十一首
023　马　犟　诗词八首
025　岑国义　诗七首
027　杜学华　诗词八首
029　丛培有　诗词七首

**卷二 现代诗**

033　骆　英　塔肯纳的鲸骨(外八首)
039　柳　风　跑不出梦乡(外十二首)
045　邱新荣　番汉合时掌中宝(外二首)
049　导　夫　现在(外五首)
054　虎西山　守夜(外十首)
059　李建华　手电筒(外四首)
063　杨森君　西域的忧伤(外七首)
069　梦　也　那一夜(外七首)

| | | |
|---|---|---|
| 075 | 洪　立 | 风中的骆驼(外六首) |
| 079 | 米雍衷 | 落叶的思想(外六首) |
| 083 | 张　铎 | 我和父亲(外八首) |
| 086 | 杨　梓 | 天现鹿羊(外十首) |
| 092 | 周彦虎 | 生活的折页(四首) |
| 096 | 冯　雄 | 公园(外八首) |
| 102 | 潘春生 | 在兵沟,我把自己当成统帅(外四首) |
| 106 | 王武军 | 某个时刻(外九首) |
| 109 | 阿　康 | 片段或残章(组诗五首) |
| 112 | 王怀凌 | 听马尔撒唱花儿(外八首) |
| 118 | 陈晓燕 | 在水一方(外五首) |
| 122 | 张　联 | 这一定是个春季(外四首) |
| 126 | 李壮萍 | 种植(外七首) |
| 131 | 唐　晴 | 囚徒(外八首) |
| 136 | 雪　舟 | 孤独(外十一首) |
| 142 | 单永珍 | 南迦巴瓦:仰望星空(外七首) |
| 148 | 石舒清 | 守门人(外八首) |
| 152 | 羽　萱 | 立夏(外六首) |
| 157 | 李耀斌 | 珍珠蝉(外三首) |
| 161 | 岳昌鸿 | 青花瓷(外四首) |
| 164 | 郭　静 | 时间的暗伤(组诗八首) |
| 169 | 马永珍 | 马老六的难肠(组诗十一首) |
| 174 | 瓦楞草 | 明孝陵(外八首) |
| 179 | 刘学军 | 想象大雪来到(外七首) |
| 183 | 安　奇 | 夜色泾源(外十三首) |
| 188 | 木　耳 | 牛营村(外七首) |
| 192 | 阿　尔 | 在沙沟遇雪(外三首) |
| 196 | 孙志强 | 大雨过后(外六首) |
| 199 | 杨建虎 | 从六盘山到贺兰山(外六首) |
| 204 | 杨春礼 | 果树下的母亲(外十首) |

| | | |
|---|---|---|
| 209 | 吴　玲 | 我与长夜(外五首) |
| 212 | 刘乐牛 | 雪落大地(外八首) |
| 217 | 保剑君 | 一匹马(外七首) |
| 221 | 胡　琴 | 梦境之一(外八首) |
| 226 | 常　越 | 春寒料峭(外七首) |
| 231 | 张家传 | 马头琴(外四首) |
| 235 | 杨贵峰 | 冬雪夜行(外六首) |
| 239 | 孙立萍 | 思念(外三首) |
| 241 | 马占祥 | 小情节(外十六首) |
| 247 | 马玉明 | 黄沙古渡(外五首) |
| 251 | 马万俊 | 即将走远春天(组诗五首) |
| 254 | 马晓麟 | 杨庄子(外六首) |
| 257 | 李　伟 | 匆忙的脚步(外四首) |
| 260 | 赵爱东 | 抵达村庄的闪电(外四首) |
| 264 | 马晓燕 | 花的心事(外五首) |
| 268 | 西　野 | 鱼(外九首) |
| 273 | 泾　河 | 母亲的水窖(外三首) |
| 278 | 徐忠杰 | 高山流水(外四首) |
| 282 | 张富宝 | 黑暗的雷达如此精致 |
| 286 | 海　默 | 颗粒(外六首) |
| 289 | 李向菊 | 渴望一场雪花(外七首) |
| 293 | 李俊英 | 残荷(外七首) |
| 297 | 锁桂英 | 窑山顶上的那棵树(外四首) |
| 300 | 林一木 | 一切都在变好(外七首) |
| 305 | 查文瑾 | 写给自己的反调(外十首) |
| 310 | 马君成 | 安静下来(外六首) |
| 314 | 周瑞霞 | 母亲(外九首) |
| 318 | 朱　敏 | 等待(外七首) |
| 322 | 马　杰 | 九月即景(外八首) |
| 326 | 刘　岳 | 剧情(外九首) |

331　王西平　消失的原形(外六首)

336　张虎强　宁夏镜像(组诗七首)

340　屈子信　城市之鸟(组诗六首)

343　马晓雁　干花(外六首)

347　郭　玛　我心上的树叶儿落了(外四首)

351　李兴民　郊外(外五首)

355　王佐红　难以再回到黑夜(组诗五首)

358　杨　燕　晨光中的土地(外五首)

361　秦志龙　节日(外五首)

365　王学军　初逢雪(外五首)

368　许　艺　春日里(外五首)

371　马生智　去旅行(外七首)

375　丁壬甲　戈壁滩上(外四首)

378　星　洋　田野的雪(外四首)

381　田　鑫　把黑夜掏个洞(外六首)

384　马泽平　大寒(外十一首)

390　禾　西　十四行诗(六首)

394　苏娟娟　未名湖：杂乱的行章(外七首)

398　刘　京　树的眼睛(外十首)

403　马骥文　无花果(外五首)

408　陈　斌　正午,像迷失了方向(外八首)

413　赤心木　成长的样子(七首)

417　石杰林　当我老了(外六首)

421　杨阿龙　印象(外五首)

424　卢三鑫　贺兰山阙(五首)

427　杨　梓　编后：五年一斑

卷一　古体诗词

# 沙俊清

## 诗十首

**喜雪**

银满山中玉满塘,梅花遥伴稻花香。
漫天飘得鹅毛落,一片花飞一粒粮。

**喜春**

黄莺唱曲唤新苗,紫燕衔泥补旧巢。
雪化冰消园草绿,小松当比去年高。

**小园之春**

春来塞上未为迟,红绽桃花绿映池。
贪看满园春色好,鹊登杨柳最高枝。
[以上选自《朔方》2014 年第 8 期]

**神往**

神往台湾阿里山,我从西北向东南。
心连宝岛同怀抱,星海湖连日月潭。

**拍照**

步履匆匆奔远峰,绿杨烟外有红亭。
为拍山上新风景,只拣游人少处行。

## 台湾山村

海上涛声岭外霞，槟榔树里有人家。
鸡鸣犬吠儿孙乐，一盏乌龙雨后茶。

## 阿里山三代树

雷劈古木又重生，二代遭劫三代青。
生命顽强堪敬仰，千秋不改恋山情。
［以上选自《朔方》2015 年第 2 期］

## 玉皇高阁

高阁凌空立朔方，几番炎热几番凉。
朝迎旭日黄河近，暮送夕阳贺岭长。
佛道兴衰关世运，古今歌咏入诗章。
匠心巧筑三皇殿，感慨登临忆岳阳。

## 田州塔影

一柱巍巍傲地天，田州古塔立何年？
仰观红日星辰近，俯瞰青云稻麦鲜。
黄水涛声凝耳畔，兰山翠色画村前。
宋耶夏也烟云散，塔影还同日影圆。
［以上选自《朔方》2016 年第 5 期］

## 有感

岁月匆匆几十春，水流云散影无痕。
平时多少寻常事，一旦离别又上心。
［以上选自《朔方》2017 年第 11 期］

沙俊清（1937—），辽宁北宁人。曾任石嘴山市计委副主任。创作楹联两千多副，近年来创作古体诗词，发表于《朔方》等。出版《青山集》《青山集续》。中国楹联学会名誉理事，宁夏楹联学会名誉会长。

# 崔永庆

## 鸣翠湖十咏

### 百鸟鸣翠

千顷苇波春水柔,万株杨柳舞轻鸥。
长天雁阵排云过,百鸟争鸣戏舫舟。

### 碧水浮莲

半湖莲叶接天碧,入夏芳华展玉姿。
雅染寒风香透月,莺飞鱼跃尽痴迷。

### 绿帐问茶

青纱绿帐亭天成,碧螺春茶韵味浓。
似饮连城清澈水,微波潋滟品升平。

### 迷宫寻鹭

迷蒙水径绕荻丛,游客仿佛梦幻中。
白鹭声声鸣耳畔,千寻万觅了无踪。

### 芦花追日

日影西斜秋气高,芦花遍野任风飘。
纵然不似春枝媚,雪絮如梅别样娇。

## 青纱漏月

小艇飘悠苇巷深,月光似水水如银。
一轮明月水中走,丝缕穿纱照客身。

## 东堤夕照

风吹柳苇曳斜晖,霞落东堤染翠微。
隐现几只游艇弋,掠水剪云鹭鸥飞。

## 车水排云

排云车水记晨昏,岁月悠悠转古今。
好景君须当史看,流光溢彩更惜春。

## 白沙落雁

荒草萋萋曾漫涯,花明柳暗笼白沙。
桑田沧海鸟先识,秋去春来雁做家。

## 千步廊桥

柳烟笼水映楼台,芳草杂花次第开。
千步廊桥千万景,踏荷问苇人蓬莱。

[以上选自《蝉鸣集》,宁夏人民出版社,2016年]

崔永庆(1940—),宁夏中卫人。作品入选《中华诗词家名典》《中国西部开发诗词大典》《中华当代边塞诗词精选》《吟苑英华》等。出版《绿野春秋》《秋悦平畴》《流苏集》《雪泥集》《蝉鸣集》。中华诗词学会会员,宁夏作家协会会员,宁夏诗词学会顾问。

## 刘剑虹

### 甲午年贺岁（外八首）

海角百花红，天涯草绿茵。
春来甜一梦，万马正飞奔。

### 思念

寒天雁不归，独自倚窗扉。
寂寞无人问，相怜知是谁。

### 葡萄

贺兰山脚绿廊长，串串葡萄叶下藏。
果肉甘甜争入口，醇醪一醉忘归乡。
［以上选自《朔方》2014 年第 8 期］

### 同学会

两鬓如霜身已驼，慈心善意未消磨。
常怀年少同窗谊，薄酒三杯祝福多。

### 清幽

花似铜铃垂下头，叶如蒲扇出春秋。
清幽不畏攀爬苦，牢记良知不敢丢。

### 秋菊

不畏秋风不畏凉，争红斗紫绽金黄。

缘何独步群芳后？为献霜天一缕香。

**题王永强先生画作《春晖》**

国色天香富贵随，丹心一片报春晖。
蜂来蝶往因甜蜜，留影娥眉去又回。

**塞上马兰**

叶长身细冒兰花，不怕风吹不怕沙。
染绿描春随处翠，荒郊瘠壤是其家。

**枸杞红了**

垂垂枝叶绿阴浓，上缀珍珠枸杞红。
入药煲汤餐饮后，舒肝明目血随通。

[以上选自《半山云木半山虹》，宁夏人民出版社，2016年]

　　刘剑虹（1941—），宁夏中宁人，祖籍陕西合阳。曾任宁夏诗词学会副会长，出版诗词集《剑如虹》《塞苑流韵》。

# 黄正元

## 沙漠姑娘——花棒(外六首)

一生只爱治沙人，嫁在沙坡永伴君。
紫蕊浓香秋烂漫，金风万里颂忠贞。

## 咏燕子·荷花 1999 年

燕子衔荷向北京，百年回使扑娘城。
锦山秀水迷双目，皓月青云借好风。
荷植昆湖芬禹甸，旗还妈阁耀莲峰。
江山一统盈佳气，同梦今圆意展鹏。
(注：澳门回归吉祥物定为燕子衔荷图案。)

## 宁园世纪钟

滚钟闲卧数千年，世纪飞来落市园。
夜半犹闻金韵响，清晨更觉玉声喧。
雄风浩荡催征急，大象峥嵘引凤还。
一自零时敲击后，遍看潮涌海天宽。

## 三北防护林工程

蜿蜒绿蟒伏三疆，势掩昆仑气自扬。
御敌长城功盖古，防风铁壁益无双。
天山沙漠出棉海，黑水荒原化谷仓。
最是胡笳悲奏地，豺狼不见见康庄。

### 清平乐·题马达先生赠画《马兰花》

空晴云碧,遍野冠青紫。蓬勃清纯高品格,永伴农家兄弟。
城郊今已难期,依然梦里仙姿。匠手丹青赠我,无华无欲相知。

### 水调歌头·登太白山

蜀道久惊叹,今上九重山。飞车峡谷迂折,其险扣心弦。更跨空中缆索,冉冉层林漫步,缓缓到峰巅。往昔凋颜路,今日等闲观。
拾级上,勇登攀,达天圆。三千海拔,令我喘喘汗盈衫。花甲精神原可,且有贤妻相励,真个老来癫。李白若能遇,当与尽杯欢。

### 游万义生态园

久慕生态园,园中多牡丹。号称五千亩,更兼花色全。
诗友相邀约,初夏同往前。到园未入进,浓香沁鼻咽。
入园更惊喜,放眼红无边。婷婷绿间伫,绰绰纷争妍。
高者过人身,低者方达肩。蕾绽秋波目,蕊张西子颜。
姹紫晨曦霞,洁白观音坛。层层映祥瑞,郁郁招蜂馋。
诗人兴且醉,朵朵静心观。依花举数码,憨笑留瞬间。
间或亭中歇,谈诗论文篇。忽忆宋秋翁,护花感花仙。
教服百花英,正果先于传。吾今逢盛世,人人皆侠肝。
愿做护花使,永葆生态延。岂谋取正果,但得年年欢。

[以上选自《七彩年轮》,宁夏人民出版社,2016年]

　　黄正元(1944—),宁夏银川人。作品发表于《中会诗词》《诗刊》《诗友》《朔方》《黄河文学》等。出版诗词论文集《七彩年轮》。宁夏诗词学会顾问。

# 杨森翔

## 诗词九首

### 悼张贤亮公

秋风凄切望苍穹,噩耗传来泪润瞳。
莫怪贺兰山带雨,且听黄河水吞声。
宏文三百魂永在,大树一棵誉长存。
白鹤倦飞今日去,神州又见唱大风。

[选自《朔方》2014年第11期]

### 贺兰山人面峰

曾补西天一柱擎,蟠根横塞压长城。
而今又作睡佛样,卧看牵牛织女星。

### 太行山

太行壁立似天尊,是我中华伟岸身。
万壑千岩真铁骨,十流九派亦精魂。

### 鹧鸪天·忆同窗

豆蔻无知负景光,轻风转眼拂寒塘。柔情纵使都还在,两鬓浑然已肃霜。
秋风起,忆同窗,斑斑陈迹枕黄粱。梨花满树都了谢,枫叶山山伴晚阳。

[以上选自《夏风》2015年第4期]

### 阮郎归·青海湖

碧波万里映蓝天,鹭鸥姿态闲。黄花伏草酒阑珊,牧歌醉梦间。
长风起,雪浪翻,苍鹰云上旋。荒原不见旧狼烟,残星赛月圆。

## 中国龙

啸傲纵横近万年，腾飞斗转势冲天。
今为华夏圆宏梦，天下兴亡担一肩。

## 鹧鸪天·井冈山

圣地豪情气贯山，千冈无复旧时颜。碑前楼后经行处，清泪灯辉入笔端。
访胜迹，感尘寰，丹心碧血梦中看。征程未已迢遥路，吾辈还须奋力攀！
[以上选自《夏风》2016年第3期]

## 阮郎归·端午怀屈原

三闾一去日昏沉，烟云痛古今。龙舟竞渡楚江深，中流洗恨心。
殷鉴在，史书存，时移事愈真。《离骚》常读辨浊浑，再听渔父吟。

## 鹧鸪天·京华同学聚会

纷纭往事尽如烟，萍踪一去若许年。云深塞上秋已老，京地相逢月又圆。
喜相见，暮春天，韶华追梦又回还。华灯十里通宵照，塞北江南一线牵。
[以上选自《朔方》2016年第11期]

　　杨森翔（1945—），宁夏灵武人。曾任吴忠市人大副主任等，高级编辑、编审。出版诗集《韵语编年》《荒原的呼唤》《城市记忆》《思与在》等，编有《历代诗词咏吴忠》等十几部作品。文学作品和新闻作品多次获奖。中国作家协会会员，中华诗词学会会员，宁夏诗词学会顾问，宁夏书法家协会会员，宁夏文史研究馆馆员。

## 项宗西

## 诗词十五首

### 玉兔登月

煌煌金箭九霄驰,漫步虹湾炫靓姿。
亿兆举头望明月,五星辉耀梦圆时。

### 长春初雪

寒凝长白雾笼纱,玉砌银妆十万家。
琼树淞枝漫天雪,春城无处不飞花。

### 古都洛阳

白马祖庭参释迦,龙门帝阙忆京华。
春风不负洛神约,国色倾城艳若霞。

### 泉城济南

荷风拂柳漾明湖,趵突奔泉万斛珠。
岱岳登临俯齐鲁,长河挹翠入云图。

### 水仙

拥翠簇金岁尽时,冰肌玉骨沁芳枝。
凌波照影亭亭立,独压群芳淡雅姿。

## 芍药

牡丹谢后绽芳容,艳丽天生质本同。
应属含情常带泪,非争国色妒春风。
(注:牡丹、芍药在植物分类中同属芍药科。)

## 樱花

胭脂点染柳烟轻,满目缤纷舞落英。
不为春迟怨青帝,梅涧自有百重樱。

## 杏花

梦回江南雨阑珊,几树红云隐画船。
深巷杏花灯影里,天涯游子抱醉眠。

## 水调歌头·登岳阳楼

行别长沙雨,晴上岳阳楼。枫红层岭初染,鹤影蓦芦洲。华发骋怀送目,浩渺烟波万顷。一洗古今愁,尽览巴陵胜,无限洞庭秋。
楚天阔,君山碧,大江流。范公千载无恙,相见话沉浮。五秩沧桑塞北,冰雪风霜肝胆,未敢忘乐忧。夕照斜晖里,楼记诵从头。
(注:范公,即范仲淹。楼记:即《岳阳楼记》。)

## 西江月·唯楚有才于斯为盛

屈子襟怀云梦,嗣同肝胆昆仑。韶峰红日曜乾坤,奋起神州尧舜。
湘水衡云学脉,潇风楚韵诗魂。千年岳麓问经纶,斯盛昌隆国运。
[以上选自《朔方》2014 年第 3 期]

## 雨中遐思

翻墨跳珠势卷洪,水天一色浪排空。
西湖借我三巡雨,塞上赢来一岁丰。

## 海口万绿园

天青海碧蕙风薰,弦管轻歌漫入云。
万绿丛中踏春去,椰城无处不缤纷。
[以上选自《朔方》2015年第1期]

## 雨中钱王祠

祠外清波濯落红,钱王御雨亦从容。
功高岂止安吴越,巨擘名臣百代忠。

## 塞上瑞雪

莫道朔方梅信迟,银龙舞雪展春姿。
倾城玉树琼花放,先夺东风第一枝。

## 塞上重逢

少小结同窗,漂泊各一方。
难能西北旅,相见鬓飞霜。
归雁长河歇,疏林大漠黄。
韶华虽易逝,秋色胜春光。
[以上选自《中华辞赋》2015年第11期]

项宗西(1947—),笔名宗西,浙江乐清人。曾任宁夏第九届政协主席,现任全国政协经济委员会副主任。作品发表于《人民日报》《中华诗词》《中华辞赋》《诗刊》等。出版诗词和散文集《春色秋光》《春晖秋月》《霁月清风集》和《疏影清浅集》等。中国作家协会会员,中华诗词学会顾问,宁夏诗词学会总名誉会长。

# 高凤林

## 诗词八首

### 秋登贺兰山

凌云依日贺兰巅,远树平畴在眼前。
西北峰叠山隐寺,东南浪滚水接天。
蒙眬荒冢铭元昊,摇曳残垣忆赫连。
御风神骋流逝曲,岚烟霞色葡萄鲜。

### 黄河楼夜游

塞上黄河百尺楼,风光无限画中收。
清芬迢递天边月,怡趣飘摇浪里舟。
溢彩石桥常驻步,流辉玉阙总凝眸。
一川浩水回乡梦,万点灯明唱浅秋。

### 赞最美乡村教师

飞花烛泪洒乡间,荏苒韶华境界宽。
共绽精神涵日月,唯呈道义壮山峦。
英才力哺酬天暖,夙梦直追化地寒。
且把柔情青史驻,崎岖踏过不言难。

### 水调歌头·登临春岭

三亚临春岭,四季色斑斓。拾阶渐入佳境,步道绕林盘。大叶相思吐翠,荆紫凰红争艳,猴子自怡然。风爽双眸醉,汗雨化歌旋。
欲逐鹿,登塔望,水天间。栉比高楼壮美,道路纵横连。"九树"簇拥王冠,"五凤"瑶台亮翅,海岸走蜿蜒。老矣何堪愧,只要肯登攀。

**蝶恋花·青龙寺观樱花**

好寺樱花千百树,尽染东风,人在花中渡。普像绛云多有趣,贵妃飞雪欣无数。姹紫嫣红霓裳舞。处处流连,不忍轻移步。竞第芳菲声落雨,繁华弹指何人悟。
(注:普像,普贤像。与贵妃(杨贵妃)皆为樱花品种。)

〔以上选自《朔方》2016 年第 10 期〕

**石榴花**

年年有愿红五月,似火如荼向天歌。
轻摇渭水流音远,浓送兰山细露多。
花映心堤知日暖,霞飞意蕊感风和。
情高隽韵燃真爱,瑞色素芬揽梦河。

**青铜峡重游**

携妻伴友到银南,故地重游意自闲。
渠畔小街扬古韵,河中大坝锁青涟。
轻风咏志新歌舞,细浪抒怀旧管弦。
荏苒卅年云水过,欣逢甲子总情牵。

**念奴娇·重游三峡大坝**

目极坛岭,正两岸弄翠,大江流碧。炫日长虹飞渡处,出海蛟龙跃起,波咤风雷,涛腾紫气,雨雾连珠玉。高峡寻梦,心香神女遥祭。
曾记击水中流,看石横浪遏,恢宏奇迹。扬首凌空,酬凤愿,灯火万家生熠。执子同游,当闲庭信步,引歌觅句。凭栏抵掌,汽笛声彻天际。

〔以上选自《朔方》2018 年第 2 期〕

　　高凤林(1951—),河北邯郸人。1968 年参加工作,历任青铜峡水电厂党委副书记、宁夏电力公司副总工程师、工会主席,西北电网有限公司工会主席等。著有诗词集《时间深处的脚印》。中国电力作家协会副主席,西北电业文学艺术协会主席。

# 闫云霞

## 冶炼工人(外八首)

千寻剑向青冥倚,万载石经白火融。
星斗常缘云朵暗,素心总伴铁花红。

## 母亲河沙坡头段乘羊皮筏

筏工能且勇,搏浪沐朝阳。
亲母摇篮卧,为儿逸趣尝。
金河辟渠口,玉坝惠粮仓。
故土情难却,绵绵共水长。

## 调笑令·飞雁 (韦应物格)

飞雁,飞雁,万里将家挂念。归根落叶情浓,孤雁怎不动容?容动,容动,患难谁能与共?

## 缺月挂疏桐·上坟 (坡翁格)

短信几回发,梦里三番聚。怎奈孤怀一脉牵,寸断柔肠处。
沙暴阻何妨?携手翻山去。泪雨纷纷话语咽,恨不寻声住!

## 画堂春·杨柳 (秦少游格)

熏风拂柳减鹅黄,雨停树镀晴光。杏花零落碧桃香,身懒临窗。
短信不回何故?出征又踏洪荒?欲言无语对斜阳,恨搅愁肠。

**水调歌头·一带一路歌**

一带跨欧亚,一路下西洋。沙坡头上呼友,丝路接天长。难忘金驼来去,世代中阿牵手,曾是好邻邦。再造郑和舰,四海任徜徉。
史可鉴,民互利,国相帮。和平发展,廿一新纪奋图强。大略宏图欲展,如梦如虹气象,福祉更无疆。戮力扬帆劲,愿景正辉煌。

**[中吕·朱履曲] 悼念著名诗人雷抒雁**

小草仍然歌唱,繁星依旧徜徉。无边怀念似汪洋。茫茫沧海远,滚滚大河长,雁声心上响。

**[双调·折桂令] 游黄河壶口瀑布**

远听那涛吼如地裂天崩,眼见这一口急收,百练争倾,万马狂奔,一虹高架。怎堪忆拉船号子声声。禁不住热血汹涌浊浪腾,壮魂何惊鬼神惊。挑战出征,走跳飘飞,都赛雄鹰!

**[双调·雁儿落过得胜令] 神九赴约**

乾坤任我穿,日月由它转。天宫期待欢,神九如约探。
(带) 神箭送高天,拥吻泪潸然。三大蜘蛛客,驾船揽月酣。家还,十亿殷殷盼;团圆,刘洋一笑甜。

[以上选自《在水一方》,宁夏人民出版社,2016年]

闫云霞(1953—),女,宁夏中卫人。作品入选第三、四、五届《华夏诗词奖获奖作品集》《中华诗词二十年选萃·诗词卷》《中华诗词学会三十年诗词选》《当代散曲百家选》等。出版诗词曲集《云霞韵语》《沙坡头咏怀》《在水一方》。中华诗词学会会员,中国散曲研究会会员,《中国当代散曲》编委,宁夏诗词学会副会长,《夏风》诗刊副主编。

# 张　嵩

## 诗十一首

**海上眺望金门**

碧波浩渺隐苍山，鹭岛金门一水间。
浪涌涛翻笼夜雾，船来舟往荡晨烟。
游鱼无意传心语，飞鸟有情递彩笺。
两岸分离何痛苦，家国合璧最攸关！

**三月雪中由隆德去泾源过六盘山**

山高路陡密云浮，驱车前行不畏途。
野草枯衰成败象，苍松遒劲展宏图。
鸟飞雪上蹄痕乱，兽入林中踪影无。
跃过峰巅天地大，层峦如画比匡庐。
[以上选自《诗刊》2014年7月号上半月刊]

**咏春**

风调颜色染双瞳，雪化心头身外融。
枝上芽发招馋鸟，土中草动拱眠虫。
花间有酒属陈酿，树下来人易旧容。
一醉去年谁赏月？情思今岁付桃红。
[以上选自《扬子江》诗刊2016年第5期]

**早春**

春情二月早萌发，草动虫醒催百花。
雪白孤山心外雁，风青万树眼中鸦。
君泊南水舟谁系？我醉西厢酒自加。

何故添愁频向远，忽闻窗外有鸣笳。

## 春日远行

久居闹市六神消，病入肉身内外焦。
莫怨书生呆气重，应说春景骤然娇。
驱车百里迎晴日，放眼八荒拥艾蒿。
风过胸襟成浩荡，心中鸣剑正萧萧。
[以上选自《飞天》2016年第11期]

## 清明祭父

柳翠花红树有形，风沙过后晚来晴。
胸中先祖游天际，梦里严亲到院庭。
牵手言欢身骤暖，倚肩撒爱泪轻盈。
永别生死儿心愧，遥拜坟头草列屏。

## 君心向山我向水（歌行体）

山水一色，人心相隔，东西南北任尔行；玉卮一杯，诗情万朵，春花秋月莫相逢。

君心向山我向水，从此一别八万里。
曾经年少无邪思，何来白首多畏葸。
东风起，南北去，各乘舟车抒心臆。
三十年来常蜗居，身心每恨无双翼。
非是难离脚下地，梦想日日悬天际。
眼中树木处处绿，心外花朵红四季。
烟雨炽情不可觅，唯有故园长相忆。
谁挽大风把诗续，豪情半掩我心意。
长啸一声负才气，从今人生不相遇。
[以上选自《中华辞赋》2016年第12期]

## 夜过将军澳至渔岛村

霓虹绽放绝俗尘，犹似群星出彩云。

仙子应知人世美，宝珠常染玉虚痕。
百年思梦寻襟抱，一日归心入围门。
港岛渔村鲜正好，香江夜话共良辰。

## 攸县印象

初到攸州正晚秋，凉风响叶意悠悠。
不为归雁吟诗句，每将琴心唱客舟。
书院梅花文脉盛，灵龟泗水画屏幽。
酒仙湖上歌声起，多少游人醉未休！
[以上选自《中华诗词》2017年第6期]

## 潮州开元寺

开元钟响远近闻，盛世相逢不二门。
向往人间真福地，莫言世上有丛林。
七层佛塔参莲象，一部经书染血痕。
岁月难消俗媚气，回身仍旧在红尘。

## 惠州西湖孤山

西湖依旧有琴声，少女轻弹过客听。
柔水秋花何艳艳，孤山野草正青青。
朝云墓冢胭脂泪，苏子诗章寂寞风。
泪洒山岭知已在，风吹海岛已残灯。
[以上选自《朔方》2017年第12期]

张嵩（1963—），宁夏固原人。就职于宁夏政协。出版散文诗集《遥远的岸》、诗词集《渐行渐远集》、诗集《散落的羽片》、散文集《温暖的石头》、评论集《诗化留痕》等六部。中国作家协会会员，中华诗词学会常务理事，宁夏作家协会主席团委员，宁夏诗词学会常务副会长兼秘书长。

# 马　犟

## 诗词八首

### 春

清江远岫共氤氲，翠鸟啼开两岸春。
津渡舟归花影动，此间可有梦中人。

### 有寄

岸柳飞花弄晚晴，杜鹃叶底一声声。
楼高怅望归来路，过客车流各纵横。

### 登高

秋水冥冥一望迷，疏桐瘦竹影高低。
家山只忆春时候，诗句多从别后题。

### 菩萨蛮·秋思

疏桐零落秋街满，流霞散尽烟光远。斜月照虚窗，一枝凝素香。
倚栏长望处，偶有流星度。浅梦不分明，笛鸣三两声。

### 菩萨蛮·春日有忆

轻舟乍引离愁动，暗香又借飞花送。新酒不堪持，忆君君可知。
犹怜春过半，孤影自凌乱。谁解展双眉，柳丝脉脉垂。

### 菩萨蛮·雪山

天阶宛转穿芳甸，雪山绝顶星河现。弱水绿如蓝，彩云牵客衫。

目随天地阔,梦与雪莲说。归也不须归,斜阳下翠微。

**菩萨蛮·除夕**

小梅初绽东风暖,烟花起处熏人眼。绿蚁对银屏,歌声共笑声。
流年都一瞬,钟响传春信。更忆少年时,飞扬两鬓丝。

**菩萨蛮·除夜**

东风拂暖青阶树,花开除夜凝香雾。笑语满人家,共倾细细霞。
屏中歌正好,忽有玉音到。窗下忆相从,烟花叠几重。
[以上选自《夏风》2018年第1期]

马犟(1969—),女,山东郓城人,主任医师。作品发表于《诗刊》《朔方》《飞天》《黄河文学》等。中华诗词学会会员、宁夏作家协会会员,宁夏诗词学会副秘书长。

# 岑国义

## 诗七首

### 下乡扶贫所见

白发斑斑已六旬,暖阳和煦坐墙根。
腰间烟袋飘红穗,微信开开听语音。

### 封山禁牧

曾是沙尘遍地扬,今朝葱绿靓风光。
谁言边塞多枯寂,碧水青山入画廊。
[以上选自《中华诗词》2017 年第 7 期]

### 古堡新影

横亘荒原不怨哀,自然得来胜工栽。
恢宏古朴寻天趣,次第百花一夜开。

### 山村公路

山高路远势苍茫,夹道枝荫一望长。
塞外风光无限美,山村处处凤求凰。

### 冬日

草死枝枯沙漫延,冰封路冻信严寒,
山歌一曲红如火,阳光通红艳艳天。

**感怀**

心情闲适意自高,凝望蓝天直欲飘。
刺破苍穹难卷刃,人生何事不逍遥。

**从教十年感赋**

峥嵘岁月水云宽,桃李芬芳远溢天。
苦辣酸甜何足论,师生相得两情欢。

　　岑国义(1971—),宁夏盐池人。就职于宁夏盐池县博物馆。作品发表于《中华诗词》《朔方》《社会科学》《文史博览》等。宁夏文史研究馆研究员,宁夏作家协会会员,宁夏诗词学会会员。

# 杜学华

## 诗词八首

### 咏柳

陌上罗裙绿,轻摇动暖风。
枝头新燕戏,时隐翠帘中。

### 登黄河楼

水劲风疾雨打楼,东南隔岸望灵州。
兴衰千载云烟过,只有黄河万古流。
[以上选自《夏风》2017年第2期]

### 雨中登沙湖观鸟台

湖心岛上鹭翩飞,芦苇青青横翠微。
细雨连波山色远,扁舟一叶问渔归。

### 雪后过三关口长城

三关口外数重山,云锁嵯峨雾锁天。
风入残墙翻旧事,雪拥断壁忆狼烟。

### 思乡

梦里乡关雾里花,愁思缕缕向天涯。
门前老树应犹在,早趁东风吐嫩芽。
[以上选自《朔方》2017年第5期]

## 春日过婺源农家

竹韵清幽日影斜,桥东溪畔有农家。
多情最是窗前柳,漫挑丝绦织晚霞。

## 游白帝城

白帝城前水坼空,激流日夜浪头东。
云舒云卷千般媚,花落花开几度红。
尝慕谪仙遗雅韵,犹怀野老赋长风。
喜看峡外群峰列,万里江山入画中。

## 初冬过黄河

霜冷长河草木哀,北风吹雁影徘徊。
苍山寥落云飘絮,残照迷离浪打台。
逝水汤汤湮岁月,流年寂寂噬心怀。
何当纵棹赴沧海,漫看惊涛滚滚来。
[以上选自《朔方》2018年第5期]

杜学华(1973—),笔名云水边,宁夏平罗人。就职于石嘴山市规划管理局。作品发表于《星星》《朔方》《诗刊》等,入选《塞上诗乡·西夏雅韵》《2018诗词日历》等。中华诗词学会会员,宁夏诗词学会会员。

## 丛培有

## 诗词七首

### 无题

晓来百念俱成灰,空有追思把梦随。
落落夕辉青冢洒,绵绵柳絮老根垂。
风风雨雨呼春至,泪泪声声唤母回。
探看横波天尽处,孤鸿万里不辞归。

### 端午

端阳四海盼团圆,记挂宗亲玉粽牵。
粒粒颗颗拥聚意,丝丝线线捆黏连。
龙舟舞桨同排浪,白鹭舒喉共震天。
国泰民安歌盛世,佳节把盏尽余欢。

### 天仙子·举剑向天

下索上求终放胆,咆哮莽原抬望眼。浮生如寄若飘萍,层澜卷,云涛断,仰梦栖梁霹雳斩。
流转征帆千百万,道阻且长歧路漫。苍生心系远何辞?凭莫干,冲霄汉,举剑问天抛玉盏。
〔以上选自《朔方》2014年第10期〕

### 鹧鸪天·过客

默默长江定不违,一汪碧水泛春晖。可怜沦落孤独客,地阔天高无处归。
风瑟瑟,雨霏霏,百花纷谢雁南飞。都言芳草成灰烬,谁记当时遍野肥。

### 南乡子·思

不驻是流年,地撼天摇日月旋。回看古来兴废路。斑斑。小半平直大半弯。
往事似云烟,叶坠花飞向哪边?不见年年征雁字。翩翩。总在春秋往返间。
[以上选自《中华诗词》2016 年第 9 期]

### 鹧鸪天·悯秋

又到秋寒万物零,抬头惯看雁长鸣。雨敲残叶千重绿,风弄凋花万抹红。
悲落絮,叹浮生。恍然夜放一流星。引来白昼昭昭日,好梦难成醒时空。

### 渔家傲·登高

翘趾云崖随猛鹜,战风逆雨翻飞翼。误我今生徒转徙。空纵恣,抛别天下千秋史。
无限江山收眼底,别成一片新天地。一抱襟怀沉底事。花絮里,绵绵不尽相思意。
[以上选自《朔方》2017 年第 7 期]

丛培有(1978—),辽宁人,就职嘉瑞欣工贸有限公司。作品发表于《银川晚报》《朔方》《中华诗词》等。中华诗词学会会员,宁夏诗歌学会会员,宁夏诗词学会理事。

卷二　现代诗

# 骆　英

## 塔肯纳的鲸骨(外八首)

一位印第安长者卖给我一块鲸骨
就像珍藏灵魂或者魂魄的那种器皿
印第安长者收下我的美元喃喃自语
我看见我飞进了器皿之中
印第安长者大声说这是两千年前的手工
他们的祖先杀死一头巨鲸
巨鲸吞没了他们三百族人
他们天天对着脑骨做成的器皿愤恨
他们预言两千年后将被人收买
他们可以从此忘记苦恼和仇恨
于是　我看见我在器皿中挣扎
因为三百个鬼魂诉说三百种悲痛
但是巨鲸用巨大的脑骨紧扣着我和他们
我想　也许这就是今天的宇宙和世界的象征
好吧　我要带着我和三百个灵魂回到北京

## 一个干瘦的夏尔巴男孩下山了

一个干瘦的夏尔巴男孩下山了
他必须行走七天到卢克兰
我的旧氧气瓶和煤气罐都在他的背上
我要的是废品他要的是美元
在北京我可以展示我的珍奇收藏
在加德满都他可以把美元交给父母
这可是一个世界上的两种态度
收藏一个旧物与收藏一个世界谁可以决定
我知道他必须走到世界的另一个尽头
可是我还知道他必须走回来从头再走

迷路时他会向天上的乌鸦询问
口渴时他会像牦牛饮尽冰河的水
一个干瘦的夏尔巴男孩下山了
从此　我的收藏又多了一些物品
在一个世界的都市我炫耀我的富有时
一个干瘦的夏尔巴男孩正在山路上行走

## 雪景与死亡

在霞光万丈的顶峰上一个美国青年得了雪盲
太阳温暖着他　然而他知道他已接近死亡
他想念他的祖国　但他已无法辨清方向
他向着地狱下降　因为氧气即将耗光
他努力地伸出脚　一步步想回到人间
他爱亲人　爱生活　他才刚刚二十五岁
山鹰仰望他　哀鸣响彻了山谷
雪花飘起来　渐渐厚积在他的身上
他无法看清世界了　所以每一步都摔倒在坚石上
他慢慢地坐下来　在八千六百米的高度倾听风声
其实　他已经听不见亲人的呼唤与山友的鼓励
他在快速地僵硬变成山的一种石头
在阳光划过时　他摘下手套向世界挥挥手
之后　他艰难而又坚定地从路绳上摘下了安全锁
他向着悬崖缓慢地飞出或是倒下去像一支红色的花苞
一开放就消失在阴沉而又厚重的雪雾之中

## 氧气罩坏在八千米时

爬过第二台阶时我以为跨过了天堂的门槛
然而我呼吸艰难像到了地狱的边缘
一切都模糊时我感到了无限的黑暗
我想到"坏了，这一次我可能下不去了"时我只想睡一会儿
其实　还来得及看看星星在远方一闪一闪地眨
也看得清顶峰在面前像威严的爹盯着我看
一切都慢下来我的人生无法快速地回闪
无所谓痛苦无所谓恐惧也无所谓呼喊

山风在吹　然而我知道那只是死亡的气息
第三台阶高悬我知道那只是一道鬼门关
坐下来等待死亡时我想起了绿色的俄罗斯面罩
它简陋　粗糙　忠诚地待在我的背包里
在来得及换上它时我心中流着泪涌动着救命的呼唤
它送来清新的氧气让我从游梦中惊醒回到人间
五十秒我以一个死亡者的身份获得新生
我看见星星亮起来　每一颗都湿红了眼
谢谢死亡　也谢谢星星
在八千八百四十四米我因此多看了世界几遍

## 上帝的孩子

今天　我照看一个上帝的孩子
它其实只是一只受伤的野兔
它在草丛中静静躺下来
毛发抖动　双眼半闭
阳光照耀时它有些伤感
它用舌头舔着枯藤
它把前爪伸进泥土
就像一棵树生长的程序
森林与荒原静下来了
野兔努力向远方眺望
此刻它像一个待嫁的新娘
静候上帝的最后祝福
或者说它实际是一个慈祥的老者
对于死亡没有任何怨言
我举起一个破碎的镜子
为它照亮走进黑暗的路

## 与世界的距离

夜晚　我坐在海边思考与这个世界距离的问题
因此　我强迫自己观察星星映照在海面到底能漂多远
在星星变成鱼群从远处蜂拥而回后我不知所措
其实　我宁愿让星星变成小菊花种满海洋

什么都在议论唱歌或者吟诵但我就是听不见
看来　在黑暗中我真的是一个盲者
幸好海浪一点一点地让我感到了凉意
张开口　让海风从我的身体穿越
回想起在沙漠里走在山路上爬我几乎扑进海
我需要任何人像母亲把我紧紧抱在怀里
空贝壳在海岸边像枯叶被海水翻来翻去
它们是海的星星但却不再发光
搁浅的鱼儿跳跃但此刻没有海鸥来啄食
但有一行脚印一直走入了海的深处
我以星星排列的方式为它做好了归途的标记
之后　海面上长出了一株株银灰色的水仙花
[以上选自《骆英诗选》，作家出版社，2013年]

**致"命名者"或荷尔德林**

那些命名者从岩石后隐现　并于暮色中缓缓举步
大地一层层　一片片静默下来　我看见了无垠的锈红
听不出山风有什么庄严或是悲壮　它们在树梢上一跳动就销声匿迹
这里是初冬　这里是初霜　这里是初痛　这里是初死
陌生人　作为天狼星的使者　银甲铁剑　披着乌鸦羽毛的斗篷蹀行
他在暴风雨中抖动　在黑暗中闪烁　在世纪中拔剑　并且他依旧陌生
一切都巨大了　因而一切都永存了　因而一切都惊心动魄
青马向西而去　疾行　铁蹄　长嘶　怒目　撕心　裂肺
有人长歌　有人长泣　有人长醉　有人长枯
迷踪者以星光为号　他们斩杀　欺骗　谋害　并幸灾乐祸
怨恨者以冷笑为令　他们诅咒　毒舌　黥面　并恬不知耻
半月时　有人敲石为鼓　有人裹霜为衣　有人登高呼远　有人灰飞烟灭
谁让我静静地走　谁就是时代的敌人　因而他就是一钱不值
谁为我命名　谁就是一个被命名者　因而他就是低贱卑鄙
那些被岁月忘掉的都是涅槃者　因而都必永垂不朽
那些被上帝遗弃的都是盗尸者　因而都必光辉万丈
[选自《作品》2017年第12期]

**在都市流浪**

清晨　我要开始流浪
阳光恐慌　我为那水泥缝隙中的虫儿忧虑
它怎样面对这一天的骄阳
归来的夜晚失去它娇嫩的鸣叫
我的流浪肯定会在都市中迷航
那街角的小草　你可会枯黄
沉重的脚步可会踩断你的脊梁
长夜的裸眠没有你的清香
这一夜的梦肯定会杂乱无章
那只无家的狗　你还在守望我吗
等那无忧的麻雀飞落在你的背上
人们啊　我的领带像枷锁拴在都市的监房
心儿在一座座大厦间流浪
每一道目光又像冷漠又像渴望
每一扇门儿都让我彷徨
这明净的玻璃让我无法穿越
网线像钢索紧紧捆住我的心房
手捧住咖啡心在悲伤
家乡啊　你的小河可还在为我流淌

**我的银川**

如今　去一万里也不算远游
然而　我有一个漂泊的年代
如今　在天涯海角宿醉也不叫浪子
可是　我有夜夜望乡的悲伤

那些思思念念　那些生生死死
那些痛苦迷茫　都如落果在心底埋藏
它们一发芽　就痛哭失声
它们不发芽　就撕心裂肺　泪如雨下

这是我的银川　我的少年　我的青春

我的老大还乡　欲近还远
这就是我的银川　我在南极冰原自语
我在珠峰之巅眺望　我在8700米滑坠时闪念

是的　在那边城　有我的忧伤埋葬在贺兰山的苍凉
是的　在那塞上　有我的马兰花在大漠的风霜中绽放

思念　无法诉说时才算是思念
故乡　无法归来时才算是故乡
故人　无法相识时才算是故人
恋人　无法相见时才算是恋人

沙枣花不再清香时才算是沙枣花
戈壁滩不再艰涩时才算是戈壁滩
黄河水不再泥腥时才算是黄河水
宁夏人不再是宁夏人时才算是宁夏人

这银川不再是我的银川时才算是我的银川
这岁月不再是我的岁月时才算是我的岁月
我不再是浪子时才算是真正的浪子
我不再归乡时才算是真正的归乡

这是我的银川　无关生与死　无关爱与恨
无关光荣与梦想　也无关得到与失去
是的　这就是我的银川
今夜　我们喝酒划拳　每人三斤银川老白干

　　骆英（1956—），本名黄怒波，甘肃兰州人。两岁时来到宁夏，曾在银川四中上学，在银川通贵乡插队。毕业于北京大学中文系，创建中坤投资集团并任董事长。出版诗集《不要再爱我》《拒绝忧郁》《落英集》《都市流浪集》《空杯与空桌》《小兔子》《第九夜》和小说《蓝太阳》等。作品被译为英、法、德、日、韩、蒙古、土耳其等文。北京大学中国新诗研究院副院长，北京大学中国诗歌研究院副院长，中国登山协会特邀副主席，中国作家协会会员，中国诗歌学会会长，宁夏诗歌学会名誉会长。

# 柳　风

## 跑不出梦乡(外十二首)

一匹马跑出了弯曲的骨头
却跑不出自己的伤口
篱笆抓住它的影子，一直不放

一匹马跑出了长调，却跑不出一根缰绳
一首歌跑出了草原
却跑不出马头琴的悲伤

柳枝依旧站在挥手的地方
石桥仍然守着水里的模样
月亮始终穿着桃花的衣裳

## 感受月亮的心跳

月亮是一把刻骨铭心的弯刀

酒窝里藏着她的微笑
露珠上挂着她的心跳

海青之后月儿高，琵琶弹着水蛇的腰
夜色打开了胡琴的怀抱
弓和弦的亲昵，越来越微妙

音符是喂养了多年的鸟
阿娟是心头夺爱的刀
招手的是柳梢，搁浅的是鹊桥
星星持续在发烧，箫声吹着体内的火苗
[以上选自《关雎爱情诗刊》2013年第1期]

## 怀念

玉树临风的你　摇曳着我的花心
哑然无声的影子跟随你
走进以骨为灯的春天

忠实的柳枝不再飞絮
在这个尘埃落定的日子
思念,在你的影子里拐了个弯
打马回头的我,再也无法向前

陶纹里的水,曾经是你身上的浪花
你的长发是白天的灵魂
我像莲花铜镜,恪守着生命的亮点
[选自《三亚文艺》2014年第5期]

## 往事

那些木纹深处的故事
就像一潭没有波澜的死水
我原以为,一切都已经成为过去

月亮在树上摇摇晃晃
正是这潭死水,有时候像镜子一样
使你更加生动而又艳丽
这个时候,我终于明白了
一把杀庙的刀,根本杀不了你
反而,一次又一次,杀死的是我自己
[选自《关雎爱情诗刊》2014年第5期]

## 命运

一只乌鸦落到了树上
一棵树走进了漫漫长夜
一个梦在镜子里,披着一身雪

一只乌鸦把长发上的流年挽成了结
一个结是一把锁,只有在夜的深处
在我的眼里,才会明明灭灭地走火

一只乌鸦在我的身体里
温柔地啄着我的血肉以及骨头
一只乌鸦夜晚来了,白天走了

一种宿命的东西让我困惑
一个滴血如花的伤口
让我相信了无形而又存在的命运
［选自《中国诗歌》2015年第6期］

## 一根钉子

一根钉子是楔进黑夜的星星
时间深入黑暗,孤独逐步坚硬
一根钉子守着内心的闪电,也守着斧头的秘密

一根钉子尖锐于不幸,却无法自拔
一根钉子在极力缩小自己
低矮的影子,被锈一寸一寸地照亮

一根钉子的骨头短了半截,一根钉子的疼痛很深
一根钉子想拔出自己的沉默
头顶的斧子还在敲打它锈迹斑斑的硬
［选自《星河诗刊》2015年冬季卷］

## 一只蝴蝶站在风上

马跑的是天堂,风吹的是向往
风吹雪花,吹自己的锋利
也吹花朵的心事
风吹芦花,芦花就是风的孤单

顺柳而下的风,被波浪弹来弹去

一个抱紧风的书生
只能随波逐流,对风而言
思想是它唯一的飞翔

荡漾的季节,吹开过往
长亭的雨穿过风铃的绝唱
风是柳的腰,风是花的笑
一只蝴蝶站在风上,风就是蝴蝶的翅膀
[选自《左诗苑》诗选刊 2015 年卷]

**怀念露珠**

一滴露珠在草尖上修行

一缕风挤了过去,一个梦飘来荡去
与低垂的繁星有更深的关联

偶尔有一朵云,在露珠上滚来滚去
在沉醉的影子里厮守
风上最传神的是她荡漾的清纯

一滴露珠悄悄虚构过我的光明
镜子的里面还有一面镜子
那滴噙不住秋波的露珠
她摇摇欲坠的青涩,曾经是我们的爱情

**风雨潇潇**

除了人间,就是天空,就是寂寞
就是云,就是雨,就是风
风在雨里迷途难返
雨在风里死去活来

闪电反复打开怀抱
打开天空,穷尽我们的一生

## 风雨周庄

多年以来
风一直是我体内的一部分

雨一直是她的一部分
夜色带走的是呻吟,留下的是露珠

爱,一直在自己的影子里挣扎、出入
是影子里历久弥新的光亮

## 隐忍的雪花

风守着雪花,一直站在梅园之中
雪花就是隐忍的蝴蝶
她抵达梅的寂静,仿佛风不存在

梅的火焰,静静地卧在我的毛孔里
在一根弦上,雨捂着伤口
对风喊痛。雪好像消失了一样
[以上选自《星河诗刊》2017年夏季卷]

## 爱情一直在我的体内奔跑

一匹白马在我的原野吃草
我在一匹马的影子里
被风摇了又摇

一匹马在长调里跑了又跑
在一朵云上飘了又飘
风流就像一株清瘦的兰草
她的小蛮腰
被清晨那滴硕大的露珠摇了又摇

马头琴拉响了骨子里的草
欲望一直在我的体内奔跑

爱就是没有赞美词的那一声声尖叫
[选自《流派》（香港）诗刊 2018 年第 8 期]

**风的机遇**

正在发芽的风，相约而来的风
守着月的白银

逐渐深入的是风，撕心裂肺的还是风
爱是一次又一次
从雨水里出发的声音

在水珠上滑倒的风，从呻吟里爬起来的风
反复离开自己，反复戳痛自己
又反复找回自己
[选自《中国作家》2018 年第 11 期]

　　柳风（1956—），本名刘进忠，宁夏中宁人。作品先后发表于《朔方》《中国诗歌》《诗选刊》《诗刊》等。出版诗集《开花季节》《取出镜子里的花朵》。《旗袍的风韵》荣获 2018 年第二届中国微信艺术创作大赛诗歌一等奖。《左诗苑》诗刊副主编，《中国当代诗人词家代表作大观》编委，《好诗选读》主编。现居北京。

# 邱新荣

## 番汉合时掌中宝（外二首）

越过文字的障碍
一种语言穿透另一种语言
一张脸对应另一张脸
思想的契合会穿越一切
哪怕是人为的阻断

腐朽的栅栏阻隔不了辽阔的草原
巨大的墙体切断不了巍峨的高山
最无法隔断的是目光啊
人类的目光相连
终会使人性如花绽放灿烂

小小番汉掌中宝　掌中珍贵的宝卷
我的文字你会读　你的话语我能念
将那些高深的政治抛向一边
民间的交流从来就是坦露肝胆
三百里路一封家书
一本掌中宝　呢呢喃喃

万不可丢失的掌中宝啊
丢失了桥梁只剩下宽阔的河面
丢失了路途也只有深深的思念
将番汉掌中宝藏在我们的记忆中
交给春天　春天会念出溜溜的五月天
交给严冬　冬天念来一场瑞雪覆盖平原
交给历史　岁月会将掌中宝打磨得更加丰满

交给未来啊　时间在掌中宝的揉搓下

终将更加充满实感

番汉合时掌中宝啊
不是我们握着它的残卷
而是它抚摸着我们的脸

## 黑水城的伤感

一切都已伤心地流浪
只有这遗址这断墙
只有残破以及寒风吼叫如狼
绿色的渴望已是时间的绝响
水是远方的故事啊　水在远方
水在神话中多雨的季节歌唱

这是昔日的强大是赫赫有名的威震一方
是刀枪说了算是直面荒漠的趾高气扬
仅凭暗夜中璀璨的灯光啊
黑水城已是气势满满　不可轻量

现在是黄沙滚滚而来
是干燥而炙热的太阳
生命的消失是昨天的事
死寂的废墟纵有万千风韵
又能向谁开腔

最后的马蹄轰鸣是在西夏王朝的路上
走来的路上捷报频传
回去的时光　王城不再
黑水城成为了沙漠的食粮
被吞噬被吞咽　一切都并不匆忙
时间的牙齿有着足够的韧性
黑水城　哪里是你的红绫俏
哪里是你的碧纱窗
婉转歌喉的美人安在
英雄的白骨　可否回到了家乡

这是满世界的忧伤
风的哭喊是寡妇的哭唱
沙的沉寂却是士兵戍边在暗夜无休无止的思乡情肠
星星点点的绿草何处来呵
废墟下没有盗走的佛经
又吸引了多少求索的目光

谁敢在黑夜的风中站在这废墟上
谁又能在酷热的阳光下抹去自己的忧伤
最后一刻离去的是不是人啊
最后一阵狂风过后
黑水城成为了岁月的永远沧桑
黑水城啊　黑黑的水在哪里流淌
黑色的幽默中　时间原来是风
在蒿草中呜呜呜响

**晚风中的西夏王陵**

满身疲惫　夕阳下
几分忧伤几分昏沉
是一个王朝最后的战争啊
那战争打完了全部的故事
只有这褴褛的废墟
这些回不了王朝的古人

从高原上走来的路
早已忘得干干净净
从草原上走来的脚印也融化在风中
呼啸的西北风从不说往事
往事早已埋在了王陵中

巨大的土丘　感受到自身的压力和沉重
死去的白骨也载不动神秘的西夏古文
那半男半女的雕像啊
直接用答案雕刻了神秘本身

在黄昏在晚风中纵目
看到这昏昏沉睡的王陵
碎片化的历史涌来
像脚下的芳草涌来了整体的风景
一个王朝的肆无忌惮啊
一个光明正大的暴政
杀人是杀在专政的王法里
阴谋堆砌在盛宴的酒杯中
太后专权　用女人的手段处理国事
外戚干政　依靠颤抖的家门
防范四周觊觎的眼睛

家的天下最终是这里是破败随风的西夏王陵
纷争二百年后是这王陵
苦撑二百年后是这王陵
留给后人评点喟叹的也是
这黄昏这晚风这枯骨拥抱的西夏王陵

回不去的路正在身边延伸
挺立不起来的历史蓬勃也在记忆中
一脉的血统早已消散
谁是李元昊　谁是李德明
谁的承天寺　谁的黑水城
谁是最终的胜利者　谁能守住王朝最终的命运
只有王陵啊
只有这贺兰山下被风沙搓揉的西夏王陵

　　邱新荣（1960—），宁夏惠农人。1982年开始诗歌创作，作品发表于《星星》《绿风》《朔方》等。出版诗集《史·诗》《诗·史》《史·诗·史》等十几部。宁夏诗歌学会名誉副会长。

# 导 夫

## 现在(外五首)

我们坐在彼此的对面
吃饭　喝茶　品酒　聊天
偶尔　看窗外的星光在彼此的瞳孔闪动
其实　远处一片苍茫　全然不知

今晚　你我只是
刻意倾斜在
时间温暖的椅背上
恒常静穆　不想起身

巷口　好像有一棵冬天的树
精干　冷严　且充盈内秀
肯定还有一棵树　立于路口
硬朗　孤傲　充满欲望地贴近你的身旁

你需要回到下午日落的方向
其实　那是并不遥远的远方
这段路也是银川的一个开始
星光让我能认真看清你的形状

我忽然发现　去年　我第一次
留在你额头的深深一吻
现在　已开成我内心疯长的花朵
它指示我明确的春天苏生的田地
让我带一只滑翔心域
并且透明的燕子回家

### 在公园

僵硬的粗砾的灰色的水泥直道　忽然不见了
扭入一条土石凝结的石卵鼓胀的曲径
秋天　没有依例充满夏天浓郁的华冠
不再荫庇金叶榆丝棉木和华北五角枫逼紧的睡眠

两棵二球悬铃木高大圆润如洪钟
停摆在曲径入口黄绿相间的叶簇上面
无暇计数一张阳衰面孔　一只空怀母猴
以及一只某日失贞的秋燕的慵懒呢喃

纯情的鸽子郑重掀起异性颈部严肃的羽毛
华丽的孔雀为好奇的人群抖颤着暧昧
猫头鹰眼如垂死　长臂猿情急骚动
几只从春而来的游蜂瞻仰着年轻甜蜜的簪头菊的秋容

三棵高大的垂柳舞蹈在曲径的尽头
麻雀被置身于它们构成的一块宠物嬉戏的
林间三角草地　被如此尴尬如此古怪地
堵在它们周遭垂丝触及的沉默之间

十二只喜鹊越过嶙峋而露骨的假山　在
离我四点七五米的地方八字分开　栖于残垣
这是我所要最后一次无须悲情地凭吊的
一座墓园　你们何须戛然给我荒废的安慰

如果曲径不存在白天的开始与夜晚的结束
如果将来等待我的不是一个从春到冬的将来
我宁肯被此刻的时间之漏无尽地分流　一如
死亡的叶片凭空坠击我一米七四的向上的肩头

年老的围墙背过油松散乱而寂寞的黄昏
裸身的月牙追随着银杏卓尔不群的美梦
我的影子被灰白的路灯从两股间捞起
遮隐着旧墙上孩子们今天新刻的划痕

## 是否

在一天的最初方向　你一如
阅世不深的漫游者　手中
抓住初潮忽来的太阳
立于银川的中心　当
麻雀与鸽子前后敲击心头的凉意
是否有更温暖的阳光在你脸上——展开

正午如你而南　令人窒息的热浪
精心窜入城市狭窄的洒水车刺潮的丛林地带
你以燃透万物的姿态　从
北京路的东端　向西夏广场恣意飞翔
此刻　是否有
更沉郁的节奏在你骚动的胸前纵情地触摸
当夕阳如党项人遗落的牛角小号
悲美地下沉　消失的音调和色彩
悬挂在凤凰碑凉意渐临的上空
此刻　月亮没有变化　黯淡的光线
勒紧夜间放浪形骸的青年　是否有
更多丢失的男女灵魂　急欲返回

星辰羞涩淡出　街灯拾级而上
数着融入烟雨的些许的宁静
一只喝空的酒瓶不检点地迎风低语
城市的夜晚骚动着　与白昼
交换着老旧小区露骨的遗容
蝙蝠是否盘桓　搜寻着古寺诵经的余响
野狗是否觅食　撕咬着街边碎骨的灵魂

## 古道

像是回忆　像是怀想

草尖没有摇　阳光不再跳动
只是风　不敢大胆地吹

转过弯去　　那黄色的尘土
和一个接一个的脚窝
鼓吹着你黄色的基调

这里并不是延续的过去
并不安于一个固定的角度
你和黄昏一样静美
我的视觉和高原一样宽广

远处的村落升起炊烟
断……断……续……续
像不可分离的省略号
但被省略的　　不是牧归的孩子
和农夫背负的犁尖

## 夜

夜幕紧紧合拢
藏起了
白杨树下的小村
田野静悄悄
失去黄昏的喧声

我躺在嫩嫩的草地上
望着亮起灯火的家
望着仲夏神奇的天空
也许太寂寞吧
耳边的蛙群
唱着星星寂寞的爱情

星星疲倦了
听不懂地下的歌声
只有月亮在天空晃动
数着太阳遗落的子孙
[以上选自《诗选刊》2018年5月号上半月刊]

## 山魂

在群峦兀自摊开骨架和灵魂的清晨
阳光干净利索地晒遍每一个角落
贺兰山脉　轻轻地
俯及银川平原　几度起伏
它们优美地成熟地
结束在黄河蜿蜒的平缓地带

这是极其庸常的日子　我确定
那色彩和声音　那形容和速度
那些曾被凶猛的山洪裹挟而下的
浑圆的奇异的粗粝的低贱的石头
如同天上的牙齿丢落在人间的门面上
它们蹲在那里　卑微地端详着彼此
并带着它们亘古的信仰和沉默的忠诚
[选自《诗刊》2018年8月号下半月刊]

　　导夫（1961—），本名马春宝，宁夏平罗人。宁夏大学学术期刊中心主任、编审。作品发表于《民族文学研究》《诗刊》《诗歌月刊》《国际汉语诗歌》等。出版《丁鹤年诗歌研究》，诗集《山河之侧》《无言之心》等。中国作家协会会员，中国文艺评论家协会会员，宁夏诗歌学会名誉副会长。

# 虎西山

## 守夜（外十首）

童年，在乡下
大年三十必须守夜
特别是在一些艰难的年代
能不能守住一年之中的最后一个晚上
关系重大，为此
我们需要点燃一盏如豆的油灯
让一家人围坐在一起
谈谈过去，谈谈未来
日子有好有坏，但不论好坏
我们都不能让那个相守的夜晚
伸手不见五指

## 外祖父

多少年过去了
他还没有从我的记忆中退去
他翘着山羊胡，黑着脸
站在傍晚的那棵白杨树下
骂人，骂孙子，骂路过的羊群
一直骂到日头跌窝……
骂够了，他才回家
他才觉得能给这一天的日子
画上一个句号

## 老木匠

一排老屋
岁月开始在屋脊上陷落

七十岁的老木匠坐在屋檐下
一整天都专心致志地修补着
丢弃在墙角的
一件件破旧的老物件
他低着头，用老式的工具
打眼，钻孔，套卯
直到黄昏来临，夕阳渐次昏暗
将他一点一点渲染得可有可无

## 山

对于我而言
如果命中注定需要一座山
这座山不应太大，但有一定的高度
不用很远，就在生活的旁边
有一条路，可以拾级而上
有许多树，可以遮风遮雨遮阳
还有一座简单的茅草亭
在若隐若现的地方
早上，或傍晚
上山下山，随意而平常
在山上，可以回头，可以望望山下
山下，是我生活的地方，是人间烟火
零乱和琐碎中，夹杂着鸡鸣狗吠
而我居高临下，仿佛置身于尘世之外

## 大雨

固原，这一天大雨倾盆
这座小城不再优雅宁静
仿佛一切都在顺流而下
我突然想起刘天红
他在城市的边缘种瓜种菜
不知道他的菜园是否安然无恙
而喜欢书法的李千鲲
是在二楼上伏案临池

还是透过窗户
看外面的世界一片混沌
这场雨虽然来得突然，迅猛
然而面对这座山城
面对一片错落有致的倾斜
它其实一开始就显得有点虚张声势
就像多年前的一个谣言
在人们短暂的惶恐之后
来也匆匆，去也匆匆

## 家园

身边的花就这么开着
在这个夏天的午后
在这个没有人烟的村庄

我已经无法
像当年一样平静
眼前那些野鸡那些野兔那些野羊
它们悠然自得
从来也没有觉得
我和这片土地
有着无法割舍的关系

我的父老乡亲啊
你们都去了哪里
今天，我无法代表你们当中的任何一位
我只能以个人的名义
以私相授受的方式
将这片家园拱手相让

## 跟着父亲走过春天

跟着父亲，走过一座山冈
再走过一座山冈。这是春天
有许多美好的事物

像迎面吹来的风一样轻柔
而父亲，默不做声
仿佛这一切，都和他无关

我走在，父亲的沉默里
父亲啊，这个春天
凡是被你忽略的花朵
我都一朵一朵藏在了心里

## 老堡

不管是谁，在一片泛黄的山谷之中
留下这一座老堡，都意味着还有一天云彩
他没有办法带走

## 城市中心的小山

四月的最后一段日子，我几乎每天
都会爬上城市中心的这座小山
沿着一条山间小路，先从南到北
再沿着另一条山间小路，从北到南
透过树枝，能看见城市中的高楼
以及穿插在，高楼之间的街道
和街道上的车水马龙
我一边走，一边回味着
在这座城市中生活的点点滴滴
如同隐隐约约的市声，不绝如缕
而在一座草亭旁边
一棵不大的柳树上，每天经过的时候
总有一只小鸟，在不停地鸣叫
它鸣叫的声音，听起来
仿佛是在寻找另一只小鸟

## 故园行

整个村庄都荒了

几乎所有的房屋
都在荒草中东倒西歪

踏着荒草
我深一脚浅一脚
在原来的路上找路

## 小院里

大门虚掩着
此刻没有别的人,除了我
只有空气和一院阳光

这个上午的宁静有点超脱
我反复围绕一棵树
一棵杏树
走了一圈又一圈

天下就这么大了
对我而言这很好
我知道树上还有一群蚂蚁
它们个个野心勃勃
正计划着统治世界

  虎西山(1961—),宁夏隆德人。历任固原师范教师、宁夏师范学院艺术系主任等。1985年开始诗歌创作,诗作发表于《诗刊》《星星》《十月》等,入选《诗刊·中国新诗选刊》等,荣获宁夏第六届文艺评奖诗歌二等奖。中国作家协会会员,宁夏诗歌学会名誉副会长。

# 李建华

## 手电筒(外四首)

昨晚,我将身体里的人性之光
装进手电筒
送给了陌生人

之所以这样是因为黑暗囚禁的我
被上帝遗忘,但那么多手电筒
用交错的光,在梦里砍杀而来
为我劈出了一条路

手电筒是一把与众不同的钥匙
前面出现的黑暗
是一扇光明的大门

## 病床是最后一段躺着走的路

我们在雷雨中
去看他最后一眼
最有能力的管理者叫杜冷丁
已经管不了他
病床上的挣扎在空中
乱抓乱喊,抓不住的时间
已不完全属于北京

住院部倒过来念就是不愿住
就像在鲨鱼的撕咬中
实习地狱里的生活
灵魂出窍的时刻,仿佛要抢回
肉体的碎片

病床是最后一段躺着走的路
当喊出的疼痛消失
他留下了一片没有体温的空白
——病房的窗玻璃
有了从天而降的泪痕
[以上选自《天津诗人》2018秋季卷]

**羊皮筏子**

让高原风,将我的皮囊
吹满豪迈气息

让西北壮汉,将我
坚硬而不朽的肋骨,重新排列

让我不再吃喝,不再叫唤
用灵魂的轻盈,超度生活的沉重

让我把自己的毛和肉,运过险滩
让我把人间的爱和恨,送上彼岸

让我在岁月的凄风冷雨中
成为流动的黄河文化

让我在狼群般奔腾的激流里
再没有死亡的恐惧

让我挑战天下屠夫——
我习惯了痛,谁敢把我再捅一刀
[选自《诗潮》2013年第5期]

**在相国寺看鲁达铜像**

只有成为铜像,你才有可能
一直这么用力,一直在这首诗中

保持小说里的姿势
你是否期待着辽阔的大地以及
漫长的岁月，赐你无穷的力量

那棵垂杨柳
早已独木成林，时间的根须
宛如网络交织。我想让你
用现实主义手法，把一个故事再次拔起
但我担心这个季节的树梢一旦触地
一夜之间生根发芽

总觉得你的身体
缺乏内心实力的支撑
倾斜的样子，好像就要倒下
一只乌鸦，从你头顶飞过

一众游客，装腔作势
用可笑的无聊模仿你的举动
用单调的生活与你合影。虽说世界
呈现出与以往不同的模样
但依旧，柳絮飘飞

## 拜访杜甫

走出公交车站，我骑一头瘦驴
穿过清朝明朝元朝宋朝
在平平仄仄的古道上，赶往成都
人们各忙各的，没谁瞧我一眼
我独自走在
官军收河南河北的诗句中

我想好了，见他之后
不说鬼城、广厦和茅屋之类的话题
只说，把所有的草药都煎了
缺少一些上好的药引。那些茅草
是否还浮在池塘，挂在树梢

是否被落水的呼救声抓住
抑或成为麻雀的家

一个多余的人还住在那里
似曾相识,又如此陌生
现实主义的茅屋虽然暗淡
的确是一座标志性建筑。他把那么多
颜色不一的茅草提前捆好
为我准备了返程的行囊
难道他忘了,日子又一次临近八月
［以上选自《中华文学》2015年第2-4期］

  李建华(1961—),甘肃合水人。就职于长庆油田第九采油厂,现居西安。诗作发表于《诗刊》《青年文学》《星星》《诗选刊》等,入选《新中国60年文学大系——诗歌精选》《中国年度优秀诗歌》《中国诗歌精选》等,已出版诗集3部。中国作家协会员。

# 杨森君

## 西域的忧伤(外七首)

我肯定有一种死亡的美
衬托着一切生者
我肯定渐渐枯萎的青草
正急于重生
当大地被白雪覆盖
我肯定飞翔的乌鸦
怀有求生的判断
它们在傍晚的天空中
落下去,又飞起来

高高的山顶上
星星是长眼睛的石头
快速下滑的,扑向开阔的空地
它们是流星
失去了依傍
在甘肃平川,一片埋葬着兽骨的平原
遍地碎石
它们近在咫尺、彼此怀念

一天内,我差点两次落泪
渴死的骆驼比马大
包括它的骨架
旱死的老树　还想活
包括它的枝丫
一群饥饿的蚂蚁蹿上蹿下
它们咬开了老树的皮
钻进去一只,少掉一只

**我用中年的眼光看一场大雪**

没有什么可惊奇,也没有什么可低落
雪挂千里,我也只能看到
这座城市的一角,白茫茫的雪
覆盖着距我住所不远的几处红色屋顶

雪,从清晨一直落到傍晚
一直是静悄悄的,它越落越厚
我不过多了一种记忆
这座城市不过多了一种景象

的确,我曾经的确写下过这样的诗句——
只要今生黑过一次
就不配说自己有过雪白的一生
雪是白的,这白很短暂

我喜欢落雪的冬日
喜欢积雪的枝条,也喜欢
雪中归人,从马上跳下来
抖掉一身雪粒

不过,从今往后
我不会再将雪给予道德上的评估
什么纯洁,什么无瑕,云云
我已到了中年,看雪就是雪,一场雪而已

**水石沟林区**

一堆灰皮的树枝
堆放在林木敞开的地方
还有几只红嘴雀,还有一种叫沙打旺的矮矮的草
它们临时出现在
同一时刻,像沙盘上的居民

孩子在追逐一只黄色的蝴蝶

看不出蝴蝶慌张
我没有阻止孩子
似乎，孩子与蝴蝶
彼此掂量过各自的速度

下午的光是柔和的
在粗大的树干下面
是发黄的落叶，是造物
取走了喧哗的沉静
是一个人面对色彩终结时简单的荒凉

我俯身捡起一根枯枝
它已经转世为木
仔细看时
一些方向一致的纹路
仿佛还在携幼兽迁徙……

**白雪覆盖的罗山**

这是祖先凝视过的一座山
也是布道者、土匪、牧羊人、采石匠
捡发菜的农妇、跳崖殉情者、逐出庙门的和尚
凝视过的——一座山

先人说，找草药去罗山
活不下去了，去罗山；先人还说
面壁思过，去罗山，不知天高地厚
去罗山

落雨，罗山在雨中；落雪
罗山在雪中
它大面积的峻岭与植被
常被雾气环绕，也被烈日照射
生生灭灭的花草，与隆起的山体相比
无足轻重

它的暮色不朽，它的石头不烂
谁住在山上，谁就是守山人，谁就可以
占山为王，赶走乌鸦
谁就可以独自坐在奇峰上观看落日

谁就可以不顾落雪
从石屋里走出来，清一清嗓子，对着
空旷的山谷呼喊，谁就可以听见
自己的声音
如何击穿千丈落雪
[以上选自《人民文学》2015年第7期]

## 落日下的旷野

这宁静，过于强大
我都有些不知所措

平缓的坡地上，两匹马
在吃草，鬃毛披脸的马头向着两个方向
远方是一座孤零零的烽火台
我们不是草原上真正的骑手
马不理我们

有人喜欢上了遍地盛开的金盏花
我只对荒凉情有独钟
一只鹰高高地飞了下来
草原上的鹰从不尖叫
更不会结伴盘旋

落日开始下沉
也不是圆的
它更像一根粗大的木桩
在远处静静地燃烧

## 阿拉善之夜

昔日的王爷府
也只有一个月亮
它照过的草丛也不会因此茂盛
我一度把它想象成一只盛满羊奶的木桶

一位穿红袍的僧人
坐在台阶上
他看见我从营盘山上下来
如果他有寂寞,我与他的一定不同

白昼热闹的赛马场上空
偶尔会有流星滑落,它们变成灰烬之前
从没有自己的名字
它们的消失,只是一瞬

其余的星辰正向西方流去
一根灯柱接着一根灯柱的尽头
是阿拉善小镇,在它曾经还是一片沙漠的时候
附近是一座古老的骆驼牧场

## 敬拜炎帝

我跪伏于此
眼里突然涌出了泪水
上祖啊,请你拔掉我身上的毒草
除此之外我别无所求

## 在巴彦淖尔市以东

在这片无垠的旷野上
一匹狼看见另一匹狼
它会跑了过去

一个人的旷野

要比两个人时大得多
甚至能听到
最小的风
吹拂一扑棱马兰花的声音

另一个人出现了
他骑在马上,他也看见了我
在距离我
不远处
他停了停

他分明是在端详我
正当我想跟他打招呼时
他突然掉转马头
向巴彦淖尔市的方向
奔去

他的样子
不像是一个人,而是像
一只贴着地面
飞翔的鹰
俯冲而去
［选自《诗刊》2016 年第 9 期"青春回眸专号"］

  杨森君(1962—),宁夏灵武人。出版著集《梦是唯一的行李》《上色的草图》《砂之塔》(中英文对照)《午后的镜子》《名不虚传》《零件》《西域诗篇》等。作品荣获宁夏第五、第六届文艺评奖一等奖,银川首届贺兰山文艺奖成就奖等。参加诗刊社第七届"青春回眸诗会"。作品《父亲老了》于 2011 年 5 月被联合国教科文卫组织属下的国际教育机构 IB(international baccalaureate)国际文凭组织中文最终考试试卷采用。中国作家协会会员,宁夏作家协会副主席,宁夏诗歌学会副会长。

# 梦 也

## 那一夜(外七首)

上半夜能听到河水流过
桥洞的声音

下半夜
能感觉到庙山脚下的阴影
一寸一寸往回收

那是因为月亮升高了
搭在墙头上的老毛毡因饱吸
露水而显得厚重

大地是一匹负重的骡马
在晚上就被卸下重负

风吹着,不大
就像大人们有时候想心事
莫明其妙地就流下了泪水

总之,活着还是一件美好的事
虽然有那么多的难心事

那年我八岁
习惯于把活过的岁月紧紧地
攥在手里——

磨得锃亮
像一颗透明的水晶珠

## 秋天，在你随便站立的地方

秋天，在你随便站立的地方
都有黄叶静静地飘落
你是人
在你站立的地方
世界输给了你
它是遍地衰败的黄金

在你如此真切地体验到生命的悲伤的时刻
它几乎就是一场风吹着
一座空林

你的眼球还有你健康的肤色都被长风
慢慢漂白。你的心
即使在快乐的时候也带着一丝
苦味
那干透的花萼悄悄裂开，黑色的草籽
簌簌飘落
收割后的土地即使在病着的时候
也舍不得遗弃心形的果实
尽管微小

我的心带着备尝甘苦的甜蜜
承受风吹
那从西方吹向东方的风

向着村庄
那归家的草捆和柴筐
都比平时轻快……
那因生活的重负而过早弯曲的农夫
脖子上挂着基督
受难的样子呈叉状

**我的心**

我的心只感觉到我的肉体
在距离心最近的地方
有一小块湿地

时常落着小雨
那儿永远是三月
青青的草地上
曾降临过天使

**每日黎明**

我喜欢凌晨时分那吹进窗户的
薄薄的风,还有那
渗进窗玻璃的
薄薄的黑暗

森林在远处黑着
有一块石头从山顶上滚下来
落入水潭

但是早晨是安静的,像一个巨大的音箱
暂时是安静的

听起来——仿佛远方真有一个海
在平静地穿越它自己

**冰雪中仰望博格达**

少有的经历
四面被冰雪包围
就像一不小心
来到了一处圣殿

那是在博格达

冰雪覆盖了四周的群山
我们一群人被雪橇运往山顶

起初还嘻嘻哈哈
突然——所有的人都停止了喧闹
仿佛被什么东西扼住了咽喉

洁白无边的世界
把洁白推向极致

即使你是天使也会觉得
翅膀上有一点尘土

我站在一处山顶
仰望更高的山顶

洁白的博格达在虚幻的蓝天下
呈现出一点蓝

微微的蓝
隐隐的蓝
若有若无的蓝

多年后，我试图解释那在
一片圣洁中透出的隐隐的蓝
到底会是什么？

我集中了我全部的学识和经验
甚至集中了我的梦想和宗教
也没有说得清

入夜，那里升起了一轮薄薄的弯月
像黄金的颜色那么沉稳
四周的群星也一样
答案就在这里：
无限深邃的星空在默默地

解释一轮弯月

## 奇迹

我习惯于对着远天
张望

那里，什么也没有
只有升腾的云气

仅仅是
我多坚持了一会儿
奇迹发生了：

在云雾缭绕的山头
一头雄狮
缓缓升腾
硕大的头颅
左右摆动……

## 秋天的北方

干干净净的北方……偶然会有凸起
那里，在最高处
会有一株假想的树直对着蓝天
蓝天碧蓝，从来没有这样蓝过

上面即使什么也没有
也会有假想的鹰渗出云端
啼叫

朋友啊！你们要知道
在这样的蓝天下我存在过！
有时却极感卑微！

**大豆开花**

你？如此遥远
我爱着你
中间是大豆
摇着铃铛

春天开花
冬天隐藏
在厚厚的地表下

傻傻的
我爱的样子像大豆
因饱满而赤露

我有嘴巴
但从不说话
它仅用于开花
结出繁茂的果实
为你！

仅为你，所有的大豆开花
开出一地的紫色
仅为你，这空间太小
而大豆呼喊着开花
汹涌成海洋
[以上选自《鸭绿江》2017年第9期]

　　梦也（1962—），本名赵建银，宁夏海原人。《朔方》编辑部副主编，一级作家。作品发表于众多报刊，入选多种选刊选本。出版诗集《祖历河谷的风》《大豆开花》、散文集《感动着我的世界》、长篇小说《秘密与童话》、中短篇小集《羊的月亮》等。诗作荣获宁夏第八届文艺评奖一等奖。中国作家协会会员，宁夏作家协会主席团委员，宁夏诗歌学会副会长。

# 洪 立

## 风中的骆驼（外六首）

风把这只骆驼的梦吹了出来
映亮了残壁断垣
吹出了它肚子里的星星和篝火
吹出了嬉皮带着盐质、草味的反刍

在朵朵马莲花的眼睛里
风用阳光为骆驼搭起了一个幕帐
近似于一种情愫，一种慰藉
又被风描述成雕塑，描述为榜样

而骆驼近似于一种睡眠
心里的一条路就牵在太阳的手上
连着绿洲，连着大海
连着棵棵小草，朵朵小花的牵挂

而风又吹出了光线，用耳朵倾听
吹出鲜明的轮廓，用眼睛观看
这周身散发着红光的骆驼
被风弹奏的音乐徐徐开放

## 父亲卖羊时收了假钱

难怪那次他卖羊回来
坐在炕沿默默抽烟，搓着手指
要不是他去世，恐怕这个秘密
一直会藏了下去
快三年了吧，他把收来的假钱压在箱底
我们兄妹几个再次回忆

三年了，好像什么事情都没发生

**父亲的最后一站**

我新买的楼房在一站台旁
我出门，见他背一袋山芋种在等车
我多么想走到他跟前
继续听听，听惯了的那一句
"不要管我，你忙你的"

我一直在他的包容里活着
不能不说是一种托辞
过往的车辆一辆接一辆
我真担心他要错过他要乘坐的那一辆

纷繁中，他还系着衣襟，裹着疾病
仿佛将一个日子往怀里揣着
而我也是呆呆地站着
真想让他到新楼坐坐
又觉得他在父爱里包容了一切

这种想法已缠绕了多年
急切，缓缓地追忆一年，一月，一分，一秒
多么沉重，多么轻松，又多么无望

就在这一年，他病重了，出院时
还是在这个站台
我才挣着他走进新楼

他坐在屋里什么也没说
好像我就应该住在这阔气的地方
没等多时，他急着要回乡下
这是他生命的最后一站

**溺爱**

想这荒僻的孝心该有多久
我没有抓紧时间去爱,去孝敬母亲
但她身上的那颗瘊子
像一颗明亮的星星照亮回忆
使我在童年每一次为她抠背时
都格外小心

但母亲也一直没有提到瘊子对她的影响
好像她就应该长在她身上
好像痒不是从它那里所产生

直到她临终前
我们才发现那瘊子还死死地长在
她够不着的地方
如一个纠缠了她一生的烦恼
沉湎于一生的溺爱

**在精神病院的窗口**

我像哪里见过她,她趴在窗口
向我要烟
偶尔她也会朝四处看看

我把抽出的香烟正往她手里递过时
后面的另一只手把她朝回拽着
她双肩紧缩,如一支退回盒里的香烟
无法再把她抽出
但又增加了一种怜悯
我把抽出的这支放在鼻子下面闻着
顺便记着她被一个长长的影子拖着
走进了长长的走廊

我想,在这座白的静谧的楼里
她不会再咬烂手指,抓乱头发

而是在太阳照耀的窗口
以一个美丽的侧影慢慢转过身来

## 河滩

耳畔掠过一阵幽魂
在翩翩起舞
山在痴望

在芨芨草转出的光晕里
时光晾在鸟巢
鸟蛋晾在空处

一束光
一座城照在水里

## 螃蟹

长着三头六臂也罢，横闯人生也罢
又怎能摆脱人们的嗜欲
我看着它们被五花大绑
真的，为难极了
像遭遇一场劫难，却无能改变

只是想它们被冻在冰箱保鲜
或立即放在锅里蒸煮
那种残酷可想而知

可它们一动不动
没有能力停止生命，也不能被死亡带走
却被活活当食材下锅
这是不是命运

　　洪立（1962—），宁夏吴忠人。80年代开始创作，作品发表于《朔方》《诗刊》《诗歌月刊》等。荣获宁夏第八届文艺评奖二等奖。宁夏作家协会会员，宁夏诗歌学会会员。

# 米雍衷

## 落叶的思想（外六首）

蛮荒旷野仅存的一丝柔情
在这个冬日。渐渐清晰
看见雪，洒落于嫩枝之间
在属于自己的光亮里，成为
阳光折射的微尘

仅仅是活在春天的一株草
注定被秋天的野火焚烬
从四周、从树木和房屋、从飞鸟
从天空以及从夜晚的星座上
不停地坠落

另一片原野，另一个山冈
在不停地坠落中
在一切思想走过的地方
有一些什么东西渐渐升腾日益辉煌
那是秋天的光明。那是落叶的思想

## 无题

如果把唏嘘比喻为一张宣纸
如果一个留着长发故作字画的人
铺开类似于无聊的墨海世界
淡雅。依次浮现河流、山川、村镇
却没有你，那个屹立在浪漫里的人
时尚的欺世，堂皇的盗名

无知与思想陌路相逢

忽然想起黑白影片中
以爱情做掩护的地下者
除了几个略微押韵的长短句
或者，几句半生不熟的口语
又能为心爱的人献上什么？

情感纯洁如刃。岁月似剪
在另一种心情里
独享。没有污染的语言的野蔬
那些所谓睿智的人，责罚游离于游戏中的温顺之人
那些为了生计屈膝弯腰的人
演绎游戏中那些司空见惯的事
想把世俗之吻伸向似水的舌头
灵性，对着黑夜高喊
把我放了吧

**泥的雕塑**

山与山，在错位之间
一个位置移到另一个位置
黄昏挡在面前，一道闪电
随时都可能炸开
想象一只逃亡的大鸟
在泥土塑就的雕像面前
成为光的核心部分
触摸不到，也不知道它的方向
只有羽毛，从半空中徐徐落下
飞翔的，是飞的大鸟
散落的，是泥的雕塑

**十四行之一**

一次经历就是一次旅行
酩酊时刻用漂泊去欣赏镜中的风景
仰着脸的疲惫如越飘越淡的云
青山绵延却无力掩饰迷路的心情

幸福的回忆让痛苦在午夜暴涨
潮水般涌来又悄无声息地隐去
祈祷之手幻化成树伸向苍穹
爱情用呼吸等待广阔黑夜的来临
命运的出口一只紫色的蝴蝶在飞
夕光的雾霭里白发已爬满双鬓
时光中柔软的部分被秋风揭穿
留下空空的躯壳艰难地等待绿荫
顺着物与欲的洪流溯源而上
不肯妥协当然也不认宿命的作弄

## 十四行之二

生活摆出一种义无反顾的姿态
秋风又一次把落叶送回风雨中
一只鸟儿羽毛掉进火里
以想象的力度诠释生命的完整
卑微的小草包容过大地的辽阔
倾斜的黄昏滋养过阳光的黎明
爱和恨总喜欢在梦中停留
醒来时一切都薄如蝉翼
用金色形容年轮让记忆结了一层厚厚的茧
触及那一湾碧水褪色为嘴边浅浅的咸味
感动于细小温暖的事物像尘埃像露水
人到中年似乎没有什么不破不立
赶着思想的羊群走过漫漫冬季
丛生的荆棘印证着魂灵的清晰

## 十四行之三

少年的记忆美好得让人心痛
中年的记忆活在童年里
青春以无畏背着一条河流奔走
老年的记忆匍匐于一些消息和报纸中
如果把心从记忆的田野分割出来
一个人的道路好像藏匿于风中弯曲的弦

弹拨里期待款款美丽垂直跌落
一曲天籁宛若心灵雕刻华丽的曲线
感觉自己总是生活在岁月的繁华之外
爱是一种记忆然后是一片空白
沿着火焰的走向目睹时间缓缓驶去
看见了悲观的死亡也看见了乐观的诞生
仿佛岁月枯荣的荒草不留一粒尘埃
仿佛跃动的晨曦永远在拂晓盛开

## 十四行之四

千古的明月被我们的沉默敲响
孤寂的城堡不再理会狡诈的目光
无边的星空连接一望无际的草原
蹒跚的羊群是一种形态却洒落无数的背影
夜揉碎了山的衣裙却舒展不了树的手臂
宽阔河流的涌现伴着小船回归往昔的梦
岩石般冷峻的山内心燃烧火的熔浆
多少如板的岁月层层包裹生命的年轮
云的幽默与隐隐的雷声将潮汐随意拍击
永远摆不平的时间沿着我们的发梢而下
花的誓言在五月贴近黄昏的记录
远远携来的一身泥土已为秋风拂尽
流浪太久的思想和爱情都沾满灰尘
只有守护一个冬天的话题仍然生长在我的身体

  米雍衷（1962—），宁夏灵武人。就职于吴忠供电局。1980年代开始创作，诗作发表于众多报刊。著有诗集《喊疼的风》。宁夏诗歌学会名誉副会长。

# 张　铎

## 我和父亲(外八首)

小时候
我管父亲喊爸
叫得很自然也很亲切
慢慢地就少了
现在几乎不喊
昨晚喝了点酒
我在电话里喊了一声：爸
那边半天没有动静
哦，父亲也不习惯
儿子喊他爸了

## 忆童年

月亮下山了
黑暗压了过来
让人喘不上气
真想把星星
拉下来透口气
然后钻出去
看看天外
那个亮堂堂的世界
究竟怎样
[以上选自《绿风》2014年第4期]

## 沙湖

敦煌飞天
遗失在沙海里的

一块古铜镜
照在里边的
是一望无际的沙漠

## 清明节

回不了老家
就在灶前点张纸
跪到忘了疼痛
[以上选自《山东文学》2016年第9期]

## 麦浪

一群不谙世事的
乡下少女
在月光下
轻抚闪亮的发辫
孕育一种生命的果实
遭遇阳光
一片金黄

## 冬日

长辫子一样的小河
无处寻觅
徘徊在坚冰上
隐隐约约又听到了你
清脆的歌声

## 影子

不想让你走，又不敢说
于是，轻轻踩住你的影子
而你一点感觉也没有
手都没招就走了

**亲人**

独自远行
想起远方的亲人
我跺了一下脚
不知他们
感觉到了没有

**在树下**

一只鸟儿
叫个不停
忍不住鼓了鼓掌
它飞了
远处的那片蓝天
却向我飞来
[以上选自《南充文学》2017年第1期]

  张铎（1962—），本名张树仁，宁夏固原人。就职于宁夏政协。作品发表于《朔方》《星星》《诗歌月刊》《山东文学》等，被《杂文选刊》等转载，入选《宁夏诗歌选》《中国诗人自选代表作》等。出版诗集《三地书》、散文诗集《春的履历》、评论集《塞上潮音》《塞上涛声》等。中国文艺评论家协会会员，中华诗词学会会员，中国诗歌学会会员，宁夏诗歌学会名誉副会长，宁夏诗词学会副会长。

# 杨　梓

## 天现鹿羊(外十首)

雨过天晴的巨崖上
突然现出鹿羊的影子
我们知道是明万历年间
都司甘胤所见，并命笔而刻勒
至今依然

同样是五月，同样是雨过天晴
可我只见四个遒劲的大字
没有看见鹿羊的影子
实际上，我即使想看也不要看见
即使看见也不能说出

## 额济纳

我把雪花留在水中
凛冽的西北风卷走了晚霞
我在火焰里看见一朵莲花
月亮的羽毛纷纷扬扬
我在枯死的胡杨树下叹息不绝
想在长发中找到那只如泣如诉的大鸟

鸟鸣里有将军洒了一路的血
和黑城一夜之间的萧条
滚滚红尘使擦肩而过的长风旋成深渊
任凭乌鸦血红的目光砸向城郭
我站在不长草木的泥滩
头顶上是各种各样的鸟鸣

**胡杨林**

在旱透的大地上
由绿变黄，由黄变红的胡杨
每一个节疤都在渗出鲜血
每一片落叶都是胡杨的泪

绰约多姿，倔强不屈的胡杨
不死是因为需求太少
不倒是因为扎根很深
不朽是因为奉献了全部

我在额济纳面对一棵胡杨树时
却想到了黑水城当年的繁华
祈祷弱水不再断流
而要浮起胡杨树成千上万的叶子
[以上选自《诗歌月刊》2017年第7期]

**念头**

面对一秒，犹如光速
每秒三十万公里，一秒多
就可从大地到达月亮
可比光速更快的还有念头

一念之间穿越了太阳系
以金木水火土命名的行星一闪而过
大禹的青铜巨斧劈开山梁
汹涌的黄河流成银川平原

而从天堂到地狱的距离
无法用里程丈量，也不能用时间计算
就在一念之间，比一秒还快的一念
犹如一个眼神

显示着心灵的有所需求或有所拒绝

或者是躲避善恶之间的河流
是的,当脑海闪现一个个念头时
心已是你波涛汹涌的海洋
[选自《朔方》2018年第5期]

## 小鸟飞过

在农家小屋,我好像在发呆
几乎没有听见羊群进院的声音
房门开着,挂着塑料珠串成的帘子
阵风吹过,丁零作响,还吹开一扇窗户
放进一只鸟,我不认识
麻雀大小,好像有几种鲜艳的颜色
小鸟一直乱飞,碰到另一扇窗户的玻璃
我赶紧打开所有的窗,小鸟来了又去
也就一瞬间,留下一根羽毛和几声鸣叫
是因为寒冷、饥饿还是小屋的灯光
初冬的北方,黄昏已经铺盖下来
[选自《绿风》2018年第6期]

## 小暑

北方的树下还有一丝丝凉风
老鹰平展双翼,盘旋高空
地里已无麦垛,几只鸟雀飞来飞去
一畦韭菜开满白色的小花

麦秆笼里的蝈蝈,鸣叫更加响亮
一只黄狗趴在门口,伸出全部的舌头
牛在反刍,果树上的麻雀偶尔叽喳几声
喜鹊飞过院墙,云朵似动非动

在老家小院,坐在房檐下的台阶上
我第一次感到一缸水的平静,却难以言说
一杯砖茶,一碗长面,一碟小菜
一个炎热的正午,几句简单的对话

**恍惚**

贺兰山间的一条无名小溪
是另一种时间,从太阳神的峡谷
叮叮咚咚地流向千里戈壁
我逆流而上,小溪却突然消失

难道没有小溪,只是我的幻觉
眨眼之间,耳边又传来溪水的另一种声音
我蹲下来,果然触到水的清凉
一捧溪水从指缝间轻轻滑下

小溪一直都在山谷轻流
突然消失的可能是我的感觉
是一秒还是五秒?或者此刻才是清醒
其余皆在你的梦里,包括清凉

**形状**

水漏、沙漏都可以计时
但与时间的形状无关
且用一条小溪来比喻,但需要设计
一个把水变得像秒一样纤细的两岸

每一滴水滴下悬崖时
与另一滴水之间正好是一秒
六十秒的水滴汇到一起成为一分钟的水滴
然后跳下悬崖。如此汇聚

三千多万个水滴便汇成一年的水滴
三十多吨水该是多大的一滴
该怎样从悬崖滚落下来
怎样的大地才能承受这剧烈的一击

小溪依旧向东汇聚,流向今日
我在人群中向西而行,走向明天

蓦然回首，灯火阑珊，却没有一个人影
只有浩瀚无涯的海洋

## 开合

这一秒大门敞开，下一秒大门关闭
在这一开合之间会发生什么
是一个人的离去还是一阵风的进来
或许不能确定大门是否开过

问题回到原点，可这一秒已经离开
像一个人离开了这个世界
他的大门从来没有开过，甚至没有门窗
也没有留下任何记忆。即使留下也是漆黑

而风可以从大门进来，从窗户出去
拂过树梢，经过楼顶，栖息在鸟的羽毛上
还可以在我的心里，掀起一秒一秒的浪花
然后，旋成另一时空的黑洞

## 在此

秒不在，或者把秒抽出
那么分钟、小时就会塌陷
就像一堵墙，去掉构筑墙的砖
墙，仅仅是一个与历史甚至传说有关的词

对秒产生怀疑会延伸到秒的极致
最快的无量秒和最慢的无量年
就是对我自己的反思：肉体与灵魂
我在此，秒也在此，反之亦然

秒以人的生命形式而存在
只是常被忽略，没有看见树叶飘下
但一片片落叶已经铺满昨天
从枝头到大地，秒在树叶与落叶之间

## 在心

我指向什么才能说：这就是秒
用六十个排成一队的玻璃珠
质地、形状、色彩、大小都一样
但我的玻璃珠里还有石子
没有排列，只是一堆

这并不是说我的秒混乱不堪
而是我想到了一堆难以分辨的东西
像玻璃珠，但不是石子
更不是大豆、树叶、水滴或者火苗
从像到是，是永远无法抵达的距离

就像时间，我可以沐浴你的光芒
让你永驻心间，但你的心里会有什么
恐怕只有空。也只有空，连空也空
方能容纳所有——无数个平行宇宙
无数个无量年无限伸展的你本身
[以上选自《诗刊》2018年9月上半月刊"青春回眸专号"]

　　杨梓（1963—），宁夏固原人。就职于宁夏文联，一级作家。出版《杨梓诗集》《西夏史诗》《骊歌十二行》《塔海之望》。作品荣获宁夏第五、第六、第七届文艺评奖一等奖。参加诗刊社第十五届"青春诗会"和第九届"青春回眸诗会"，入选国家百千万人才工程。中国作家协会会员，中国文艺评论家协会会员，中国诗歌学会理事，宁夏作家协会副主席，宁夏诗歌学会名誉会长。

# 周彦虎

## 生活的折页（四首）

### 轮椅上的村庄

路过那座城市
狗娃用拐杖指点着许多楼说
那栋，那座，都是老子建的
老子的一条腿，就插在那里

夜幕下的高楼，真像一条人腿
里面亮着灯光和人影
山村坐在了轮椅上
满眼的荒草随风起伏

### 姥爷的路

姥爷一生走过的路不多
除了一条赶集的大路外
再都是地埂子

走出背靠黄土山的院门
一条通向院背后山坡上的庙
一条通向前川里的祖坟
一条通向远处的山地
一条通向河沟里的泉边
一条接着赶集的大路

看着这些纵横交错的小路
我感到姥爷就是个蜘蛛侠
编织着笼罩山沟的网

白天，网上粘着太阳
夜晚，网上贴着月亮
天阴时，一网的西北风

那一条赶集的路
是一道收网的牵绳
一年下来
蛛网捕获的幸福是一瓶老白干
和一包茶叶以及白糖
其余的日子，网上粘着咳嗽的星星

简单的几条路上
总有佝偻的背影，走着走着
姥爷也走进了黄土与蒿草

## 老鹰

老鹰老了，喙秃了
啄不破日子的硬壳
羽毛厚重了，飞不过日子的天空
爪子秃了，抓不住日子的悬石
在苍凉中等死，还是在炼狱中重生

在一个悬崖石洞中闭关
忘记了曾经，只用残存的精力
在石头上叩掉了喙
在一片血迹里等待
等待新喙的生出与坚硬
然后用喙一根根拔掉羽毛
以及老秃的爪牙
耐心地等待新的羽毛与爪牙
如雨后春笋似的再生

在悬崖上再次起航
从死亡之海再次盘旋到生命的蓝天
一次闭关，又飞越了三十几年的时空

**黄土地上的庄稼**

洋芋起了别名叫土豆
土豆就是土中的豆子
带有泥土的秉性和脾气
和大豆豌豆一样朴实憨厚
都属于庄稼中的老百姓
最大的优点是能生一炕儿女
并且生机勃勃不嫌弃任何土地
土豆花开的时候
也是黄土地最骚情的时候
土豆堆积如山的黄土地
如过满月时的媳妇子

小麦总以贵族的身份审视田地
其眼神和松柏树一模一样
总瞧不起满山遍野的旱柳和杏花
因而旋起金色的芭蕾
引逗得阳光也随风翩翩起舞
让人眼睛也金光四射
贵族都是有身份的人物

金玉米如同预备役民兵
以整齐挺拔的方阵
随时接受主人的检阅
腰中的弹夹匣满一排排子弹
准备射向深秋之后的寒冬

谷子糜子为人谨慎拘泥
时时垂下沉重的头颅
听从风雨阳光的训斥
垂下头颅的并不都是奴仆
而是一种心智和成熟
沉默啊，沉默
不再沉默中辉煌就在沉默中金黄
谷子糜子是我的偶像

荞麦是典型的民歌手，漫起花儿
山坡尽是蜜蜂的粉丝
胡麻自认比不上油菜花的通俗唱法
但坚持自己的本色
以吼秦腔的姿态深入山坡梯田

莜麦的铃铛摇响了山野
听见铃声，黄鼠、黄牛、野鸡、羊羔
都会进入莜麦地
朗诵铃铛写就的诗句
其实，没有铃声的自由自在
就是这些学生模样的家伙的野心

黄土地上真正的庄稼
就是泥腿泥脚
生长出黄土的岁月
[以上选自《朔方》2018年第1期]

  周彦虎（1963—），宁夏西吉人。任教于西吉中学。诗作发表于《朔方》《诗刊》《星星》等，入选各种诗文集。出版诗集《一壶夕阳》《杏坛春秋》《岁月剪影》。诗集荣获第二届全国教师文学专著奖。中国诗歌协会会员，宁夏作家协会会员。

# 冯　雄

## 公园(外八首)

钟声在秋天的白桦林中回荡
最先染红树梢　然后是翩跹在
林间的鸟类们　它们把低垂的天幕
从草地上唤起　给天空涂上一层
假想的崇高　金色的黄昏就这样
被秋天俘虏

空地上的长椅　躺着一位老者的晚境
空洞的目光在秋天的长空盘桓
一片落叶静悄悄地陪伴在身旁
风卷走一地的茅草哦　吹起老者
没有内容的一世沉浮　就像落叶
一点一点　慢慢远离了秋天的公园

就这样　秋天沉重地在钟声中行走
一切城市的喧嚣和浮躁
在某一个下午　被时光记忆
尽管菊花怒放　隔墙车流如海
有谁把秋天读懂
就像秋天读不懂人类一样

## 薄暮

这个薄暮充盈的秋天的傍晚
我会在哪里停留　收获果实
运草的马车从我的身旁经过
车夫用熟悉的腔调嗤笑
我两手空空　无法追赶

我回到曾经居住过的庭院
荒草萋萋　硕鼠合唱
陌生而模糊的房屋在秋风中
轰然倒塌　恐惧在我的心头蔓延
我甚至被荒草中蟋蟀的翅膀
扇了一记响亮的耳光

不敢正视　我回来的路途
插满了荆棘　容易受伤的部分
总是最先碰到坎坷
如果记忆能够整理
我情愿站在高处　眺望
我仓促而又匆忙的一生

## 河岸

总是在一条河的教唆下　我才能
心怀坦荡地站在河岸边　看水面上
自己的影子　被折叠被修改被揉碎
秋天冰冷的风穿过我的躯体
吹凉我的骨头和忧伤

岸边的芦苇很自信地立在风中
像农妇一样匆忙地梳理被风吹乱
的头发　寒鸦在水面上笨拙地
模仿蜻蜓　黄昏把金色的投影
安放在河流中　拥抱一串
小心翼翼穿越秋水的小鱼

我不敢离开河岸　就像涸辙之鱼
渴望一瓢水的挣扎
静观云朵在清澈的河面上翱翔
静听一块石头在水底轻轻喧哗
而心中　一眼喷泉在放声歌唱

**秋天的信**

在秋天给自己写一封信
就像在秋的身上划了一道伤痕
隐隐渗出冰凉的眼泪
归雁在云端标出了省略号
凄厉的叫声划破长空

该怎样称呼自己或者说服自己
早年的痴狂该不该提
自信的出走　糊涂的情感
狂热的恋爱　大胆的冒险
遥远的消息像瘟疫一样
传染给信使　这个秋天多了一份诡秘
我的亲人们　还没听到我的死讯
就已经泪水涟涟

在秋天　给自己写一封信
没有署名　没有地址
触手可及的故乡和母亲
和我只隔着一张纸的距离
[以上选自《朔方》2013年6—7期]

**我遇见了一群乔木**

多少年以后，我逐渐清晰
摒弃了一些杂草　轮廓显现
骨感的身姿　倔强地生长
许多河流侧身而过
把我留在石头的罅隙里
高傲或者高大　就像鸟儿
在岩石之上摩擦自己的羽毛

我在秋天的午后
和一群乔木相遇
似曾相识的有些沧桑的面庞

隐藏在身体之下的时间的纹路
我不知道他们的名字　不知道
如何抚摸　把伤痛留给自己的
这些遍身伤疤的老者

只有大声喊出自己的名字
看落叶是否知情
悄悄收起哗啦啦的呓语
让时光慢下来　再慢一点
让我看清死去然后复生的轨迹

## 暮色之下

暮色之下，就是寂静了
离别多年的我乡下的亲戚们
关上了傍晚的窗户　失散多年的
那些不知名的鸟儿
带回了远方的雷雨和冰雹

我模仿大师　把黄昏泼墨成
一幅彩绸一样的国粹
那凝重的炊烟　轻飘的落叶
山坡上　穿红衣的女子
不知是谁的意境
有人回头　在河边轻轻默念
一条鱼的名字　河水倒流
往年的石头浮出水面

就这样坐在支离破碎的
暮色中　有些声音
是永远听不到的
就像一场虚拟的表演
无法收场　更无法复制

## 水边书

你就这样开始了自己的旅程
无所收敛　把自己置于非常
危险的境地　虚幻的影子
总是起起伏伏　一只小船
突然失去了航向

你赐予我们时间的流水
和人生的速度　给我们
捕捞的机会和想象
如果有人关注一条河的
走向　那些沉积的泥沙里
到底隐藏着多少凶险的纱网
你不说出来　用几根苇草
轻易地把致命的暗器伪装

一些死去的歌唱
一些嘶哑的喉咙　一些
被大地感动的人　正在
走向逐渐被省略的深渊

## 铜号

一把铜号　也许能集合起神奇的力量
孤独地穿透秋天的早晨　在大地上的
某一个角落降落　气息微弱
安静的池塘甚至没有一丝涟漪
金褐色的声音消失在逐渐散去的晨雾中

其实　久远的回忆被挂在墙壁上
逐渐风干　失语的过程
就像难产一样　在无力的呻吟中
力量在一点一点耗尽　只留下
一个扑满灰尘的疲惫的躯体

谁能手持一块干净的抹布
把可爱的铜号擦拭一遍
就像在一个安详的秋日的午后
听远处清脆的鸟鸣　高声宣示
我已认识你多年
我已认识你多年
［以上选自《大昆仑》2014年夏季号］

## 日暮

在孤独中扩展　散布雾霾一样
金色的狂想　一闪而过的村庄
像影子一样跟随在你的身后
腐朽的树木直不起身子
倔强地站起又悲壮地倒下
踉跄的路途　就这样在糟糕中
匆匆收尾

往往在黄昏时　狂躁的心灵
才能变得纯净　这时谷物已经成熟
葡萄正在酝酿　果实从枝头坠落
一支残留的花朵　面向我开放
没人发觉她露出的怯怯的笑容

我很骄傲于我的发现　小小的触动
让日暮的黄昏轻轻抖动了一下
［选自《黄河文学》2015年第8期］

冯雄（1964—），宁夏海原人。任教于海原中学、六盘山高中等。1986年开始发表作品于《人民文学》《十月》《诗刊》等，入选《2000年度诗歌精选》等，荣获宁夏第五、第六届文艺评奖三等奖、二等奖。著有诗集《诗意大地》。宁夏作家协会会员，宁夏诗歌学会副会长。

## 潘春生

## 在兵沟，我把自己当成统帅（外四首）

大野寂静，月光的丝绸
冷暖相济，任含羞的花朵
渐次绽放出思古怀幽的情结
淘去千年的尘埃
唯有身边的黄河，奔涌如血
载着曾经的辉煌，也载着被人遗忘的寂落

今夜，在兵沟
酒杯荡漾的满是尘封已久的传说
任留守荒原的古人
用自身磷光跳跃的节奏
穿越时空的变幻，以花朵的柔情
为我们再现一张张似曾相识的面庞
蒙恬，霍去病以及一个个身着盔甲的将士
让梦乡，提前盈满激情豪迈的张力

在兵沟，西望黄河，东望毛乌素
借着酒兴，我把自己当成了
一个割地为王的统帅
醉眼蒙眬，骆驼刺芨芨草
都是我忠实的子民
仿佛深埋地下的一座座汉墓
就是我设伏在此的一支不问生死的军队
只是岁月无情，蒙蔽了太多的事件真相
一任生锈的箭镞，不知该射向哪里

## 明长城,一道过目难忘的景观

仿佛一阵骤然的马蹄声
从明洪武年传来
小墩湾,一道边墙,横跨黄河
自贺兰山东麓绵延而出,山河相望
一望,时光过去了六百年
神话一样的地理,用天一样的辽阔
让岁月,就这样流水一样的走远了

沿着黄河古道,一支花儿的小曲
佐证了一个游牧民族最初的秘密
而一粒沙尘的苍茫里
依然诉说着曾经如画的道道关隘
如何将一方地域的目光抬高
只是历史太厚重,所有的浓墨重彩
被无情的岁月镂空

在宁夏以北,明长城
显然是一道过目难忘的景观
令依傍在一旁的红果子小镇
用美女般的靓名,固守着一年一度的春风
和海纳百川的胸怀

## 风水轮流,借一缕山的骨气与水的灵气

曾经的蛮荒已成为永远的记忆
在贺兰山东麓,每一缕春风
都能唤醒一方绿荫滴翠的世界
让生态的水袖,拂动一簇簇产业崛起
从尾闸到红寺堡,数十万公顷的绿色畅想
一旦被叶繁枝茂的屏障连在一起
昨日荒凉的戈壁,今朝便是芳名远播的福地

风水轮流,借一缕山的骨气与水的灵气
这得天独厚的地理优势啊

一经春意编排，便供出阔绰的景象
与一座座诱人的酒庄
仿佛民间无韵的唱和让春光一夜之间决堤

登高远眺，一排排绿色跌宕的阔叶杨
围成另一道抗沙御寒的天然屏障
任一双双喜鹊，栖居高抬
让今生走过的人
抬头看见喜，转身撞上爱

**今夜，在红柳湾**

月光匝地，今夜
伴着黄河吟唱的禅意
星星撑灯的天地间
有一方与爱情相关的领地
正被春风抬高

红柳湾，是谁最先跟一朵欲绽的花蕾
说出天荒地老
让多少南来北往的候鸟
在此繁衍生息，乐不思蜀
红尘几许，群花拥抱
这旷世的惊艳，又让多少心跳
不能自己

今夜，在红柳湾
是谁将月光的白银，打上了爱的印戳
朦胧中，笑脸相对痴情
柳媚依依的情态，多像梦中的佳人
轻轻一甩水袖
便溅了我满身的相思

**哨马营，只奢望你赐我一道深深的剑痕**

仿佛一声叹息，砸疼曾经的忧伤

至于唐风宋雨，商贾马帮
连同一座营盘的历史
仅留下了一截破败的城郭
超然脱俗地伫立在那里
早已不问江湖是非

拨棘问路，哨马营，几多兵戎相戈
曾为一方地域争得殊荣的交通要塞
只能在志书里找到一丝模糊的痕迹
而时间能证明的，同样又被时间淹没
任留守的草木，早已分不清
哪一段是故事，哪一段是传说

东西相望，山河依旧
弹去数百年的尘埃，尽管人去营空
可我依然奢望这座无言的营盘
能为我赐一道深深的剑痕
好成为我面对后来者以此为序的见证
[以上选自《朔方》2017年第10期]

　　潘春生（1964—），宁夏同心人，现居惠农。诗作发表于《朔方》《星星》《诗歌月刊》等。出版诗集《在农历的筋脉上穿行》。宁夏作家协会会员，宁夏诗歌学会理事。

# 王武军

## 某个时刻(外九首)

我已经习惯于一种安静
就像母亲习惯于佛事一样
在一个地方待得久了
就想到另一个地方去
看到一位卖菜的大叔
在拖拉机的水箱上暖手
就像风吹进我的骨头
我知道,天空一直在那里
母亲一直在那里,而菩萨
却从未光顾

## 水声

水声在我的体内循环
那只孤独的鱼,怎么也
游不出我的体外。我听见
一抹轻轻落下的霜花,杀伤
这个夜晚。你寒冷的样子
像消瘦的萧关,回到了汉朝以前

## 车过黄河

虽然,我没有看见九曲十八弯
车过黄河,阳光跳跃着掠过水面
岸边一排排静默的树,船也静默
一只羊皮筏子,越漂越远
那一河的固执,穿透岁月
在拐弯处停顿了片刻,然后

头也不回地,一直向东流去

## 西夏王陵

我是随着大批的游人,来到
西夏王陵的,顾不上追赶
西夏人的脚步。透过土堆
我想知道八百年前死亡的秘密
只是,在人们散尽之后
独自留下一张照片,身后的王陵
在我的背影中忧伤……

## 贺兰山

一只山羊,走进了贺兰山岩画
一群山羊在低头吃草。天空蓝得让人战栗
树的骨头,鸟的骨头,人的骨头,太阳的骨头
在朔风中咯咯作响。八百年前的今夜
一匹战马踏破贺兰山阙,一边是银川平原
另一边,是辽阔的牧场。草原的风
草原的雨,和黄河岸边的稻花融为一体
历史的意外,被贺兰山默默地接受

## 我用草木之心爱你

把你的名字和我的名字
写在一起,春天就来了
我们站在不同的山坡
相互守望,互相赞美
你说我是杏花雨
我说你是桃花诗
我用草木之心爱你
〔以上选自《黄河文学》2018 年第 6 期〕

### 立春

一支响牛鞭，唤醒
沉睡已久的心跳
在时间的断面上，放你逃生
让你，反复梳理尘世的色彩

### 雨水

既然离开，就不要回头
纵然泪如雨下，也要
把最妩媚的一面，留给
未来拥抱你的那个人

### 芒种

你的美，已锋芒毕露
我的爱，早晶莹饱满
此时，只需一把锋利的镰刀
我们便会，紧紧地拥抱在一起

### 立秋

喜欢这种站立的姿势
风姿卓越也罢
低眉颔首也好
始终占据着我的河山

［以上选自《绿风》2016年第2期］

王武军（1964—），宁夏泾源人。就职于宁夏政协。作品发表于《朔方》《扬子江》《诗歌月刊》等，入选《宁夏诗歌选》《二十一世纪青年诗选》等。出版诗集《经年的时光》、评论集《疼痛与唤醒》。宁夏文艺评论家协会理事，宁夏诗歌学会副秘书长，宁夏诗词学会副秘书长，宁夏文学艺术院第二期文艺（评论）研修班学员。

# 阿　康

## 片段或残章(组诗五首)

### 草叶

还有谁肯收藏干净的露水
在一些微不足道的清晨

拉开春天的门扉
无数饱啜的感动倾入怀中
是草叶
千万个细腰的小女子款款舞蹈
很妩媚。像是我们早已不再捧读的
森林童话

### 岩画

隔开那个年代已很久
一层岁月的幕帘
被一只手轻轻打开
一些羊群。牧人。还有待射的弓箭
崇拜许久的图腾
马匹。某日的一个下午
这些蓦然而至的故事
重重地撞入我的内心
虽然已经是寒冷的冬天，
雪永远无法覆盖岩壁上
几根坚硬的骨头。

也许这就是历史
让我们的眼睛平平淡淡

接受它沉重的真实

## 雪花

洁白的妹妹，带来美
玲珑的水晶屋送与谁
千万次用诗歌叩问天穹
哪一朵是我相思的归宿

还有驿站。渺远的行程
一朵童话藏匿其中
为你的芳迹，踏破天涯
谁抽身都市的喧嚣
以一把尘世之骨
拯救物欲蒸熏的爱情

雪线之上，梦很冷
瑟瑟发抖的妹妹
我幡悟的爱情
正赶制一件春天的羽衣
不等日出　我便要展开宽大的手掌
将你冰清玉洁的心　捧回

滚烫的血液熊熊燃烧
这只为你献出的火焰
是一个远涉的硬汉
一生只做一次的牺牲

## 伤

你有没有穿越回过去
握住的手点点泪光
更不忍合上眼帘
怕幸福消失于苍茫

想梅花短短一瞬

含香冰雪　温暖中化去梦想
怎隔空枝一袭寒霜
凭栏历史舷窗
割不断痴情凝望

为什么那多不舍
掌心只留下曾经的凉
何时一朵梅花掌中蹁跹
缝补前世的情殇

## 遍地黄花

遍地黄花——那是怎样一个季节
金色的辉煌瞬间开放
一万个吐蕊的花仙子舞动腰肢
漫天播撒幸福的芳香

我怎能忍住这金色的诱惑
一望无际的金
是通往爱情之门的旗帜
我闭上眼睛
任凭泪水洗去心灵的尘埃

遍地黄花
无声的开放是最美的天籁之音
我熟读这些梦境中的音乐
灵魂顿觉无比轻松
[以上选自《六盘山》2014年第5期]

　　阿康（1964—），本名陈小康，宁夏石嘴山人。就职于神华宁煤集团选配煤中心。作品发表于《诗刊》《星星》《绿风》《诗歌月刊》等，入选《中国青年诗人300家》《中国探索诗300首》《中国诗歌·最美爱情诗经》等。宁夏作家协会会员。

# 王怀凌

## 听马尔撒唱花儿(外八首)

这场突如其来的雨,说下就下了
在白花花的阳光下。心突然就被淋湿了
这绵延的群山,这寂寞的正午
"阿哥的肉肉哎哟……"
这悠长、这婉转、这惝惶、这碎心裂胆的痛
牧羊人马尔撒看着远方
我必须看着远方——
远方有一朵云飘过,那样慢,慢过时间

突然羞愧于我抒情的荒芜
突然羞愧于我们矜持的外衣下暗怀欲说还休的热望
突然明白爱可以用"阿哥的肉肉"来表达
情也可以用一朵云来寄托
其实,我们也可以让马儿尽情地撒欢
让花朵尽情地绽放,就像一场雨
说下就下,下个淋漓尽致
就像马尔撒唱到的
"头割了不过碗大的疤,血身子把你陪下……"
也许,我们前世就这样做了

## 我理解了母亲的一次次逃离

记不清已是第几次逃离城市
一个年近八旬的农村妇女,白发、豁牙、褶皱、身体佝偻
从城市到老家的距离有多远
一个老人的惶恐和牵挂就有多远

多年了,我一直不能理解母亲为什么要一次次的逃离

城里有她的儿女、孙子，有膝下的承欢
便捷的通讯工具和先进的医疗设施
这对一个年老体弱的人多么重要
但她还是想着逃离。一次次
在生病住院的时候，在节日来临的时候
在左邻右舍娶媳妇做满月的时候
搜肠刮肚出一些不能自圆其说的理由
一次次挤上路边的小巴士

我知道乡下孤零零的老家，每一个角落
都有母亲稔熟的记忆和气味
一棵树、一株草、一朵带着露水的白菜
都会在清晨播下阳光和鸟鸣
在傍晚收获清风和星辰
安静的院落空气清新，花开安详
但夜晚是荒凉的，一个老人
独自承受着巨大的黑暗和无边的空旷
以及隔山隔水的牵挂

直到今年秋天，我从一片叶子的脉络看见自己的一生
我才开始理解母亲，那低处的生活
一个人一生的歉收与饱满，归宿与牵挂
都与那片山水有关，与一句古老的谚语有关
从此，我不会再有抱怨
我会抽空陪母亲回家，尽量多住些时日
让一片枯黄的叶子提前看清泥土的走向
让一个日渐衰老的人把热爱的心安放在自己的胸膛里
［以上选自《星星》2013年第7期］

## 鸟鸣淋湿的清晨

黎明时分，被早起的鸟儿唤醒
仔细辨听，至少有六种鸟在和鸣
每一个音符都饱含露珠，晶莹圆润

除了麻雀在使用方言

其他的我都听不出口音,也叫不上名字
但不影响大把的鸟鸣淋湿整个清晨

被鸟鸣唤醒的人——
母亲心中有爱,奶罢孩子,生火做饭
父亲心中有佛,喂完六畜,拂尘扫院

我心无远虑,站在窗后静等天明
听鸟鸣时断时续,微风拨动树枝的琴弦
想与鸟儿有关的事情,与人间烟火有关的事情
与流水和叶子有关的事情
不知不觉,隔夜的雾气
在眼前慢慢散开

## 早起的人

都是一些老弱病残者:缓慢、迟钝、空虚
要么沿村口的田间小路迎风落泪。要么
在空旷的麦场上伸胳膊踢腿,与僵硬的骨骼较劲
仿佛这个早晨就是老弱病残的早晨
这一天就是老弱病残的一天
这个村庄就是老弱病残的村庄

以前可不是这样。以前,早起的人
要给牲畜添草,去泉边挑水
要套犁、劈柴、磨镰、拂尘扫院
要把希望的炊烟高高地升向屋顶
把热气腾腾的孝心和爱捧到炕头
——是年富力强的早晨

我在村口遇见他们
我不开口,他们也懒得搭理
众鸟用歌声欢呼日出
他们用呻吟和咳嗽

**一九八三年的号啕大哭**

这片山地，已不似一九八三年的陡峭与贫瘠

那年我十八岁，连续复读两年
日夜担心那命悬一线的小数点后面的炸弹
再次落在一个破败的农家小院
父亲好几日没有大声讲话了
这个有点文化，见过点世面的乡下男人
总是高声大气地给别人指点迷津
邻村不断传来的喜讯让他把惯常的分贝压低，再压低
把高傲的头颅用草帽遮住
我天不亮就套牛犁地
有时扶住犁把在前程未卜的犁沟默默流泪
脑海中一遍又一遍演绎外逃、隐姓埋名，甚至自杀
一九八三年的秋天，毒日头辣得眼睛也睁不开
一天晌午，我在脚下的这片山地拔胡麻
看见邮递员的自行车停在家门口
之后，我听到父亲压抑已久的声音被忽然引爆
爽朗高亢了起来
那一刻，我扔下镰刀，匍匐在地号啕大哭

**对饮**

多久了呀！像墙角一截落寞的朽木
黑暗中，点燃骨骼内仅存的灵火

今夜，无须拐弯抹角
让所有的语言都保持沉默
一盅，又一盅
饮下年龄、病痛、颓废、厌倦
饮下长安、银川、乌海、东莞
饮下餐馆、煤窑、车站、码头
饮下按摩房、建筑工地
饮下迷途的爱情和荒芜的家园

饮下潦倒，一杯苦笑

多久了呀！清明到白露
饮下一个男人泥沙俱下的半生和不断溃烂的疤痕
饮下过往，青春的灰烬
饮下呜咽，这一杯泣不成声的人生
两行浑浊，对饮清寒
［以上选自《草堂》2017年第8期］

**秋水长**

河水赤身露体，盲目地往低处流
在爱恨情仇之间保持警觉
但，河水不知道自己要流向哪里
泗渡者，包括捞浪渣的人，隔岸观火的人
一次次在泥泞中沦陷、托生
我钟情苦艾。借助流水的力量
盲目而又顺从
结伴而行的残花不是我的，枯叶不是我的，落果不是我的
我克制着自己，一头寒霜独自行走在人间
路遇清潭，有岁月的沉淀，也有澄明的灵魂
可安放感激，亦照见倦容

**在硝河古城墙上**

可见残垣，亦见烽燧
高天厚土，鸦雀无痕
是冬日，硝河两岸铅华褪尽
邮差以云为马，已不知去向
留下一堆瓦砾，一句谶语
一蓬蓑草，一片江山
风不翻晒过往，也不预知未来
孤独的人怀抱孤独取暖
我在内心发起一场战争
并虚构了一场大雪来完成最后的祭奠
北面的山坡上一大片坟冢，没有自己的姓名

这些忠诚、服从、无奈，甚至未及发出的家书
仅仅先于我到达，陌生的访者
破坏了它们的宁静和尊严
天空多么干净，一阵风正赶往羊隆城的路上
孤独的人，看到了自己留在城墙上的影子
与上古年间没有什么两样

**再写长城梁**

我不写烽燧，不写垛堞，不写狼烟，不写马蹄，
不写血光，不写坟冢，亦不写残垣断壁
荞麦花粉过了，胡麻花蓝过了，苜蓿花紫过了
长城梁上，两个隐姓埋名的人
说好了明年再见
而此刻，我指给你看更北的北方——
北方，是荒凉的岁月和霜降
有人回家，有人还在路上
在我们身旁，野菊正值豆蔻，蒿草籽粒饱满
几颗被遗忘在季节末梢的红枸杞
像心、像血滴子
像谁的不舍和念想
在渐凉的风中，在尘世……
[以上选自《绿风》2018年第3期]

王怀凌（1966—），宁夏泾源人。就职于原州区纪委。作品发表于《诗刊》《十月》《青年文学》等，入选《年度最佳诗歌》《新世纪十年诗选》《星星50年诗选》等。作品荣获宁夏第五、第六届文艺评奖三等奖，个人荣获《诗选刊》中国2008年度十佳诗人奖。出版诗集《大地清唱》《风吹西海固》《草木春秋》《中年生活》。中国作家协会会员，宁夏作家协会主席团委员，宁夏诗歌学会会长。

# 陈晓燕

## 在水一方(外五首)

晨曦中,九号湖。见水波漫舞
引一方新荷翩跹
凤头之鸟,或单,或双,轻游徘徊
寻觅纤纤茅草,青青苇丛处
安家落户

驱车至。沙枣花清妙幽香
如前世闺蜜
欲说渐止。那一泓心思,怎堪人世喧闹
向深处,向静里
重重抛锚

远眺,贺兰山冷峻默然
壮士时光化作一脉傲骨,横卧大地
细梳明暗,都在画匠手中
变做红尘溪流
沉浮只是回眸一瞬间

是为五月。风雨泥泞人世
却滋养了一方水域,清冷透彻
置身其中
回转间,总会与梦里情境
不期而遇
[选自《回族文学》2013年第4期]

## 霞光笼罩在池塘上

初冬

池塘还未结冰
光滑的水面，除了寂寥的颜色外
宁静像一场晚祷告

我从渐暗的气息中
觉察出一双巨大的羽翼
驮着一场繁华盛宴
正要从这里离去

霞光，一点一点铺展开来
缓慢，不容置疑
就像时间之手
拥抱我们，又将我们放弃

那些静立一旁的芦苇
在和 2011 年告别
脱了华服的白杨树
任由几只凝固枝头的鸟儿，埋下伏笔

我在一座充盈暮色的亭子里
看着这些熟悉的美景
怎样把一具具温热的肉体
从风的长袍中，抽身带走
[选自《朔方》2015 年第 3 期]

## 秋色

哪一个落寞这般从容
红丝线，白银针
绣一件铺满赤叶橙果的锦袍
给季节里最雍容的女人
穿
旷野上，开溜的小妮，手捻烟丝，混加玫瑰花瓣
用落叶卷起，递给黄昏里
走来的那个人。微笑着点燃
耳边，落叶细索，又在诉说悲切

私底下,早已厌倦

他说,你这认真,俨然坏了尘世的公平
何必一步一步踩着石凳的阴冷
送烫手不烫心的热忱
她不语。扫了眸子里的清霜,往炉火上的铜壶里
掺

**月光荡漾**

金风秘制桂香,银匠打制月亮
他们合伙要销毁
荷塘里暗结的一屉白霜

湖边,一丛野花,属菊科,颜色靛蓝
剔除草木的虚空
与蓝天的籍贯并无二致

白鹭,神情肃穆,眼中晃动两把匕首
伺机猎杀
水中拾捡寸头寸利的小鱼小虾

草渐衰。秋虫长一声短一声钩织寒噤
大河蒸煮凉气
波涛无语,放任月光,由风荡漾

**玉蝉花**

那一年,调石青,配石绿
我是那么地想画你

勾长线,拖小臂,我赶着一峡谷的清风
只为运送你的芳菲
那爱,让人心醉

遣几星胭脂,浸在你幽深的花青里

自此,重染忧伤的紫

雾霭轻起,将万千风情止于一纸踉跄
红尘浩大,而你,游走绝壁

这爱,让人心碎

这一季,我沉默风中
看你,扯长袖,摔花粉,一身淤青
[以上选自《朔方》2016年第6期]

## 花朵与光的短暂邂逅

它们来时,我正漫步在黄昏
微凉的风中
金黄的迎春挽着艳丽的榆叶梅
私议人间万象

僻静处,针叶松,不合群的稀疏里
几块碎光斜斜地落在花枝上
掸去蒙尘
正为一段不惧凋零的风情,勾金描银

  陈晓燕(1966—),女,回族,笔名梦西、梦羽,宁夏银川人。诗作发表于《诗刊》《民族文学》《朔方》等,入选《女性爱情诗抄》《中国翰园碑林诗词集萃》等,曾荣获宁夏第五、第八届文艺评奖三等奖。著有诗集《西部的太阳》《灵魂的岸》,儿童文学《宝宝睡前故事(冬之卷)》。中国作家协会会员,宁夏作家协会会员,宁夏诗歌学会理事。

# 张 联

## 这一定是个春季（外四首）

这一定是个春季
村子里的大白公鸡
站在崖畔上鸟瞰村景
阳光使黄色的土崖
又一次白如岩石
那两株初春的小枣树
裸着瘦弱的枝条　大公鸡叫了
崖下的村脊就在晨光中显现
仍沉睡合着檐的眉影
东面亮了的几面墙壁
在幽明里不见一个人影
黄河正从屋后流淌着
沿着河床大地醒了
河床以外的丘陵绵延着
宇宙般的旷茫就在天光显现的瞬间后
村曲的琴弦正绷紧在大公鸡
白色的胸襟上它在高唱

## 老磨窑是一个敞口的窑洞

老磨窑是一个敞口的窑洞
成了这座山的口
因为它有一个石碾的舌头
舌头旁盘旋着一对青黑的驴儿
尽管它的白肚膛一闪一闪的
但是它的蹄声很响
磨眼里的小米流得很慢
他知道金豆子出来了

自有持驴鞭的老汉
放下旱烟锅去拾掇珍藏
驴进窑前排下了六颗黑粪蛋
在窑门前暴晒着它的胎气
剩下的两颗不经意间给了石磨
这一刻它才能闻到最纯真的大地之气
和它的驴粪味混合的芳香
正是这样的旋转里
知道世界上有走不完的路
和磨了又磨深了又深的
留下几根驴毛的两侧深壕
光的窑洞外面
留下深深而宽厚的黄土之色

**我们并不是经常站在村庄外**

我们并不是经常站在村庄外
一个能看到村子全貌的高处
或者说它并不是大地的高处
可是我们看到了大地的空旷和苍茫
这样的两个山脉对称的走向里
或者几条缝隙的皱褶处
你首先看到窑洞再看到房屋
它们各自的脸面在不同的白色里
呈现着一些幽黯的阴影和历史
总是和大地一色
环绕村子的是一条弯弯曲曲
长又细的带子般的村路
进来的一头你怎么也找不住它
而出去的一头正好搭在村外的梁头上
所有葱绿的树站满了整个村路
一个个院面和几个宽敞的场
还有一条条的开垦出来的土地
以及小小的活物鸡和狗儿
都如油画般的油料涂满了沟沟壑壑
密密的小草们丛丛盘桓在

所有的山脊上　随着大的皱褶
你又一次感到大地的厚重和辽远
其实村子总是让大地隐藏着
只是那山梁上的路口
会给世界透露出了一点点的消息

**所有的光照下来吧**

所有的光照下来吧
在这个初春里
温暖了村子的所有生命
窑面的穹顶支撑着厚重的山脉
开一个门　开一个窗
院面的开阔处有一株高大的枣树
赤裸着强劲的枝杈
高过了山顶进入了天空里
展露着嫩枝嫩芽小女孩依偎着它
注视着院中跑动的弟弟
母亲默默地搭满了衣服
在连接枣树的晒绳上
一株小杨树费劲地拽着另一边
六只鸡成了院面上的贵族
它们的姿态和步伐带着小身影
划过院面上每一处珍贵的地方
因为它们寻找到了珍物
吃不饱的狗儿还留恋着猪食盆里的残羹
最神秘处的小栅栏让一根木棒顶着
因为那是世界上最小的家
［以上选自《扬子江》诗刊2015年第3期］

**静地**

和神一样地分布在田野上
从一个山丘到另一个山丘
我们默默地守着每一片的庄稼地
它们正在雨后的阳光里

开满了黄色的花朵
和红色的花朵
你不是劳作而是守候
甚至在芬芳间歇足安睡
当人们互相遥望着
看着运放各自的影子
静静默默中是那么的神秘
我们等待收获
闪现在你眼前的
是如辣椒般的红水晶
你采摘在手中
所有的欣喜传颂在大地上
你走向另一个山丘
你走向另一片金黄
你走在大地的腹部
瞬间在金碧辉煌的洞中
天窗滴着金色的沙露
原是花朵的香露
铺满了这样殿堂的底部
人声在大地之上的顶部传来
清晰如隔壁之遥

[以上选自《诗歌月刊》2016年第7期]

  张联（1967—），宁夏盐池人。作品发表于国内多家文学期刊，入选《中国新诗百年大典》《中国当代诗库》《中间代诗全集》等及年度选本。荣获宁夏第七、第八届文艺评奖三等奖，个人荣获首届中国十大农民诗人。著有诗集《傍晚集》《清晨集》《张联诗精选》《张联诗歌译本选读》，随笔评论《村间集》等。中国作家协会会员，宁夏作家协会理事，宁夏诗歌学会理事。

# 李壮萍

## 种植(外七首)

当理想的种子经过筛选
荒芜的旷野就会长出抖擞的精神
这是一种顽强的连绵
犹如匍匐于戈壁
紧紧咬住地脉的骆驼刺

大地　这块先知预言的福祉
让我怀着坚忍的意志
太阳　这个给万物着色上彩的救星
让我激荡着满腔的热血
我把黎明铺在砂石上
在石缝里种下汗水和希望
像真理在黑暗中点燃漫天星辰
所有的苦难和艰辛
都是成长所必经的历程
我紧握双手
需要一种异乎寻常的平静

即使没有雨水我有的是血液和汗水
即使流干了血汗我有的是精神

## 面对香山

面对香山　宛如面对一支古老的民歌
我的目光拂过那些生命饱满的砂粒
满怀对劳动者的感激和敬畏
静静聆听每一块石头
平静而有力的呼吸

香山在我的梦想里奔驰
光芒　爱人一样
整个时空由此亮丽　点燃心音

天空湛蓝高远
阳光灿烂　照耀遍野
如大海之波闪动着银光
我像农人一样耐心等待
让历经磨砺的灵魂
在古老民歌的溪流里小憩
面对香山，宛如面对上帝
我无法抑制自己的泪水
[以上选自《诗刊》2013年2月号下半月刊]

**一棵有巢的树**

这是在归途怀春的三月
看见赤手空拳的树林里
一棵有巢的树令我慈善的目光
悲戚所有的树木都可以离去
如舟如箭但这棵树依然如你
为一朝鸟王生命不息
巢以上的位置是最脆弱的部分
无端的惊骇于一阵冻雨
腐蚀了苦艾的残迹

**冬日**

薄雾轻纱般在远山飘逸
小河默默东移
西山上柔和的阳光
洒向田野羊群山冈

林梢那淡淡的残阳
似乎厌倦了大地的喧嚣
带了它那最后最美的笑

轻轻飘落谷底
从一个寂寞的地方起来
又回到另一个寂寞的地方
以它寂寞的光
唤起光明和温暖的记忆

夜幕在渐生的寒意中垂落
黑黝黝的山依然屹立
唯弯弯的河长长的路
诱人们去梦里寻觅

## 老人

老人手筑自己的居室深居其中
面容静穆慈祥如同赞美
数十只大鸟迁徙于屋顶
形状怪异来去诡秘富有深意

老人的子孙散向四方
他们远行的路上铺满乌鸦
两旁落叶和果实构成秋天色泽明艳
除了老人谁能抵此高处

他孱弱得随时会被风带走
使他岿然不动的是经验和智慧
真正的日子决非歌舞
老人说他是河水的一种流动

大鸟的羽翼使空气战栗冰凉
老人返身遁入镜框之中
他的居室空寂庄严如同圣殿
我们走进来留下仰望

## 远郊的向日葵

我清楚地感到

另一种节奏的律动
正拍打我脆弱的根部

远郊亢奋的生机
抹杀我透明的视野
一种母体前襟上特有的
气息随风荡漾
我的乳名穿过玉米林的响动
令我再度想起憔悴的家门

远郊我伫立成孤独的
向日葵两种不同韵律的液体
在我同一根血管中喧哗
远郊向日葵虔诚向太阳
无数只耳朵倾听同一个声音
[以上选自《中国诗歌》2015年第8卷]

## 夏夜

太阳一晃身落下了山
溅起一片蛙声

小风熏熏地荡着柳条儿
路边的花慢慢地开了
和天上的星星传递着消息

月亮把篱上的豆角花染成白色
月光也带着一股淡淡的花香

谁家的姑娘穿一袭艳丽的长裙
转过墙角时留下一个甜甜的笑
却被流萤看在眼里
旷野在深呼吸积蓄着满身的力量
伸展一下腰肢庄稼的骨节喀巴作响
[选自《诗刊》2015年11月号上半月刊]

## 秋天

你是谁
没有失去黄昏沉静的云霞
阳光的金瀑流淌着海面
那有节律的步履
走出一片辉煌的秋天

枝叶繁茂的树冠
斑驳的石子路面
影子是一个朋友
孤岛岩松进入静禅
抬头打开那片松林蓝色的天窗
你伸手即可摘下那宝石般的星座

在这里走动的人
看得见火焰一样跳动的心脏
琥珀色的波浪下
湮没了鸟鸣的空旷

[选自《飞天》2016年第3期]

　　李壮萍（1968—），女，宁夏中卫人。就职于宁夏广播电视台。诗作发表于《诗刊》《民族文学》《星星》等，入选《中国精品文艺作品期刊文献库》《中国年度优秀诗歌2011卷》《2012中国诗歌排行榜》等。出版诗集《对面是一把空椅子》《放在能看见的地方》。荣获宁夏第八届文艺评奖三等奖。中国作家协会会员，宁夏作家协会理事，宁夏诗歌学会副会长。

# 唐 晴

## 囚徒（外八首）

在城市的心脏　人来人往
像一条喧嚣的河流　而我是一条山涧
汇入了另一条大江　随波逐流
迷失了方向

四周是冰冷的高墙　只有
一扇小小的窗　我所有的思想
期待面对　阳光　星辰　以及
雨雪风霜　唤醒生命之树最初的根

在城市的心脏点亮一盏灯
看吧那么多善变的眼神
那么多富有智谋的声音
我日渐耳聪目明　却对自己起了疑心

四周是冰冷的高墙一扇小小的窗
一只小鸟在遥远的远方
尽管黑夜的黑笼罩了一切
我还是看清了我疑心重重的模样
[选自《青岛文学》2015年第8期]

## 九月，一杯烈酒

面对这一场期盼已久的胜利我缄默无语
内心沉重如一场浩大的秋风刮过世界
所有的叶子一一飘落
裸露出遒劲或纤细的枝干刺破天空

汹涌的血液弥漫开来我双目所及之处
一片红色一片炫目的红色
在奔突在舞蹈在呼啸
在累累盔甲与枯骨之中
晃动着婴儿的微笑与母亲撕裂的目光
晃动着父亲死不瞑目的脸庞
晃动着兄弟们穿越时空碎裂历史的大刀

猖狂而来的军队在四面呐喊中
落荒而逃　我面对胜利
如塬上萧萧无边的草木熊熊燃烧
又迅速生长延绵大地延绵无极
以无法扼制的姿态长歌生命与安详

而那过去了的寒风时时从天边卷起
吹过海洋吹过陆地消弭于无尽的黑
我独坐九月手执一杯烈酒
聆听远方聆听心跳聆听孩子的哭与笑
明月依旧山河依旧欢呼声依旧
而谁与我同饮这一杯盛满烈焰的酒
［选自《六盘山》2016年第2期］

## 打马过长安

我嘚嘚的马蹄
穿过长安的街道
没有惊动酒肆的歌舞
胡姬在反弹琵琶
诗人们正放声长吟
如蚁的离人在各个角落
他们满怀惊异却掩饰不住疲惫
与莫名的忧伤
夕阳美酒歌声
暖意洋洋
而夜色已经微凉

我一骑独尘
融入无边的月光

**罗马假日**

以为会去路边的咖啡馆
制造一次人间的真诚与浪漫
或者去台伯河边
在倒垂的梧桐树下
翻晒一个民族的历史
或者坐在城市广场中心的台阶上
看人来人往无所事事
不曾想被人流簇拥着
来到了斗兽场
任时光流逝
我依然看见了
不该看见的事情

**欧洲街头艺人**

他们那么专注
或者那么悠闲淡定地看着路人
当我看见他们的时候
我忍不住左顾右盼
在这样举世闻名的城市
他们衣衫褴褛不是随便摆摊就是满地乱画
甚至坐着大教堂门口
吃别人施舍的食物
我害怕狂风暴雨席卷他们
唤醒我内心深处的寒冷

**梅花鹿**

秋深了
所有的青草和树叶都已枯黄凋零

去寻遍曼德拉山的每一块石头
检阅我的前尘往事
在蓝天之下,孤独的黑色的玄武石上
我把自己认真刻画成
一只拥有超长枝角的梅花鹿
明知道每一寸鹿角都伴随着一寸阵痛
期待在每一寸疼痛之中蜕变
成为你梦中的样子
就像今生,我那么高傲
为了爱,四处漂泊
忍辱负重卑微地将自己打磨
[以上选自《六盘山》2018年第2期]

## 父亲的生日

自从父亲年过七十
我就越来越厌恶百以内的加减法
我只记得农历八月十三
是比八月十五更加美好的日子

## 面对尘世

所有的伤口被笑容掩藏
疼痛一次一次掀起澎湃的激情
在黑暗深处　我苦苦找寻
一把青铜的霹雳长剑

## 旅途

彳亍前行
暮色弥漫旷野
来历不明的风陷我于苍茫时分
黑鸟群凄厉的呼叫
似一把长剑插入我空洞的体内
失重的手飘向虚无的天空

一颗星孤独地眺望
曾经精心喂养的羊群
坚守最后的青草地
眸子里燃烧着悲恸的火焰
既然没有一把利刃可以切割午夜
就让生命和死亡一同焚烧
于火光中投下一生的赌注
在欲望的尘世
天空　空空的
我却只能侧身前行
在暴戾而拥挤的城市
物欲湮没了多少桀骜不驯的灵魂
还有谁能听见教堂里虔诚的钟声
一群陌生的影子悄无声息地
撕扯我五月的肉体
乌鸦在头顶盘旋歌舞
路人带走千奇百怪的表情
唯一的神端坐于寂寞的天庭

　　唐晴（1968—），女，四川南部人。就职于黄河出版传媒集团。作品发表于《十月》《星星》《朔方》《绿风》等。出版诗集《花年年会开》《嘿，我还活着》等。宁夏作家协会会员，宁夏诗歌学会副会长。

# 雪 舟

## 孤独（外十一首）

是一座搬空的村庄
一道废弃的山路
一棵歇果的杏树
一条断流的河床
午夜照进木格窗的一绺月色

月亮，是月月砍伤自己，又愈合自己的杀手
替我在人间寻找救世良方
[选自《西南军事文学》2015年第5期]

## 车师古道

我知道，这些直上云霄的云杉林
唯有天山才配统领
这些匈奴般刚烈的石头
只有汉军将士，才会令其胆散魂飞

不要试图把大龙河写进诗行里
小心雪水溅起，凉浸时光的马蹄
雪水，是山谷走动的部分
一直想将白云带离沉默的雪山

一万年前，悬崖的心思，雄鹰难懂
一万年后，白云参不透，石头的裂纹和筋斗
我离开以后，有些石头送出我很远
有些留在了河岸
[选自《新疆文学》2016年第4期]

**暴风雪**

当你尝试另一条小径，试图进入
森林腹地
在这条人迹罕至的路上，你会遇到
什么，或者无路可走，需要返回
沿着出发时的路径，返回时，你遇到了树木另外一张脸

因为山谷起风了
也许，随风而至的暴风雪，就在远处的山峦间翻越
它们早已熟悉的山势、树冠高大的松林、陡然直立
倾斜的峭壁……
源于想象的事物，欲阻止一场风雪的突袭
其实，森林里的植物，动物比你更早知道如何在暴风雪里过夜

回到有灯光的地方
那是护林点，只有一间房，一个人，还有一只忠实的狗
一条河已在山脚下睡去，再大的风雪也叫不醒它
你是那个人，还是那条河？

一个人内心的暴风雪，来自早年走失的那匹枣红马
马蹄声越来越近，快要抵达一首诗的内核，又走远了
似乎锲入风雪的骨缝里，隐隐的痛……

**拾薯记**

有时，会一脚踩空，抬脚，田鼠洞
乌黑的张着口，看着我们，因饥饿而苍白的
少年的脸

1977年的田野一贫如洗，我们会呼朋唤友
膊挎小篮，一柄小铲，在收糖过的洋芋地里
翻寻遗落的洋芋。这是放学以后的初冬
冻气如雾，卧在山坳

薄暮时分,有时,小篮里会滚动一颗
或许两三颗灰头土脸的洋芋
随着我们走路的节奏,哼唱一首
没有词语的歌

## 记梦

梦里出现的人,场景,屋舍和道路
似乎隐去了朝代,也模糊了四季
也不全是夜晚。植物,落叶的,开花的树木
或许,可以帮助我们回忆
——可是,它不留下任何走出梦境的物证
除了拼命奔跑的风声、跌落并踩空的断崖、无声电影
没有脚本的台词
我们一会是旁观者,一会又是挟裹在洪流中冲散的
顽石,自己的一部分搁浅了,另一部分
努力挣脱时间的激荡……
梦境,似乎是少年时代一次理想的颠覆
或者,是左冲右突的中年厮杀
潜伏于沉沉睡去的冬夜,平缓的人生

## 干海子

哲人有救世的药方,像蜜蜂为花朵
传授开放的隐语
当我们抵达,遍野的野丁香,欲为一座山打开蜂箱
它自缚于峡谷,千年不曾移志

从来没有两道相同的波浪,它们在巨浪胁迫的
时代戛然而止
如今,这一座座凝神聚形的山
将撕裂的喊声埋在腹腔

当我们呼唤山走动时遗失的往事

山谷回音,聆听到的是自己久远的空旷
[以上选自《中国诗歌》2017年第7卷]

## 泪水抵达的暮色

暮色中的风筝
要么远走高飞
要么回到原地
这多像一个乡下
少年历经的生活
早岁不知世事艰
每个少年都怀揣
背井离乡的梦想
远方终究暮色苍茫
而回到原地
暮色同样接纳
那双磨秃的翅膀
暮色多么近啊,仿佛
泪水抵达眼眶
[选自《草堂》诗刊2017年第10期]

## 冬至

冬日,河流结冰,水已冬眠
而苦难没有
旷野在雪中起伏,暮色一直不安于
留在孤城
森林众怒,暴风雪拨响一架架竖琴
马蹄声碎
我看见一只鹰穿越峡谷,打开了黑暗
随手抖落的一件披风
风,在我的身体内寻找栖息之地……
[选自《星星》2017年第12期]

**树枝**

爱人又在雪中,铲着雪
这戊戌狗年的雪,真多呀!
临窗望雪,伫立良久
读了一天的书,此刻想起一首诗
像罗伯特·勃莱一样,走向户外
他去了有月的松林
我却只能走到,一棵樱桃树前
越堆越高的雪,已掩埋了树身
只露出呼救的枝条
而爱人,还在雪中
铲着雪
腰疾以后,许多活计我只能看着
她一个人做,就像现在
雪下着,树枝沉默着

**山风**

落叶飘满河谷
也许是风,或者不是风

我今生所有徒劳无功的努力
都在风里

风一样,无功而返的忧郁
忧郁的深秋

寻遍大地的角落
寻遍世间所有的衰败,凋零

**送鸟鸣**

雨水节气已过,山中无所有
无非是树枝一遍一遍,在群山中

摇醒鸟鸣;无非是高处的雪
披头散发,夜夜游走月下

今日晴爽,我想山中走走
鸟鸣,一路牵引,我沉重的步履
山路在山谷间盘旋,白云在梢头致意
鸟鸣里有轻松的事物,我想寄给远方的朋友

## 破损

落日翻过陇山
就是一日

总有一抹云,排兵布阵,站在铁黑山脊线
拽着,不肯撒手,披满周身的霞光——

远方的云,涌动不已
它们追赶光明,它们聚集,连成一道屏障

天空塌了,先落在黑山上
高处的晚霞变幻,拉长,终究化为乌有

我起身眺望,目送这破损的一日
慢慢,适应扑面而来的黑暗
[以上选自《民族文学》2018年第6期]

  雪舟(1968—),本名李存慧,回族,宁夏泾源人。就职于泾源县政协。作品发表于众多报刊,入选《中国年度诗歌精选》等选本。出版诗集《雪舟诗选》。曾获第二届朔方文学奖。中国作家协会会员,宁夏作家协会会员,宁夏诗歌学会副会长,宁夏文学艺术院第二期文艺高研班在学学员。

# 单永珍

## 南迦巴瓦：仰望星空(外七首)

大地已经安静，大海已经退潮
就连冰川都肃穆下来，抬头仰望
语言盛开的天空。我仔细辨认
那些吐火罗文，回鹘文，佉卢文，契丹文，西夏文……
一个个庞大星座边，长满茂密传说和生死离别

我相信圣灵之石的召唤，南迦巴瓦
故国是锈迹斑斑的船，漂流在雅鲁藏布江上
携带着烽燧，兵戈，史册以及采诗官的木铎
低处的人们相互告慰，为逝者煨桑，为生者舞蹈
为英雄们在圣灵之石上刻下名字

而繁星点点，那是苍生的眼睛，在相互取暖
八千里河山，不，应当是五千年的血缘疆界里
圣贤们依然活着，比如庄子、成吉思汗、宗喀巴……
悄悄睡去的，是我丢失在不同朝代的
骑马、折柳、荡舟、拾掇女红的情人

南迦巴瓦，我修葺着那座废弃宫殿
居留下来。在通往天堂的道路上
种花，酿蜜，再把一个个倾斜的鸟窝扶端
给相思男女，纺上一捆红线
手牵着手，回到害羞的草原

## 玛多神山：光阴的故事

分不清是雨还是雪，但能分清十三次失败的爱
分不清是湖泊还是海子，但相信泪水总是咸的

我的玛多、我的乖乖、我白日里哭泣的睡梦
六月的高原上，一个人向你说出
失败只是一道伤，最美的花海里会有必需的药

你一直陪伴着我，在史诗故乡
荒凉内心里有歌声响起。贫穷的时候
我只会唱响一首歌，献给你们——
那些散步的斑头雁，玩耍的蝴蝶，私生子的旱獭
还有英雄的秃鹫为了生活四处奔波

我要承担多少忧伤，才能匹配你寒露为霜的阅历
六月的黄昏，寒冷渐渐逼近，大地昏暗成糊涂的爱
像格萨尔的妃子们，手拉着手，钻进帐篷
去温暖一个人的心。而我独自在路上
在扎陵湖和鄂陵湖之间，黯然神伤

不愿回首曾经的脚步，尽管我依然爱着你
我只能对自己说，勇敢一些，再勇敢一些
所有失败，只需一把向上的力量，在玛多山巅
只需为自由祭献自己。并且永远相信
那十三个若有若无的神灵，会记录罪过和功绩

## 梅里雪山：隐忍

彩云飘飘，真的，彩云飘飘在云南的头顶
安静的怀疑，冷静的审判都会在这里发生

我喊着远方，心里种下梅里雪山妩媚的名字
让她发芽，催促着不死的爱，在海拔五千米燃烧自己

我是一个心灵囚徒，在天堂里诅咒，地狱里赞美
骑着一匹村庄的害群之马，走州过县地忏悔自己

我在公社的黑板上写下：
"当我沉默的时候，我觉得充实；我将开口，同时感到空虚"

只要不是指鹿为马，但请不要说破
这是一片含蓄的土地，因为羊群就是羊群，鹰就是鹰

那么就反穿羊皮，沿着鹰飞的道路出发
只给心灵找一个革命理由

我一无所有，我已删除了背信弃义者
学会了原谅，对那些妖冶的苋麻草和狼毒花

但我拥有自由的牙齿，批判的双腿
讨伐一切的墨镜和面对不义的热烈

如果你愿意，亲爱的，请牵着我的手
一起远行，让梅里雪山作证

就让彩云飘飘，尽管我衣衫褴褛
只为赤身裸体和你奔跑在高原

**念青唐古拉：云朵的森林**

辽阔其实是一种简单
那一坨一坨的阴影
在午后的光线里，绣花成林
让那曲小镇增添一餐秀色

我只想在一棵树下看看远方
藏北高原，中间是父亲的念青唐古拉
不远处，就是兄弟藏南
小学三年级的德吉央宗
学习禾苗、树木、森林等单词
她迷茫的声音
仿佛只能绿成辽阔

我什么都不想做
只想来年种下一棵常青树
以念青唐古拉的云朵为例

**年则玉保神山：修远**

秋风酿酒，踉跄的草是清醒的
匆忙赶路的甲壳虫也是清醒的
鹰隼的道路来自天空，它上升、下沉
肯定有一些羽毛掩埋了脚印
我习惯了这种飞翔，并且知道
鹰隼是清醒的

年则玉保神山，仁波切的声音随风马旗飞舞
我一无所有，只想在孤寂的时候享受孤寂
我看见，岁月是一次无法修补的错误
但只要孤寂是清醒的，只要对美不造成伤害
我回过头，喊着自己丢失的四十个名字
但只要和孤寂一样，思念是清醒的，还有自由，尊严……

**卡瓦博格峰：雪山之神**

"孤独是一堆腐烂的银子，照耀着恩情，信仰
而妖娆的修持在雪山之巅大音希声"

这是遗失的一捆道歌，饱含生活的热度
还有悲伤（一捧向下的火焰旁，堆满圣洁的骨头）
那些信徒、游客、盗墓贼、二道贩子……
放弃了尊贵，羞涩，约会，在星宿上
挂满经幡，图画，无法言说的罪孽
他们学会了抒情，悔恨，在玛尼堆旁
无知地朗诵——
"香格里拉啊，雪山之神"

卡瓦博格，梅里雪山磨牙的女儿
玩耍银饰，抚摸雪豹的胡须
她把烈日还给天空，黑发还给青春
让落日下的寺院穿上黄金
在睫毛上放任肆无忌惮的辽阔
使澜沧江调皮成一挂长长的忧伤

并在睡梦中拆解了羊皮经书

"在路上，我和你相遇，钻进别人的帐房
佛法无边啊，但你是我的念想"

**墨尔多神山：梦中的空行母**

我获得了拯救，并且伤痕累累
并且深深知道：美是一场钻心的疾病……

就让我一寸一寸爱着你，在墨尔多神山怀里
写下颂辞、光明、体温、抒情的月光
带着霹雳、羊圈、酒缸以及颤抖的罪恶
在草药遍地的路上，用低分贝念诵
幼稚的情书

这瘟疫般的相会携带错误的标题
我坚信，你已经睡醒，在夏季牧场的石头上
煮茶，晾晒糌粑，把废弃的光阴
串在牛皮绳上。并且伸出双唇
拍打我舌尖上的疲劳，并且
在我的身体里抽取舍利，哪怕是
一颗穷人女儿胸前的佛珠，带着
曲线和简单的美丽

我被一场白日梦勒醒，目击到的是
一朵修辞的蘑菇渐渐变黑
而你含露的嘴里，喃喃自语
"你欠我一座肋骨修的灵塔"

**苯日神山：通往天堂的树**

林芝偏南，一片树叶传唱古老秘咒
雅鲁藏布江洗净心上的尘埃
随一江秋水而去的是一树的倒影

我来到苯日神山脚下，满含泪水
倾听一个苯教徒叙述一个部落的历史
他豁掉的门牙里暗含荣光和失败

我知道，那棵通往天堂的树需要天庭的养分
而一声苍鹰的鸣叫更加瘦骨嶙峋
大地上繁衍的是酒精的阴谋

是的，当蝴蝶在树枝上打坐，吹响法号
我看见那个叫阿穷博杰的寂寞身影
像我苍白的传记，留下失望和伤痛

必须要面对河流飞翔，草原宁静
我来到苯日神山顶峰，学习一棵树的卑微
一如卑微的我遇见卑微的姐妹

而此时，没有虚构的落木萧萧，只有
一片又一片的叶子，在风的经诵里离去
像那些腐朽的家伙，回到土里，盘算牛肉与黄金

我要忍住泪水，否则运送羊皮的拖拉机
会产生高原反应，也会把异域的咳嗽
带回到心跳的帐篷
［以上选自《民族文学》2015年第8期］

　　单永珍（1969—），回族，宁夏西吉人。就职于固原市文联。诗作发表于《诗刊》《十月》《诗歌月刊》等，入选《诗选刊》《2001年中国诗歌精选》《词语的盛宴》等。荣获宁夏第六、七、八届文艺评奖二等奖。出版诗集《词语奔跑》《大地行走》《青铜谣》《篝火人间》。曾参加诗刊社第二十二届"青春诗会"，全国第六届"青创会"，鲁迅文学院第七届高研班。中国作家协会会员，中国诗歌学会理事，宁夏诗歌学会副会长。

# 石舒清

## 守门人(外八首)

我坐在冷板凳上
他们还是认出我来
庙里的守门人不见了
就是你吧

我起身离开
选一条僻静的小路走着

风吹起来　两边的草随风摇摆
齐声颂唱它们的经典

## 瓦罐

用打破的瓦罐盛水
这水解渴
令魂魄满足

在空出来的村庄里
有人上门乞讨

月亮在稀薄的云片里穿行
吹灯人正赶上流星

经典藏在背时的井里
是取出来的时候了

马跪地驮起你的影子
再等等吧　也许有个同伴要来

靠路边走，让出中间
后半夜的树上起了风声

## 喜鹊

我看见循环
黑的变成白的
亡的变成活的
实的转而为空

多大的空
里面没一个脚印

喜鹊在每一个循环里叫
时近时远　时远时近
总说这是个喜事情

## 果子

果子都被打过主意了
没有一个果子还能叫人放心

嫌疑犯似的蹲在墙根儿里

喊别的什么都答应
喊果子一声不吭

## 喊救命

海里，一条鱼在喊救命

救命，救命——

也许是海里最大的鱼
那么多小鱼兀自活着
它却在喊救命

救命，救命——

比针尖还痛的命啊在白茫茫的海上

## 灯

满满的一灯盏油
灯油清亮　灯却黑着
灯捻儿足够长　够得上长明灯
灯却黑着

灯交给他们
不要点亮就是了

油不停溢出
灯捻儿在自身缠来绕去

黑暗之母啊
装了满肚子里的灯盏
你一声不响

## 算命

在海涛刚刚平息的地方
一条小鱼正在给一条大鱼算命

请你再不要吃我了好么？
小鱼最后对大鱼说

浪涛在海里悄悄听着
听大鱼怎么说

## 高空

飞机穿过云层越上高空
可以好好飞一会儿了

有人在飞机里却喊叫说
天上并没有什么
他选择做个无神论者

牧师就是这时候出现的
他身上爬满鬼魂和文字
越来越多的祈祷声让飞机不掉下来

虚空足够
像个萤火虫，飞机
从太阳下面缓缓飞过

## 蝴蝶

花海摇晃

跟随大群蜜蜂
蝴蝶飞入花海

蜜蜂忙着采蜜的时候
蝴蝶的舞姿漂亮极了
［以上选自《作品》2016 年第 11 期］

  石舒清（1969—），本名田裕民，回族，宁夏海原人。专业作家，中国作家协会全委会委员，宁夏文联副主席，宁夏作家协会名誉主席。出版小说集《伏天》《苦土》《开花的院子》《暗处的力量》等多部，作品被译为法文、日文、俄文等。曾获鲁迅文学奖、全国少数民族文学骏马奖等。近年来写诗，发表于《朔方》《作家》等，入选《诗选刊》。

# 羽 萱

## 立夏（外六首）

着你小小的爱，从清晨出发
沿途槐花婆娑，正在迎接刚刚到来的夏天
再也看不见春天里那些缤纷的花朵
那些跳跃的溪水和淡紫色的惆怅
还有春天峡谷里突然飘来的婉转歌声

我轻轻咽下一些微尘
任长发被风吹成最动人的模样
告别身后一程程泥泞，一程程风景
轻轻牵你的手
回眸梦想依旧在心底繁茂

亲爱的，让我们忽视沧桑
忽视白发和皱纹
让初见时那个清澈的夏天
永远在身后，伴着喷泉欢唱

## 稻草人

一个稻草人从童年的庄稼地出发
一直孤独站立在身后
被风轻抚过，也被风抽打过
被雨滋润过，也被雨淋虐过
品尝过拂晓的静谧祥和
承受过正午烈日的酷热炙烤

一把稻草是它的血肉

一顶草帽是它的装饰
张着一双枯瘦的手臂,成为田野之偶
以一个人的姿态,心怀庞大使命
驱退觅食的鸟雀,护持每一穗稻谷

小小稻草人总让我悲悯四起
从生命的出发地到将要到达的归途
稻草人,哼着一首无人听懂的歌曲
在无垠的旷野上随风摇曳
每一次经过都会泪眼婆娑
从新到旧,从完整到破碎
爱恋着所有的飞翔
却和他们结下累生累世的宿怨

也许前世,我就是一株
无人问津的稻草人,来去虚空
和所有的爱都擦肩而过
[以上选自《长白诗世界》第7辑]

## 这个冬天

黄昏临近,阴霾无雪
一滴泪终于失控
人去楼空,我坚守什么

我试图在这个冬天
供养一个生机盎然的暖春
一直微笑着,慈悲着
包容所有的暗冷和伤害,冷漠和丑恶

当我俯首磕下第一个长头
我的谦卑接近大地的高度
当我将你过滤了一遍又一遍
放下最后一分对自己的疼爱和悲悯

我终究还要走进茫茫阴冷
行走在滚滚红尘
如果失去内心的葱茏
我该靠什么挺过这枯寒的长冬
［选自《黄河报》2017年1月5日］

**春三月**

现在，体内已没有凄凉
只有平淡的温煦，柔柔包裹
所以，别指望我再能燃烧
也别害怕我还能毁灭

现在，我是春天
不是初春的闪烁其词
也非暮春的浓郁妖娆
对，我是三月河开后哗哗重归的渠水
是堤岸畔温软清淡的烟柳

我不会艳若四月争妍的群芳
也不会瑟缩于二月的乍暖还寒
我是三月那片薄薄的云
那缕淡淡的风

仍有料峭的寒风
但不是去年春天急躁的样子
我安静地坐在这里
眺望寒凉幕后薄薄的天堂
［选自《2017年中国民间好诗》，团结出版社，2018年］

**不要说**

暑热炙虐。在一场风来之前
一场风有些猛烈。在一场雨来之前
一场雨久久不来。我只能做一个小小的选择

安静或者逃逸，寂寞或者梳理

白天的时光用来睡觉
醒来叫一朵菊花相陪
在幻想中与相爱的人走遍千山万水
不读书。不听音乐。不看电影
只在一棵古树的阴凉里
用手指将时光的影子慢慢描摹

来，坐在我左边的青石上
什么也不要说
一双鸟儿飞过了树梢
两只蚂蚁搬运着一粒米屑
你闻到了芍药的甜香
一眼清泉从山间流过
甚至不要说一缕祥光盘旋在头顶
前世，你曾经是一阵风
吹散我面颊的红晕

## 梨花白

说好了一起等春天来
说好了一起看梨花白

一梦醒来，梨花却被一夜风雨吹败
只有我一人在梨树下徘徊

我的泪水和残剩的梨花一起飘零
一滴一朵，一朵一滴

坐在梨树下抬头看天
任那些雪白轻轻渗进如瀑青丝

和着那些流不完的清泪
我慢慢地合掌，放下前世繁华，一生疼痛

**少女绿**

我敢肯定
这是从骨缝里长出的青春
汇聚了一生的精华
光与影也恰到好处
将一个女孩的生命照亮
隐去了黑暗和斑驳
在梦幻里书写着茂盛和娇嫩

一定会有人看见
一定会有人相遇
在一个美好的初夏清晨
或者喧嚣滤去后的宁静晌午
一缕阳光就够了
有夺目的眩晕
也有深藏的执爱和钟情的相守
直到秋霜覆盖了青翠
寒风撕扯完最后一片枯叶
[以上选自《朔方》2017年第2期]

羽萱（1969—），女，本名唐君，曾用名唐珺，宁夏中宁人。就职于宁夏就业与创业服务局，高级经济师。作品发表于《朔方》《黄河文学》《绿风》等。出版诗集《梦中的红嫁衣》《守望飞翔》。诗集曾获宁夏第五届文学艺术评奖二等奖。宁夏作家协会会员，宁夏诗歌学会理事，宁夏文学艺术院第二期文艺高研班在学学员。

# 李耀斌

## 珍珠蝉（外三首）

一座悬崖撑起一尊佛
一颗石头裹着一只蝉

一瞬间的不期而遇
原本是千年前种下的孽缘
一不小心道破了禅机
只为千年前的那个盟誓
经不住一枚蝉翅的诱惑
度冬的情兽风干成一颗石头
在千年后的路上，温暖的洞穴
为谁虚掩着地狱的门
原本是热烈的夏天
却飞翔着酸楚的蝉歌

春风无意撩拨
春雨如期灌注
晶莹剔透的一颗珍珠蝉
复活了修行的路上
佛掉下的一滴眼泪

## 朋友

飘落到我的窗前
像一片轻盈的雪花
带着天堂的讯息
翩翩的舞姿，驱散了满屋的孤独
驱散了整整一个季节的寒意

再有一壶酒多美
把盏言旧事，推杯谈新欢
一夜间，醉了千年的盟誓

我知道醉过，定然是花枝满地
失态的胳膊，多想搂着你
没有重心的腰肢
踏着花朵铺就的春天
一起走到春天的那边，贪吃花蕊花香
一起走到海边，醉卧潮起潮落

你却变成了一只蝴蝶
悄然飞逝，在通往天堂的路上
梦魇的手，只抓住了梦魇的影子

**蝉在石头的梦里鸣叫**

冬天的洞穴
偎依着两只温暖的蝉

千年的图画
万年的传说

蝉翼化作了梦的影子
头发飘成霏霏的雪

一只蝉，叫醒了早晨
一只，鲜活着夏天

也就不孤独了
也就没冬天了

夏天的枝头
两只蝉和着心灵的歌

是谁在蝉鸣里快乐
是谁在快乐里蝉鸣

激越的歌
天堂的谣曲

高山上的流水
阳春里的白雪

蝉是一个梦啊
在谁的孤独里鸣叫

蝉把谁带出了孤独
蝉鸣叫不出自己的孤独

蝉不知不觉从石头里进来
又不知不觉从石头里走了

## 月亮是一个人的眸子

晶莹的泪光恣意流淌，铺天盖地
把一个人和一个人的世界
彻头彻尾地淹没

夜夜不改，一任思念洒满山坡
执着的影子，匍匐过一条熟悉的老路
还有那道抑郁的篱笆
悄没声息，触摸那扇
夜夜为谁点亮的窗子

一身的寂寞，连同巨大的内心
一任疯长的眼泪
掀起野草的波涛
为谁营造着
旷日持久的巨大荒芜

风做的拂尘轻轻摇摆
云做的项链不改温柔
还是露出了枷锁的原形

月亮挂在天上
月亮是一个人的眸子
如同另一个人的眸子是月亮
缺了再圆，瘦了又肥
夜夜偿还千年的冤欠
只为修得夜夜有那么一个
临窗的一瞥
[以上选自《六盘山》2013年第3期]

　　李耀斌（1969—），宁夏西吉人，就职于西吉县平峰中学。作品发表于《诗刊》《朔方》《中国诗人》等，入选《诗选刊》《宁夏诗歌选》《中国当代青年抒情短诗精粹》等。出版诗集《河是水的衣裳》。中国诗歌学会会员，宁夏作家协会会员，宁夏文学艺术院第六期文艺（综合）研修班学员。

# 岳昌鸿

## 青花瓷(外四首)

一片青花瓷的前身
柔软在一摊泥水里
一双手把柔软扶起来
一双手把自己的念想放进柔软里
让洁白刚强地站起来
让那些蓝花盛开在洁白里
在经历火的烈焰之前
没有疼痛,没有呐喊
只是柔而软的抚摸
抚过润滑,慰去粗粝
塑出美人般的腰身
整整一窑火的舌头
都在舔舐优美的曲线
青花就从烈焰中站稳了
我没有听见哭泣的声响
今生今世,一旦淬火,脆弱的时间
都被还原。手捧青花
触碰那锁住了时间,光洁而明丽
而热烈的吻却总归于冰冷

## 贺兰山前的第一朵桃花

阿拉善的雪,下过之后
平罗的桃花就开了
我必须提前,赶在花骨朵站上枝头之前
醒来,在辽阔的大地结冻之前
醒来,我得救于这样的一个春天
贺兰山连绵隐约

高山之巅的积雪经年不化
肃穆，庄严，神秘
一层亮白的霜花，高悬在苍茫之间
对于花朵，我暂停那些表白和爱慕
现在，看见阳光下的家园和亲人
看见春暖花开的大地
我潜伏许久的情感流淌，奔涌
在整座桃花林里飞扬
最后一片雪在山的另一边悄然落下
最早的桃花在银川平原的深处
跟我对望，相互爱慕

## 贺兰山岩画

那些已经走进坚硬石头里面的牛羊
伫立远望，神采奕奕
时间消损掉了那些皮毛
而牛羊与人之间的围追堵截
凝固了寂寥的蓝天，苍茫的贺兰山
注视下的原野
一些风飞翔起来的时候浩浩荡荡
吹着我爱人的长发飘飘
鱼沉入水底飞翔
春天已经扫荡出一条清明之路
大地捧出了鲜花，随后便是果实
一座延绵的山
无论何时看起来都那么生动
它隐忍下来的秘密
总是被人破解

## 花香弥漫的大地之上

在冷冷的风中，我看见了你
被拂动的长发隐隐
多年后，我依然能够看见
花香密布的大地之上

有你飞翔的身影
我的爱,没有及时抵达
只剩下空荡荡的春天在舞动
一年又一年,无风飘拂
无从提及的白草和春风
都在一个春天真的来不及
来不及言说就已芳香弥漫莺飞草长
此时,我又在哪里沉沦

## 伤口

一朵花落下的时候,会痛
一年以后,当疼痛消失
伤口早已新鲜粉嫩
长出了绝美的花朵
以及灿烂的阳光
这时,你只看见了伤口
你没有看见疼痛
你只看见了死亡
你没有看见存在过的伤口
[以上选自《朔方》2018年第10期]

  岳昌鸿(1969—),宁夏平罗人。就职于平罗县文联。作品发表于《朔方》《星星》《绿风》《扬子江》诗刊等。出版诗集《风流云散》、散文集《触摸山河》《桃花一笑》、随笔散文集《尘埃中触动的芬芳》。中国散文诗学会会员,宁夏作家协会理事,宁夏诗歌学会理事,宁夏文学艺术院第六期文艺(综合)研修班学员。

# 郭　静

## 时间的暗伤(组诗八首)

### 放生

你放进池中的乌龟
刚刚被一条水蛇，吞咽

血腥的杀戮，有时看不见丝毫血迹
像真理来不及长出羽毛

赎罪，从来不会有轻松的方式
不单是一块石头，卸下了另一块石头

除非，你抽出自己的骨头
点一盏灯，在黑暗中上路

### 黑夜辞

千里狂欢，只为这沉寂的一瞬
为你垂下
遮羞的幕帘

烛火的盛宴，闪烁其词
谁出浴于黑，谁就是黑的信徒
或主宰

一粒虫鸣，扭开星辰的锁链
十万草木起死回生
一条河隐去青春的容颜

苍茫的大地，流光逐远
灰烬避开芬芳或喧哗
夜的伤口上，罂粟放肆地妖娆

## 酒曲

月光，剑气，十万里风尘云起
美人，江山。断头的谷穗
拒绝媾和的尘埃

只为这柔情的火焰
添一盅豪情，再多的忧愁
也会被薄薄的闪电俘获

英雄不问出处，狗熊
不讲来路。我知道你心中的
小九九。侠骨柔肠

为博得红颜一笑
我愿以千里江山，横渡风尘
成为你心中唯一的囚徒

## 看见

舞步妖娆，火焰在夜空绚烂
最先落下的灰烬
不一定找到最好的归宿

一片叶子的正面与背面
有无数条河，泛着
不易察觉的波光，去向不明

一枚果实坠落，其余的果实
发出轻微的骚动，红颜命薄
青春是她唯一的赌注
黑暗的一角，咒语滋生

一朵涉世未深的花,紧闭心扉
与尘世仅隔了一厘米的距离

我看见大象走动,蚂蚁搬家
尘埃覆盖不住的苍凉
把一个迟疑的人,瞬间湮没

### 更多的是沉默

此刻,更多的是沉默
像一朵菊花沉入杯底,安于
最初的孤独

我已说的太多——
对着风说风,遇着雨说雨
用一支玫瑰,取代一个春天的哀伤

我偏执的文字,在白纸上
横七竖八。仿佛一堆干柴
等待火星温柔地点化

在爱的碎片上雕琢爱
我一意孤行,好了伤疤忘了疼
对着镜子,说别人的坏话

人到中年,幻想的宫殿瞬间坍塌
我只想有一间小小的房子
安放有限的愧疚和沉默

一块岩石在黑暗中,不寻求庇护
它在沉默中裸露
像我的墓志铭,秘而不宣

### 雨水

连日雨水。草又长高了一寸

大地像一个怨妇,披头散发
缺少阳光和抒情

矮墙下,一只蘑菇探头探脑
还有几只,一定在幽闭的地下呼吸
它们白得发亮
仿佛命运没有瑕疵

雨水顺应了时间的暗示
慵懒的绿在沉淀
你经过的小镇,悬浮在一滴水里
光影恍惚

屋檐下的女人,独自转身
她进门,出门。反复几次
黑暗伏下身子,犹豫的河水
早已暴涨
世界空旷,它遗忘了一些卑小
和孤独,遗忘了泪水
无法浇灭伤口上微蓝的火苗

## 纠结

黑与明噬咬着时间的齿轮
送客的人,今夜
要去远行

他走不出草,走不出风
走不出一朵野菊的忧伤
月光是他唯一的衣裳

雨滴轻敲,雨滴破碎
雨滴让天涯沦落的人
在一个屋檐下相遇

他柔软的内心,设下千军万马

埋下电光火石
却容不下草木对雨水的背叛

芦草扯住秋风
霜色染白屋瓦
他的行踪像一朵云，飘忽不定

放下火焰、刀子和绳索
他深陷红尘，在罪孽的路上沉沦
像一束光，被更多的光吞没

**草木恩典**

星星在夜空闪烁，遥不可及
仿佛远古的召唤
只有这些草，这些树
像黑暗里的蒙难者
在风声中一遍遍死去，又活来

绿色的火苗，把灰烬和爱
堆满了天空
如果大地薄情，如果我的心
在荒凉的废墟之城
渴望再一次逃离

那守住墓穴的，必定是
看破红尘一株草木，为我
终止了它一生的流浪
［以上选自《朔方》2017年第4期］

郭静（1970—），宁夏隆德人。作品发表于《朔方》《诗潮》《中西诗歌》《星星》诗刊等多种刊物。出版诗集《侧面》《归零》。宁夏诗歌学会理事。

# 马永珍

## 马老六的难肠(组诗十一首)

**割麦子**

时间和镰刀比赛谁快的时候，马老六
三折子弯在地上，正在偷笑

知感主啊，今年的庄稼成了

他说一指头就能举起睡着了的大海
老婆子嗔笑说看把你给能的

他向手心里狠狠地唾了几口
把三伏天的喜悦攥得紧了又紧

身后，黄金铺了一地

**得意的小毛驴**

赶集路上，看着别人给大车小辆
加油，还要掏钱的举动时
马老六偷笑了好半天

赶完集，马老六把几十斤的东西
自己背上，骄傲地拍了拍骄阳的屁股
小毛驴有些得意忘形，一路小跑

**垒梦**

一场秋雨一场寒啊

荞麦、土豆、糜子、牛哞羊喊都回家了
秋野模糊，天快塌下来了
梁上，一棵突兀的榆树坚强地顶着

马老六笑眯眯地盯了半天！说
我们就在这棵树上，给
喜鹊垒个窝吧，要不
冬天就太肃静了

老婆子眼圈有些红了！说
你是想好事想疯了吧
你不是在给喜鹊垒窝
而是在垒自己的美梦啊

## 兴奋的荞麦

都落霜了！荞麦的心情又急又慌
地老鼠乘机偷袭穿红戴绿的诺言
常常从一个词语的口中出来
噬啮九月的脊骨
再跑进另一处山洞之中
机警异常，一如我的童年

天空晴朗！马老六的磨镰声响起来了
整整一夜，满天星斗丝毫没有睡意
和半洼荞麦一样兴奋

## 羞涩的谷子

六月来了，跟在麦芒的身后，仿佛去亲戚家
提着礼物，大包小包，还有九万亩阳光

马老六睡得正香呢！梦见一片湖从天而降
漫山遍野的胡麻花开了，苜蓿花，也开了

日头太着急了，已经开始在镰刃上跳舞

一坡谷子齐刷刷低下头，有些羞涩

**没敢说**

昨夜，马老六又梦见了一些
归真的乡人、亲戚
他们面带微笑
说：在那边很好

清晨，他看见八十多岁
的父亲和母亲，礼完拜后吃油香
喝米汤。想到梦境
他真想说，又没敢说

**一颗豌豆睡着了**

睡梦还在草胡巴子上悬着呢
老婆子提着瓦罐送饭来了
美死了，豆子个个像娃娃一样又胖又大

马老六呢，咋不言语了
掌柜的——掌柜的——
十亩豆子加上崖娃娃齐声喊

一颗干瘪、又老又瘦的豌豆睡着了
那样子，多像锁紧秋天大门的一把铁锁
眼泪淌了一地，急得老婆子找不到钥匙

**最俊美的洋芋**

飞得太低了！马老六看见太阳
脆弱的心和满地洋芋一样俊美

狗牙刺、骆驼蓬、红牛犊子们讨论
今年的幸福！炊烟的好奇心又细又长

马老六一锨一锨地挖着
老婆子弯腰一次一次地拾着

最俊的洋芋裹着肚兜儿
绣着的红牡丹完全烧成一团火

**羊羔舔碎了新月**

马老六提起汤瓶蹲在院子里
太忙了，夏天的胡须又浓又密

月亮掉进牛蹄窝窝里了
吐一口水就是一面镜子

一只羊羔忙忙走过来
一舌头把新月舔碎了

故意回头看着身后
马老六被气笑了

**犁地**

犁铧圆峁峁红乳牛
星星披着惊蛰的花衣服
牛皮鞭子咻咻响
赶得太阳爬上头顶

牛乏人饿歇会犁沟
干粮馍馍上来没有
先解开牛肚带再搓搓手
抓几把云的影子乱填几口

牛想牛犊哞哞叫
人也放大声地吼

## 难肠

牛圈还在
一对牛被儿子卖给了贩子

马老六揣着手、弓着腰
慢慢走向熟悉的阳洼地

看不清秋天的脸
土做的草帽太大太重

鹰叼着谎言,哄得风飞了
飞了,又回到土坎子上

他的难肠撒了一路,干瞪眼
像羊粪豆豆一样,还冒着热气
[以上选自《民族文学》2017年第1期]

马永珍(1970—),回族,宁夏固原人,现居北京。作品发表于《民族文学》《诗刊》《诗歌月刊》等,入选《中国回族文学大系·诗歌卷》《2016年中国诗歌年选》《当代诗卷2016年卷》等。荣获2015年《民族文学》年度诗歌奖、第八届"新月"文学奖等。中国少数民族作家协会会员,宁夏作家协会会员,宁夏诗歌学会会员。

# 瓦楞草

## 明孝陵(外八首)

即便是轰轰烈烈的王朝
也抵不过风
一阵风吹走了历史
一阵风带来了荒芜
一阵风结束了一切

人的世界
不过是一阵风走过的历程
在明孝陵
我看到一阵风吹起尘埃
若干年后
我的后人或者从不认识我的人
在我坟前
看一阵风吹起尘埃

两者区别:
一个在史书中有
一个没有
[选自《风流一代》2013年第2期]

## 祖母

风敲窗子,冷空气鱼贯而入
小屋光线微暗
这是黄昏降临的前夕
我们在土炕盘膝而坐
我从他开着菊花纹的脸上
寻找祖母的影子

问及往事,他点头又摇头
时间久了。他说那时九岁
记忆模糊
那个形象被一把黄土掩盖
不再清晰
只记得被我称作祖母的人
小脚儿、个儿低、肤白

## 雪花儿

一股脑儿倾倒无数
田野低矮的草隐没
止步聆听
大地传来簌簌响

此刻,寒冷让鼻腔流淌着什么
耳朵喊痛
它们大概冻得通红
无数针芒刺进裸露的肌肤
身体却无比快乐
在耀眼的银光里,白以纯净征服我
它有魔力

整个冬天,没有血液没有体温的白
轻飘飘从天而降
像河流滚动
一遍遍清洗污秽
[以上选自《诗歌月刊》2013年第10期]

## 给父亲

这台机器
一生为土地所累
身体里的发动机每天轰隆隆作响
一年四季在大地上劳作
腰酸背痛

满面尘土
他可能厌倦了这种生活

每当心里涌出这个崭新的假想
我自问
他,这台被时间损耗严重的机器
被辉煌的岁月抛弃
现在又被夕阳搁置在村口
和老树做伴
如果做件事
能表达心中的敬慕和取悦
我该做些什么

**打吊针的女孩儿**

头顶塑料管子悬着玻璃瓶
液体下落的节奏有序
嘀嗒,嘀嗒,嘀嗒……

整个中午
她躺在白床单的光华中心
感到某种暖流带着特有的气息
在时间的筛子上晃动
被轻轻滤下
落满全身
[以上选自《诗歌月刊》2014年第3期]

**这恰是命运**

往事在河水里游
她沉溺鱼腹,安然入睡

人世之缘,没有天荒地老
半生际遇里,她多次看见一条河
不断分开两片相并的稻田

没有什么能逃脱主宰
这恰是命运

## 在河边看见两只蝴蝶

这对夫妻歇身河边花朵之上
它们来自远山
还是近处的树林?
我上前询问

可它们走开
与我拉开一段距离
我继续上前
它们再次走开
与我拉开更远的距离

如此僵持
脚步带着我很快离开河岸
离开了那片开着野花的草地

## 在途中

一觉醒来星光隐退
疲倦的身体还在列车上
车在减速
车轮持续哐哐作响

天色阴郁,窗外大地湿了
水晶珠子落下的声音听不见
却见闪烁细碎的光影奔过来

这时,眼睛忽被闪过的村落弄得紧张
那些房屋与家乡相似
它在雨中被抛开去
它不是行程的终点
可却提示了什么

我分明感觉到
那想去地方近了,更近了
[以上选自《星星》诗刊 2015 年第 3 期]

## 放下

你说,放下
对他的牵挂少了一些
你再说,放下
对他的牵挂更少了一些

你持续告诉自己:
放下
放下
却见关于他的影像
越缩越小
最后成为心上一根刺
[选自《诗刊》2015 年第 8 期]

  瓦楞草(1970—),女,本名于洪琴,吉林柳河人,现居银川。自由写作者,著有诗集《词语的碎片》。宁夏诗歌学会副秘书长,宁夏文学艺术院第二期文艺高研班在学学员。

# 刘学军

## 想象大雪来到(外七首)

现在,雪花像我多年以前的心事如期来临
银川以北,大雪掩盖了一切,没有痕迹
邻居家的羊群即将变卖
它们将被运送到离我十米的距离
刮过村庄的西风在城市边缘溜走
除了想象,这一切我无能为力

据说,雪花没有落地就化了
我无法拒绝对这种高贵和美丽的想象
在老家,我看到麻雀寻找食物
而大雪无处不在,它们习惯了这样的生活
风调雨顺的背后,雪白的无遮无拦
大地善良如同银子

## 吴忠:月光

是夜。将军的酒杯装下一条河
而金陵城如水的样子,远在千里以外
王终是旧事,过了四月
你的心里只剩月光

关马湖,下马关
那些遥远的亭台呀
挂着十件绛色衣裳,像极了纽扣
在大风里舞蹈,密不透风

逆水而行,士卒藏了刀枪,驱散了马匹
那时,去年的粟米正借着月光回家

过了河,将军不发一言

## 光穿过玻璃

光穿过玻璃,洒在座椅上
其时,大巴正穿越在红寺堡
我看到丁香,看到桃花,看到春天
这些并不存在的事物
一遍一遍,一遍一遍地行走
像莫大的空,已然装下半截天空

丁香是白的,桃花是白的
春天是白的,尚未发芽的草也是白的

那光似是醉酒的故人
洒在座椅上,略带愧疚
"这路上的所有,所有过往
只是相遇和错过的未亡人"

## 望长安

在长安,不必将自己想象成帝王
从常乐门开始,都城已薄如纸张
适合怀念一场雪的地方,那是尚德门

雪落长安,多么遥远的事
一个人离去是如此决绝
将幸福交给一场雪的,那不是长安

## 哈拉苏

在哈拉苏,九十九首诗歌热烈
阳光走过雪地,玉杯纯粹
汉子高调地喝酒,他的村庄长满枸杞
他的牛在孔雀河畔等待月亮到来

哈拉苏，哈拉苏，燕子的哈拉苏
这个新年来临的正午，羊群看到天鹅飞过
给你们马车装下所有磨盘
天黑以前，请到这里来喝酒
请撒网带走孔雀河的冰雪
请让青草在明天高过腰身

哈拉苏，黄昏是一杯红酒的秘密
河流从身体走过，给你洗脚的盆子
穿梭在肩头的落雪必须融化
马车必须穿过城墙
哈拉苏，雪地里蝴蝶飞过
冬天的马骨被酒叫醒

## 玉门，玉门

我随一朵白云在春天抵达玉门
在这之后，我看到桃花和妹妹
她们如银子般纯粹，在丝绸的里面
这是河西，羊群撒落
给我一碗酒，你亲如兄弟
我将是那个幸福的盗贼
用一把西风擦亮灯盏，现在
让九个妹妹出嫁，让九朵桃花盛开
让九只羔羊降生，让九把鞭子守夜
玉门，玉门，我看到七匹白马驮着玉器
谁是下一个打扫风尘的人？
兄弟，过了今夜，我将带走玉门

## 伊犁或十二月隐逸的水

十二月的伊犁河谷有鸽子的血在酒里飞
而乌伦古河冷得只剩河水和新娘

已经没有了天鹅，水草隐逸
宛如我遁世的爱情，沾满人间的水和不安

这多么让人猝不及防，比如将至的黄昏
包裹着你遗失多年的妹妹，还有毒药
喝下这一切，我将把自己的衣服撕扯
除了你，还有谁看穿真相？
冷啊，我的手足

当再一个黄昏来临，你依然如草枯黄
如水消瘦你这十二月受伤的旗手
握紧了我和破碎的银子
走过水和水的手指，掩盖一次大雪的惊慌

**今夜行走在库尔勒**

今夜孔雀河饱满如同酒杯
库尔勒安静，雪花安静
哈拉苏幸福，马车幸福，河水幸福
一月的月光走过草场和城市
一个远离的人牵着牛羊
走过毡房，姑娘怀抱马蹄
看，远天远地里马鞭响亮，豹子奔跑

库尔勒，放牧的人是兄弟
借他三丈麻绳，驮回夜晚和新娘
这样的行走坚硬如岩石
一副遗失的骨头装满歌唱
看到草场的时候，你将种下琴声
[以上选自《朔方》2016 年第 9 期]

　　刘学军（1971—），宁夏平罗人，现居银川。发表诗作于《朔方》《绿风》《诗歌月刊》等。出版诗集《虚拟的九十九个夜晚》、网络小说《大明十六爷》。宁夏作家协会会员，宁夏诗歌学会理事。

# 安 奇

## 夜色泾源（外十三首）

五月抵达泾源  夜雨微寒  杏花初开
夜灯暗淡  没有笛声从疏影里斜逸而出
古庐的屋檐下  燕子并未前来
只有诗人的小聚宴谈  仿佛还能飘逸

泾水依然清澈  梨花也开始满山坡
我走过暗夜  想不起龙王的模样
柳毅的书应当抵达  在夜色中的泾源
一只羊隐藏了它真实的身份：挟雷声远去

## 六盘山麓的油菜花

怎样才是时光  六盘山麓
一年一季的灿烂  农夫从垄间穿过
斜阳洒在油菜花上  也是点点虚幻
我追不上你侧身而过的时间
独坐田间  侧耳听风
朵朵黄花和只只黄蝶  嬉笑或是喧哗
渲染五月 经过花源  内心有漫长的独白

也许有点久远  有人赶着一匹瘦马
经过歌谣的前面  时光就无法追上
独在天涯的羁旅行客  油菜花的歌谣
从山坡上升起  我想起那个姑娘
追上歌谣 举起双手  拥抱巨大的宁静
从我巨大的落寞里寻找栖息的枝头

## 杏花

一季杏花就是那个叫做杏花的姑娘
一件杏黄衫　穿行春季的细雨
一路悠悠走来　就是我心中
那个姑娘的模样　笑意莞尔
在微寒的雨里　暖一壶酒　细细品酌
喜鹊在窗外细雨里喳喳地啼叫
杏花的手指划过我的心房　留下一道涟漪
湖面上游过一条锦鲤　跳过龙门
一缕香浓在风中指引　杏花最后的去向
如同一个暗示　在销魂的春雨里
让每一瓣都在风中炫舞
在暧昧中侧耳：杏花春雨里　独卧听竖笛
［以上选自《朔方》2016年第9期］

## 林间

我眯上眼睛
野园秋蝉起　暮霭微风
藏在古树之后的一只啄木鸟
哗啦了翅膀　就一下
林间空阔　如水际无涯
［选自《诗刊》2017年4月号下半月刊］

## 野老

野老已无自由身　只看桃李在春风
那一层泛起的悲哀谁会深刻品味
远山无菊篱　只看野山花自开

野老已无可漫步的田野　庭院却并不荒芜
一畦韭菜在自在生长　蚱蜢跳过
在阶前浑然入睡的野老　鼾声缓缓响起

**青杏**

杏花褪的时候　正是开始看世界的时候
一对燕子　从远方归来　告诉了我一些秘密
北方的原野穿上一袭浓郁的希望

或许需要等待　我的梦境调配了命运
适合在低吟浅唱中品尝
小小青杏的滋味　悠扬而漫长

**山下**

山下到处都埋藏了秘密　那些隆起的
塌陷的　死亡的秘密到处都是
在盛开的花瓣　爬行的昆虫和知晓秘密的枯草

在原野向上铺展的空间里　海底被升起
时光被压住　那些细小的贝壳溶解于岩石
山下　你和我曾一起被那些风吹拂

**铜簇**

一支箭可以穿过多少时间　然后躯体湮灭
只留下铜簇　散发腐朽之外的幽寒
在荒莽乱石间捡起　破碎拼接历史的具象

一枚铜簇与一段歌声　割舍和难离
谁会从睡梦中更早地醒来　真相吞噬现实
我不曾捡拾碎片　但它的光芒刺伤了我

**红玉**

一种色泽映照　一位美人窈窕　在石头的内部
焕发一世璀璨的韶华　深入以缕析　在时间
各个位置都有一丝铺展　淹没须眉

不容多想　桃花会告诉我红玉所在的位置
以指尖的温柔去问候　就会在大地内部
看到透亮的春天从内核缓缓绽开

## 下山

山桃还小的时候我就下山了　出了山门
人间正是五月　天空中远去了数只白鹤
从青峰的边缘　深蓝不再虚空辽远

山脊越来越低　渐渐埋入大地
河流缓缓升高到白云所在的地方
一声清唳　将远去的白马追回

## 独游

曾想倦卧山林高岗看秋色暮色
云逸飘然曾想拄杖独行　经过崎岖沟壑
在乍起的风中听鸟鸣悠然

恍如一梦　驭彼而飞
那些可以垂钓的岁月　也都破碎为玉片
不再接受辽远的召唤和回首的白云

## 驰马

我驱车长行　直到黄河岸边
月明路远　也许百千年前
我还年轻　骑一匹骏马探渡黄河
水流汤汤　骏马试蹄　却又还回
云暗不复见　冰河声犹听
我勒了马衔　并未解鞍
也许在那峰峦的后面
料峭的春寒里潜藏着伏兵

也许塞下的温泉正泛着暖意
也许只是梦　我离开黄河岸边　月犹明　路还远

## 闻笛

我在林中听到舒缓的笛声　杏花一片茂然
北塔的湖波还在荡漾　一声清冽已过云山外
时空暂时替换　长桥拱月　流水无声
独行不再是踽踽　对饮者仿佛来到身边

鸥鹭翩然的季节已经过去
衰荷已然残破　枯冷的柳梢头拢入寒月
寥寥的渡头　也不见有一叶扁舟
当白草扑倒一片　谁会和我酒醉长桥

## 白鹤

当烟波从辽远的地方生成
一双白鹤振起翅翼　翩然而来
在每个春天　在淼淼的湖波上
我都能看见它们的身影修长飘逸
划破纷争的浮雪　翅翼生漩流　一别山川远

当世间所有的想象都被破坏
有关落叶　有关飘零
在远大的志向和燕雀的忧伤之间
不能再徘徊的地方留下青色的山川
留下倒影的湖水　飞举而去
[以上选自《诗刊》2018年2月号下半月刊]

　　安奇（1971—），宁夏固原人。就职于宁夏教育厅。作品发表于《朔方》《葡萄园》《星星》《诗刊》等，被《诗选刊》等转载，入选《宁夏诗歌选》《2017中国诗歌年选》等。出版《野园集》。宁夏作家协会会员，宁夏诗歌学会理事，宁夏文学艺术院第一期文艺高研班学员。

# 木 耳

## 牛营村（外七首）

我一直没有数过，在牛营村
到底有多少头牛
它们，流过多少汗，犁过多少田
就像我，在城市里耕耘
没有人算过：这头牛
走过了多少弯路，误入了多少歧途

至今，我仍然走在低洼处
努力的样子，越来越接近牛营村里的
那群牛

## 大湾

父亲追着契河
我追着父亲

我追不上了，就扯心地喊了一声"大"
于是，河水停了下来

我看见父亲，缓缓地回过头来
眼神浑浊，河湾纵横

## 对面梁

父亲在世时，他的对面
是生长荞麦的阳洼
父亲走后，我的对面
是坟地隆起的阴洼

面对父亲，我仿佛一个
接受灵启的孩子
焚香，烧纸，磕头

在浮动的尘土中
双手合十。体会一道梁
面对另一道梁时
深藏的敬意

## 窗花

母亲走后
我就再也没有见过窗花
母亲走了
带走了剪刀

每次想母亲了，我会去坟上
多带一些纸
让她剪窗花，听她说话
——母亲生前总是念叨
阴间没有纸，没有纸

## 家书

从父亲的遗物中
我找到了一张锡箔纸
皱皱巴巴。背面记录着
我在这个城市落脚的地方：
湖滨花园9号
海宝小区26号

父亲很少来城市
也不知道我的确切住址——
或许某天，他蹲在老家的墙根下
抽烟。一根接着一根

直到抽空了烟盒
在烟雾里，抽出锡箔纸，轻轻抚平

然后写，写儿子和小区的名字
认真地写，就像写一封
无法寄出的家书

## 泥

在城市的酒肆
我醉如烂泥

有人扶我。灯光下
我们深一脚，浅一脚
缓慢地，接近故乡

我心里明白
作为泥巴，我是那堵墙
不可或缺的一部分。即使剥落了
身上仍然残留着
三月的草味

## 大寺沟

在大寺沟，我枯然而坐
一只岩羊，居然尾随至此
隔着小溪
与我相望

尘世太静。我们谁都没有说话
它在饮水
我在走神

后来，它接近一块巨石
我起身，似乎要开口
它却一闪而过，消失在了岩画里

我在原地坐下来，认真地打磨自己
就像打磨，一块石头的表面

## 盘道

石佛云游。经过盘道时，他对牛说：
我累了。于是，牛和车
就停了下来

佛盘着腿，闭目养神
三头牛离开了木车：
一头，大口大口地卷食嫩草
一头，走进桑林，寻觅传说中的蚕卵
另一头，卧在肃穆里，反刍经卷的芬芳
车夫靠在木轮前打盹，似曾相识
应该是你我的前世

丝路之上，马队和驼队风雨兼程
他们往来穿梭，见多识广
知道楼兰，知道敦煌
就是不知道疲倦，不知道盘道
也不知道，盘道上的一块石，一个人和三头牛

木耳（1971—），本名柳成，宁夏泾源人。注册高级策划师、经济师、营销师、人力资源管理师。发表各类作品30余万字，作品入选《临风的泥香》等作品集。著有诗集《风语者的脚步》和经管类文集《反营销：硬币的另一面》。活跃于自媒体平台。中国诗歌学会会员，宁夏人力资源协会讲师团成员，银川市作家协会会员。

# 阿　尔

## 在沙沟遇雪(外三首)

在沙沟遇雪，天空中飘着的
这些晶莹的雪，一粒粒落在我的白发上
融化，又落下
我现在是望着，他在雪中缓缓行走
从拱北的门廊，他渐渐远得再也看不见
就像眼前的一粒雪，落入我的眼睛里
湿润，渺小，安静
直至成为白茫茫的大地

那么，细微就是博大之美
就是我遥望你的背影陷入自我狂欢
也落满如火焰一般的雪
她们在我的心间高声赞颂
在漆黑之夜是如此响亮：

哦，这美有时如尘土之上的雪花迸溅
哦，这光犹如你在暗夜奏响星空之光
在沙沟遇雪，那些上路的人
寂静而幽深。他们每天走过拱北
在山下生起袅袅炊烟
在沙沟遇雪
这美丽的邂逅之雪就像爱总得被雪融化
总得被我们的神圣触痛
一场灵魂深处的饥渴的大雪
我们总得遇见无数神秘之诗所昭示的黄昏
而你在雪上行走吱吱嘎嘎的
这是又一个黄昏
在原州城的梦里遇见沙沟的雪

窗外白色遮盖了山中的一座城
我不知自己是醒着
还是在爱着你的什么

## 鲜花不会照亮道路

你站在向西的路上。不会遇见朝圣者
向西，无大河奔流，无崇山峻岭
只有望不到边际的大地
风呼啸而来，又卷起沙尘而去
壮烈风景！请让我选择这孤身一人的向西
我热爱这炽热。这夺眶而出的炙烤之火
云朵她穿过天际。你总得追逐苍穹
或曰博大深邃的渺小之美
即使是渴饮也应在灿然笑间
是什么让路显得如此漫长
是一棵树拒绝开花而使今夜如此苍茫
眸中留不住一滴露珠
我无需参透深山。古寺就在那儿
这亦是一个人的生命尽头
得以安放存在之诗
路上我是将要消逝的这一个"我"
她弥漫了太多的雾
如果是梦就会有一世的白昼之醒
而更多的暧昧与眺望无关
或许这个时代需要缤纷的鲜花与掌声
鲜花却不会照亮我的道路
爱人，我何曾念及自身被弯月环绕
向西，我踩脏了自己的鞋子
爱人，我在去往西海固的路上
下马关。同心。海原。墩墩梁。西吉
沙沟。我此刻会坐在孤独的星球上
列车西去。马群呜咽
目见的鲜花。如杏花在彭阳跌落尘世
溅不起一丝丝涟漪

**隐匿书或过海原古道**

路过她是天色阴沉,词语卸下铠甲
哨马营。西安州
必须迎着风,才会有眺望
必须梦见你,才会看世界
因此力量是无能的
不是巨斧,也不是食蚁兽
他被劈开的昏沉,跌落于残墙的尘埃

这么多的暴力!切开苹果之核
瞧见组织。她是苍白的
但你知道内部已是血红
它们沿着敞开的秘道
远离人类的马群和弯刀

这么多的后果
敲开核桃就是花白的脑子
滚动如西夏的刺目烟尘
在驳杂的目光中
火焰流尽最后一滴鼻血
总归就是不无恨意
仿佛那一场雪夜之事:
爱了恨了别了,她在路边送你
那封信婆娑未来的火漆
从哪儿来,回不了哪儿去
我们总得归于隐匿
却不是鸟入林

多么刺眼的下午
道路无人,只有你我两个
这是命定的孤独深入
赭黄色的山体带着腥气扑面而来:
春分时节花事少
再无客卿访古道

[以上选自《朔方》2016年第9期]

**火石寨诗记：听风者自语**

至少你来过，在火石寨
目视：这蓝炸裂，这云摧毁
这空行的雁迹闪过暴力
一缕羽毛飘呀飘

是存在者的延续
隐含幻象之街市
一路望去，此山寂寥：
湖泊，大水，烟火，炙热者
去国，还乡，微尘，俗世

这亦是你的硬度，镌刻星星之锁
砂地之光，细雨中掠过山影
翻检困顿者的内心
一座西部火红色的城
一切必须遵循的时光停顿
身后巨石，蜿蜒火焰的神道：

在石壁，拨开草药
观鸟语，自灭自生
她汲水，俯瞰雨云
他不语，山岚听风
"你前往京都看梅
这剩下的美还有什么？"

  阿尔（1972—），本名张涛，河南唐河人，就职于宁夏日报报业集团。出版诗集《里尔克的公园》《银川史记》、随笔集《秘境之旅》。主编和策划诗选《中国先锋诗丛》《中国当代风景诗选》等。宁夏作家协会副秘书长，宁夏诗歌学会副会长。

## 孙志强

## 大雨过后（外六首）

云端湿滑　一滴雨很轻易
被另一滴雨从云端上挤了下来
落地之前　一滴雨追上了一滴雨
又被更大的一滴追上

通常这是一场滂沱大雨的开始
而结束之时　一滴雨在减慢下坠的速度
减慢　接近于人在大地上的徘徊
它在等　等云端上
久久不落的另一滴

### 秘密

除了飞翔的鸟群栖落在树梢以外
天空一定与树木还有什么交集

入冬之时　树木还在空空地托举什么
果不其然　一场大雪覆盖了苍茫大地

### 踪迹

灵武境内　毛乌素沙漠
猪头岭上沙浪起伏
如果换了颜色就是汪洋
一串踪迹呈一条直线

从浪底到浪头笔直地穿过
六月二日中午一点

我循着这串踪迹走了过去
近百米的距离
终点是一蓬沙蒿

踪迹是一只黑色的甲虫留下的
它现在一动不动　正在装死

## 绿意

乌云低垂　六月的万重绿意中
一片叶子落了下来

它绿绿地盖在我的手心
对以后的蔫巴似乎没有预料

现在　它嫩嫩地盖在我手心
透出世间的万重绿意

## 静夜

月光走了一天一夜　又回到这个村庄
门前的椿树好大　月光抛洒一层银之前
树干　已被窗前透出的灯光镀了一层
低处的比高处的要亮一些

这是一个无比凉爽的夏夜
在没有院墙的家门前　我散漫地踱步
我打了一声哈欠　忽然一阵蛙声袭来
远处的比近处的要响许多

## 枯枝上的雨滴

大雨终于停歇　空空的枯枝上
挂着雨滴　串串雨滴
在空空的枯枝上久久不落

如果雨滴有心　有眼睛
它会怕碎　怕受伤　怕空空的失落
怕转瞬之间的离去和告别

如果雨滴有前世　有今生
初晴时刻　在空空的枯枝上久久不落
它要么是昨天的一朵花
要么是今天的一滴泪

## 柠条

如果用心　你会发现
每一寸土地都是校园　到处都是老师
比如柠条　无法想象五里坡的柠条
拔河一般地生长
它拼了命地往上伸展枝条
又暗自在沙地里蛇一般地打洞生根
八月酷暑　五里坡白色的沙丘冒着热浪
人一动弹就会汗流浃背
它的枝条却绷着劲
握上去像有血液在涌动
它哪里来这么大力气自己和自己拔河
在八月的热浪中拉长自己
它就是一条汉子　它就是我的老师
它让我在凝视中　心生羞愧
[以上选自《朔方》2016年第9期]

孙志强（1972—），宁夏灵武人，现居银川。作品发表于《飞天》《星星》《诗选刊》等，入选多种文集。出版诗集《光阴之穗》。宁夏作家协会会员，宁夏诗歌学会理事。

## 杨建虎

### 从六盘山到贺兰山(外六首)

从六盘山到贺兰山
我一路走来,我已经很累
当一缕清风吹来
我会哆嗦、颤抖,甚至神伤

哪儿都不想去了
在这样一个偏远的省份
我从南到北
用踏实的脚步
丈量生命的长度

当大风吹落花朵
我就想起六盘山上迎风招展的旗帜
还有那满野的绿色
我就想起六盘山下的村庄
安静又祥和

如今,我只愿静静眺望
贺兰山那抹青黑的轮廓
哪儿都不想去了
只愿守着西夏王朝的古老都城
像一匹马一样
低头,就有汹涌的青草
抬头,就有滔滔的黄河

### 打开

春风沉醉的晚上,在满城北街

我们一起打开一坛黄酒
像打开老家的心事一样
我们一起斟酒、干杯
兴致勃勃地谈论过去
青葱的岁月，读书的艰辛，生活的转折

许多时候，我们已屈从于命运的安排
像在梦中旅行一样
渐渐远离那已然消失的村庄
远离广阔的田野、袅袅的炊烟、茂密的森林
许多个夜晚，在异乡
偶尔会听到声声狗吠
灵魂的田野异常空旷、寂寥

像今天的夜晚，一起品味来自老家的黄酒
醇厚的乡情被一再蒸发
真想喝的酩酊大醉
醉了，给老家的亲人打个电话
可以忽略很多浮华和虚伪
可以爱上这温暖的时光
在雨季即将到来之际
多想回到那片开满杏花的山坡
在温热的黄酒的醇香里
我将醉里看花，梦里挑灯

**雪绒巷**

寒冬，没有落雪
这是怎样一种干燥、寂静
在雪绒巷，枯萎的野花迎风歌唱
这是怎样一种苍白、凄楚

当你来到，在低矮的傍晚
窄窄的巷子里，挤满车辆
而我懵懂、茫然
听车内的音乐慢慢飘荡

黑暗中有光,穿过浮动的海面
而我,用全部的渴望听你诉说

雪绒巷,我的孤独是一根草
在风中,愿与星光为伴
如果再深入一些
请你用一朵开放的雪花
——将我轻轻拥抱

## 冬日田野

无雪的冬日,无人可邀
我只能独自出发,去郊外
听风声刮过田野
看稀薄的阳光洒向大地

罗家庄,曾经的村庄和树木
已被高楼占领
破败的大学,淹没在工厂之外
我继续向北行走
上升的空气中
传来干渴的鸟鸣
我深知冬天的美
正在荒凉地展开

十二月的田野空空荡荡
寒风吹散火焰和灰烬
我像一棵被风吹歪的老榆树
于时间挣扎的缝隙里
寻找存在人世的阳光和意义

## 向河流致意

时光的尽头,一只乌鸦在飞
在寒冬,当河流冰封
我已听不到流水的低语

我已习惯了远离河流的日子

只是，在深夜
还会想起，故乡的山岔里
那条静静流淌的河流
它清澈、自然、随意
在岁月的臂弯里
是河流，带着遥远的爱
不断冲刷迟钝的岸

在苍白的城市
我要向河流致意
我怀念河岸边的那些旧时光
我要忍住内心小小的波动
让河水的激情
不断冲向伸展的远方
［以上选自《诗探索》2015年第3期］

## 回到窑洞

初秋，离开高楼耸立的城市
我的双脚泊在故乡的大地上
我只愿这样，一次次——
亲近草木和庄稼
让湛蓝的天，游动的云
不断刷新想象的空间

避开炎热和浮躁
只愿，和你一起
回到冬暖夏凉的窑洞
一起，重温那些鲜活的场景、动人的故事
在祖国之一隅，只愿守住
这少有的宁静和美好

回到窑洞，一杆红旗顶着天空在飞
石磨、土墙、狗吠、鸡鸣

一只只野兔横越田野
蝴蝶围绕花朵,流水冲刷时间
大地上奔跑的孩子啊
终会回到故乡

## 小田园

午后,我们的小田园
还在酣睡。这些南瓜、西瓜、香瓜
这些玉米、葵花、白菜
静静占据山坡的一角
迎着微风,节奏舒缓
以朴素的词语铺展日子的真实

多温暖的光!在燃烧的金黄色中
我站在八月的田埂边
俯瞰河流和山川
遥想远逝的岁月
以及快乐的童年和丢失的村庄

脚下的青草还未醒来
高高低低的风从塬上吹过
如我的内心一样
此刻,那些曾经伟大的事物已然消隐
乡村在它的辉煌中
尽情展现生命平凡和执拗的角度
[以上选自《诗刊》2017年5月号上半月刊]

  杨建虎(1972—),宁夏彭阳人。就职于《共产党人》杂志社。作品发表于《人民文学》《诗刊》《青年文学》《十月》等,入选《诗选刊》《青年文摘》等。出版诗集《闪电中的花园》、散文集《时光书》。荣获宁夏第八届文艺评奖三等奖。中国作家协会会员,宁夏诗歌学会理事。

# 杨春礼

## 果树下的母亲（外十首）

枝头的果子，在我眼中是高贵的
一位母亲跪在树下
一棵一棵拔树下的草

跪在树下的母亲，在我眼中
也是高贵的。她的孩子也在树下
正在和树上的果子说话

## 一棵果树死了

一棵果树突然死了
也许因为负重的果子
它一定还想活着
一树的果子和叶子都干在树上
我只尝了尝果子当时的苦涩
却没有体会到果树当时的疼痛

第二年，整个树身子枯了
冬日，被用来点燃取暖
风已经抽空它的血
它的灰烬像一个人的一生
又被风撒在大地上
［以上选自《青海湖》2015年第10期］

## 草木这么深

草木，这么深

我不怀疑，你的预见
在秋后，从风衣的兜里掏出旷野
然后，设计一场风暴

枯萎是一种病毒
感染了，一个人瘦弱的背影
你的眼睑里，除了
柏杨，叫我仰望

一只鹰的翅膀，过于锋利
低幕的云里，有被划过的伤痕
黄昏是村庄最后的温暖
搂起一缕炊烟

向晚的窗，无法收留旋转的落叶
梦的远方，只在梦里抵达
醒来后的星群，每一颗
都是你深情的眼眸

月光落下的地方
落下，霜白
我从秋风扫过的地方
遁入，荒凉
［选自《朔方》2017 年第 2 期］

## 它们不知道我已回到家

清凉的雨丝，洒向田野
为这低处的草木，涂染秋色

错落堆放的书籍，覆着灰尘
我几乎忘记了书中的描述，也忘记了

我写过的句子。刚从地里回来
衣上的雨点，文字一样，密密麻麻

它们不知道我已回到家里。进门时
一只燕子从屋檐,扎向茫茫的雨中

## 白露

心中早已适应,匀速的秋风
出没在一片荒芜的丘陵
灵魂藏匿在低矮的蒿草中
相互窥视彼此的功过
一只落单的老鸦叫得凄切
这已早在我的意料之中
新添一座墓碑,也一样荒凉

一块规矩的石头,注定
要背负那个人的名字
却掂量不出那三个字的分量
一堆新土,注定包容那个人的一生
却测试不出生命温度
整个丘陵,那只老鸦
叫一声,停一声
像一个石匠
在给下一块石头起名字

## 我从它们发出的声音里经过

秋冬之交
湖边的芦苇单纯摇摆
像摇篮里轻轻挥动的棉花糖
白杨的叶子
像一窝受惊的小鸟飞散四落
是冰凉的风吹出了
那个淹没在草木深处的男人
皮肤黝黑,略显疲惫
他浪迹田野与工地之间

和村里众多男人一样
不会轻易说痛。他的痛,分散在
众多男人游弋的眼神里

秋天快要被耕地机逐出田野
金黄的树叶,终于可以
躺在午后温暖的阳光里
蜷缩,或者腐烂。回家的路上
我从它们发出的声音里经过

**那些草,比以往要低许多**

野草湾在附近,在草木里下沉
我不确定,湖里除了机警的水鸭
还有别的水鸟也在水面嬉戏
阳光。显得弥足珍贵
那些草,比以往要低许多
其实,我不愿提及衰败这个词
这个词可以和贫穷相提并论
唯独秋风与我不会嫌弃
一枚血红的苹果,被遗漏枝头
耀眼而孤独,它算被风彻底盯上
整个下午,风在吹它
想把它吹灭在尘世,或者
要剥去,它高贵红艳的衣袍
我更愿意,它一直留在枝头
一直高贵,或者一直孤独
[以上选自《中国诗歌》2018 年第 1 卷]

**一片翻转的叶子**

苹果树下
早黄的一些叶子
一片,一片翻转的叶子
落在地上

甚至我发现有几片叶子
努力地往一个地方落

## 回家

天，忽然暗了下来
我发现
一些树，和整块的玉米地
向着相反的方向奔跑

## 一棵苹果树

一棵果树替我修行
一半修成眼睛
另一半修成了心
我每天往返园中
它用每片叶子看我
它用每颗果子嘲笑我
这个虚度光阴的人

## 安静的另一种真相

果园的树枝上，涂有一层月光
亮的部分和暗的部分
包裹着休眠的木质
也许在我到来的前几分钟
有两只兔子在树下
已享用过这里的安静
[以上选自《扬子江》诗刊2018年第1期]

　　杨春礼（1972—），回族，笔名羌笛，宁夏灵武人。就职于灵武市大泉林场。作品发表于《中国诗歌》《扬子江》《朔方》《青海湖》等，入选《2018年度中国诗歌诗人作品选》《宁夏诗歌选》《中国乡村诗选编》等。出版诗集《生命是棵树》《树的呓语》。荣获第二届贺兰山文艺奖诗歌三等奖。宁夏作家协会会员，宁夏诗歌学会理事，宁夏文学艺术院第一期文艺高研班学员。

## 吴 玲

## 我与长夜（外五首）

其实，我并不想占用你的时间
只是想在你的空间里
数着星星，偶尔和月亮聊聊天

你是寂静的，也是漆黑的
我并不想打扰到你
只想在你宽宽的胸怀暖暖双手

你不会在意我的到来
我却在意与你还能停留多长
能否听完我漫长的倾诉

## 下雪了

窗外的桃花开了
起风了，花瓣瞬间飘落了一地
你问我，美吗
我说，看这天气要下雪了
你笑了，用你温厚的双手搂紧了我的肩
在我耳边低语：下雪了，真的下雪了

打开了门，我走进了一个雪国
看着雪中的桃花是否依旧妖娆
这是我见过最大的一场雪
下在春的四月里

## 以一种姿态等待

卷起衣裙,俯下身
用小木棒在地上划拨着
她头很低垂

不在意是否有人经过
土与手指偶然的碰触
沾染的是一种青素的色彩

小小的木棒让土一层层卷起
就这样任性地半蹲着
不曾抬起头

有一双手好像从远处伸过来
只是轻轻地一抬
便成了站立的姿态

## 如果

如果我是黑夜或者光明
是江河湖泊或者森林大山
这个世界还会变成什么

想着自己所想的
只在轻轻的拈花一笑间
又见一个不同的世界
我幽居的地方

在一座山的脚下
是孕育我的故土
我不知道我刚出生时的啼哭
是否打湿过它古老的身体
但我知道,我的肉体与灵魂
被它霸占至今

## 遇见

恰在你来时,我看见了你
我仿佛曾撞见过你
即使没看清你来时的方向
和你迈着的步伐
只是在那天的那一刻
见到了你,然后
你微笑着牵起了我的手

## 痕迹

点一盏灯,挂在风的顶尖
那是指尖能触到的地方
把一缕清风
装进绣着蝴蝶的锦袋
在那月圆天晴的日子
[以上选自《朔方》2016年第9期]

  吴玲(1972—),女,宁夏同心人,现居同心。诗作发表于《朔方》。宁夏诗歌学会会员,宁夏文学艺术院第三期文艺(诗歌)研修班学员。

# 刘乐牛

## 雪落大地（外八首）

万物消隐，季节用完了色彩和香气
只剩洁白无味的花朵
悄然飘落，缤纷着赤贫世界
冷光停顿了一切
没有什么可以睡去和醒来
冰盖河面，古老幽暗的波底
卧着忘记岁月的石头
天空辽阔，乌云混沌
风在山冈，清扫着荒凉的声音
视野茫茫，此刻有未名的地方
是我遥远的暮色
我的梦魂曾在空旷的夜晚
独自去过，只是没找见尘世想念的事物

## 我不说前途无光

我不说前途无光，爱上短暂
就看见了永恒
找到体温后，世界才能变暖
我验证过，不离开自己
就不会离开神灵

清楚一根醒来的青草
能救出被冰雪判了死刑的荒滩
只要敲击，就会有一束火星
拽出黑暗藏在石头中的闪亮尾巴

命运确实强大，那又如何
一滴雨晶莹破碎的微弱声响
依然是对高高在上的天空
做出的灿烂回应
[以上选自《绿风》2015年第5期]

## 生活贴

生活没有那么多的战斗
只是种种旗帜
陷在各自为政的风里
怎么扇动，都无法从昂扬的情绪中飞出来

作为一个号角难以鼓动的人
我理解半片薄冰，为何会迷恋寒冷
在欲望争锋的初春
迟迟不愿，从一截昏暗的水槽上起身
也懒于探究，硝烟后面
纠缠不清的目的

我有着离群之马的孤独，在鸟鸣山幽
桂花闲落的夜晚，愿同开阔的月光
共享这个世界美好的清贫

## 我已没有太多悲欢

雪上几行脚印，表明一样的行者
穿过了茫茫田野，我却不再想谁是古人
谁是来者，时空深处的风
多少春过的几点疼
没有什么纽扣，还能系在心上

我已没有太多悲欢
我正在人间烟花里
脱胎换骨，向与我无关的地带

移交自己，当山风吹动
檐上生锈的铃铛
有个提水回寺的布衣僧
还同时借用我的身体，走在人群里

## 我有朝圣的心

风吹青草，醒了蓝蓝的湖水
沿岸而行，仿佛走在尘世边缘
影子落到了清澈的时空

此刻，我有朝圣的心
希望莲花闪烁
天音缥缈，遇上骑鹤逍遥而过的人
我非真要离开不远处的烟火
只想用，湖水映在体内的光明
长久地换取他手中的拂尘
[以上选自《中国诗歌》2015年第10卷]

## 我出生的时候带着天堂

敢肯定，收集起我心头散落的色彩
定能汇聚出世间最美的花园
青草将从四面八方
披上晨辉，踩亮露珠围拢过来
将我当成大地
芬芳艳丽的柔软中心

我就可以，将这个灰蒙蒙的世界
美得格外彻底
雾霾也会一夜之间
化为催醒万物的春风
所有的褶皱舒展
充满欢喜，我不再抱怨肉身是牢房

我相信出生的时候
带着天堂，只是苦难的大地
渐渐将它沉陷了下去
我才如此落叶纷飞
光华涣散，常常提前身陷暮年

## 无需哀乐

一行跟在灵车后面的白衣人
沉默地走在细雨里
湿淋淋的青草
刷在身上，一句清寒干净的情诗
以内在的悲伤
经历着与世隔绝的时光

我想加入到这样的送葬队伍
诸多伤口，反复吞吐了我这么久
我已什么都明白
无需哀乐，只想选在雨天
不带尘垢地，将灵魂反复涤荡过的梦境
安顿在鲜花盛开的高岗

## 在这万亩盛开的葵花前

我想溶解在这万亩盛开的葵花
放射出芬芳娇嫩的金黄
在数天内，挥霍完剩下的全部时光
唤醒最为热情的力量
与华丽的梦境，汇成灿烂向上的一体

想蓬勃出生活遮掩的诗情
尘土蒙盖的明亮
只允许高处理想的自己
照耀全身，引领我坐在心灵向阳的一面
观看世界的山高水低

不再垂着头颅，靠与我不同的太阳
纡尊降贵地强行施舍能量

在这万亩盛开的葵花前
我忆起曾经，拥有赤金般纯净高贵的血统
是太多的从现实出发
将我沦为一只灰尘满面的蚂蚁
总怕活不好，却没有真正爱惜自己

## 日出

面对日出，我相信时光
起始于一场云霞缭绕的绚丽大梦
是幻景涌动出一张烂漫的笑脸
天地才发生了柔软开裂，牵起万种风情
召唤出群山、河流，草木摇曳的原野

在这个总是昼长夜短的时代
睡不醒的我，并非每天都碰到
这喷薄的景象：暗潮涌动
万物若隐若现
欲靠自身的光华冲出美的朦胧

此刻，望着婴儿般新鲜的日出
我有刚刚诞生般的
大面积惊奇，想以露水洗脸
草叶为衣，随一声声清脆的鸟鸣
捧出内心的婉转晶莹
[以上选自《朔方》2016年第9期]

刘乐牛（1973—），宁夏固原人。作品发表于《诗刊》《绿风》《中国诗歌》等。出版诗集《苦涩的甜蜜》《当我再次比喻月亮》《风吹雨打的天堂》。宁夏作家协会会员，宁夏诗歌学会理事，宁夏文学艺术院第二期文艺高研班在学学员。

# 保剑君

## 一匹马（外七首）

我走在乡间的小路上
牵着我唯一的马匹
我不着急赶路　它光溜溜的脊背
驮着我起身时预备好的情歌
我让我的马儿啃光沿途的枯草
这些冬天遗留下来的事物
让我想起那些被我荒芜的光阴
尽管今天这个早晨春天已经到达
但我心底的忧伤还躲在三月一棵嫩芽下面
如果阳光不再催促　我真的不想回家
我想把那些歌儿唱得再熟练些
我会故意慢在马匹的后面
让所有的时间从身边呼啸而过
就这样的慢着　慢着
慢到二十年前的那个村庄
在放学的路上　堵住十六岁的她

## 湖

如果不是我自己动了心
又怎么会步入你的风尘
我捧出每一滴泪水
只为承接你别样的美丽
如果不是风
又怎会有这么多激荡的涟漪
谁知道这平静的水波里
埋藏着多少被我辜负的月光

你被云朵遮盖的半边脸庞
就是被我疼痛的半个人生
我一转身　就碎掉了一世的念想
而今夜　除了在静寂中等待老去
我依然不能说出后悔

### 水蜜桃

炎热的阳光切割着我的肌肤
哦　我的太阳
它一定是看见了我怀里珍藏着的蜜
也看见了我日渐丰满的热情
我忍耐不了它的取闹
也忍受不了心底喷薄欲出的笑
把这些幸福都奉献给它吧
成全它所有的念想
当它锋利的语言触及我时
我适时地裂开了我的胸膛
我爱它指尖摘掉我的心时的疼痛
更爱它让我成熟的那一段光阴

### 南寺

躲不过一次命里的召唤
躲不过一次人生的埋葬
森林翻覆　群山涌起
我们像是走在合十的掌心
长空　落叶　悠扬的诵经
秋风里的一句长调
绕过眼前的山坡就是隔世的香火
一座寺庙能在光阴里静坐多久
一个老人能在心事里进出几次
贺兰山苍茫八百里
放不下一个诗人内心的寂寥
用一片荒原覆盖另一片荒原

一句诗就丈量了天地的孤独
世间的事旧得不能再旧了
人间广袤　秋意纷纷

## 依偎

秋风吹来　阳光逝去
花儿隐忍着舒展　在一滴雨水的重压下
把内心的呼喊轻轻吐出
秋风吹来　阳光逝去
青草温顺地倒下　在靠近岩石的地方
献出半生的憔悴　远处的钟声又长又沉
响一下　人间就度过一个轮回
从这座山到那座山
我们把脚步放进一场青春
幸福就像一枚绿叶　一路伏在我的肩头
累吗　你回眸一笑
我看见一只蝴蝶停顿了一下
来不及说爱　我们背靠背坐下
仿佛蝴蝶的两只翅膀　在夕阳里
微微地张了开去

## 小路

你在前面　在两棵树的间隙
我一路追赶　带着喘息带着局促
带着人到中年的彷徨
你只是笑　偶尔看一看天空
天空被森林分割成无数片
你的回眸是那么不经意
我的沉默是那么不自在
比如你蹲下身去摘花的样子
分开是彼此的挂念　亲吻是心底的风景
比如你藏身的两棵树　为了白头
它们过早地陷入了这个秋天

## 旷野

风一拨又一拨地来过　最近这一拨
他掠走了我的孩子
荞麦啊　高粱啊　大豆啊
那些红脸蛋的娃娃　挥挥手跟上走了
撂下了空荡荡的庄子
和一些落在母亲头上的雪花
那个叫城市的远方
一天紧似一天地揪着我的心
只剩下大草垛　还披着残存的金黄
怀念土地上的荣光与梦想
"寒流吹瘦了它们的腰身"　我这样吟咏
父亲在南墙根下抽烟
腊月的阳光像他的额头一样苍老

## 黄昏

在那样一个博大的秋天里
草把羊群隐藏在睫毛的后面
一只鹰飞下来　巨大的羽翼
剪着山的背影　一枚初生的卵
被扇得开始晃荡　直到粘稠的汁液
泼了满满一坡　并且抖出了成群的鸟
这时候　老羊的一双破旧不堪的犄角
抵住了逐渐逼近的黑暗
[选自《诗原》2017年增刊]

保剑君（1973—2017），回族，宁夏贺兰人。90年代开始创作，诗作发表于《民族文学》《星星》《新大陆》（美国）等，入选《世界华文诗选粹》《中国当代微型文学作品集·诗歌卷》《宁夏青年作家作品选·诗歌卷》等。出版诗集《季节的呼吸》。曾为宁夏作家协会会员、宁夏诗歌学会首届理事。

# 胡 琴

## 梦境之一（外八首）

无色的药液与我 39.8 度的体温
在血管里进行了一场酣战
我，深睡在自己的梦里
目视策马扬鞭的英雄踏尘而来
他的掌心里握着我需要的温度
一寸一寸抹平我离乡的鞭痛
祖辈休眠的坡地上
盛开的紫苜蓿摇曳着阳光
一个曾被扎营驻兵而命名的村镇
布满我记忆中的各个经络
那些沾满麦香的泥土
让我干净的鞋底有了亲近的欲望
梦里，我奔跑的每一个方向
都是展开的甜蜜翅膀

## 梦境之二

这个霜浓如昼的冬夜
我梦到一面青铜神镜散射着蓝色的灵光
将我盛藏心事的心脏雕成花蕾的形状
那些层层盛开的艳丽羽瓣啊，让我的耳垂长满音乐
挂泪的睫毛上闪烁的金光
我展臂舞蹈，足下生云
像一个微醺的醉人，带着幸福的狂妄
用左手点开领口，让胸怀顿开
我颔首请出深居内心的人
携牵那些封冻的往事离开

他们成年的足印将我深埋的相思连根拔起
从此，我面含微笑，心若止水
这一夜，我用一个梦过渡了自己
像虔诚的信徒谛听神的夜语
光的刀锋清洗过我的旧伤
我能从容转身，不喊疼痛
前半生，我用一缕初白的发遮挡前尘

### 梦境之三

不要让初冬的浓霜散去
隔着远山和近水　隔着夜幕和梦境
给重逢和离别一场虚拟的彩排
我愿意怀揣那些久远的爱慕
穿越时光　与你隔屏凝望
让彼此的情绪在薄雾中隐去
那些无暇顾及的历史沉睡在逝去的青春里
如果，你不再出现
不再重叙我们记忆中那些温暖的旧事
我愿意把你装在心里　不需要温度和距离
让落雪的夜映亮昼的前程
风过处，我相信自己洁净如水

### 梦境之四

那些无眠的，令我亢奋的寂寞
从一根头发攀附到另一根头发
星月满天，我的脑细胞在眼睛里醒着
夜夜的目光高照，日日的心力交瘁
我将昼夜颠倒的疲惫
归咎于大脑残存的欲望耕种着理想
负重的灵魂祈福神将的光芒
如今，我卸下信仰的零件
枕着庸常的头颅入眠
闭合的目光不再闪烁神采

睡醒的我宁愿被自己的梦想
臃肿着，充当一个胖子

## 梦境之五

两次梦到鳄鱼对我虎视眈眈
我转身逃跑　一回首
它在身后，松弛粗粝的体肤上
落满了我对它的厌恶和恐惧
而我的爱人，手持枝丫与他戏耍
我大喊：不要惹它！
他的牙齿掉了，看不到曾经的锋利
它的身体萎缩了，看不到曾经的健硕
可是，他狰狞的体态
却是我这个胆小人身上甩不去的影子
这一夜，我奔跑的细胞在梦中遗落
醒来时，我拂去额头的虚汗
向自己道一声：朋友，早安！
[以上选自《大昆仑》2014夏季卷]

## 玫瑰

你是英雄的美人，折腰的爱情
你盛开在桌上也有流水的声响
你是花房嫁出去的女儿
趋向四季生暖的方向
你是少年男女怀揣的梦想
就算满身尘埃也是独树的景致、爱的象征
我在时光的倒影里追忆
你花瓣上的凝露，怀伤的芬芳
如今，我是草垛的情人
肩扛岁月，身上燃烧着柴米的芳香

## 给你

在你看不见的地方,我把自己打开
清洗身体里细碎的淤痕
游走在枝叶上的风
让我的骨缝里有了季节的痛

南飞的雁阵,经过我目光的上方
展开翅下暗红的胎记
这一天,我坐在秋天的草叶上
浮云盖住了我的忧伤

昨天的风和景已被收拢
你在远行的途中,山叠峰转
我把心事写在一片落地的红叶上
交给起伏的往事

此刻,我的发际再也藏不住秘密
语言里布满了波浪状的断层
在那些短信里,我的笔涂涂改改
不知该如何与你交谈

## 水珠

我把两滴水挂在电视机后面
做我新迁房的背景
我每天进门都要回眸她清澈的蓝
然后换鞋,洗手,做饭
我用这两滴蓝
洗掉菜叶残留的农药
洗掉窗台前建筑的飞灰
洗掉黏附在我身上一天的疲惫

这两滴水与我家的绿植为邻
她们彼此照应生机盎然

入夜，我再将这两滴水合进我的眼睛
迎接次日的阳光和风沙
我的目光将不再生涩

## 片段

梦见了，又忘记了我的生命
有一部分漫游在身体之外
打开历史的密道
幸福散发着酒的迷香
让我枕着微笑和泪水入眠
那段荒芜了的青春
在另一个世界夜夜笙歌

难得的相遇，在梦里
或补缺憾或续旧缘
像一段思维清晰的返程
在风花雪月中打理着柴米油盐
我知道，那些长久的别离
横过千山万水，长过青苔万丈
我在跋涉中织补曾经空缺的记忆

我还梦见，那些躲不开的霾
魇着我，它们像一批顽强的魔士
从现实一路斩杀入梦
砍白我半生的长发
我哭了，哪怕是一句苍白的安慰
终究没能超越我的精神逃亡
留给我一道中年的伤
[以上选自《朔方》2016 年第 9 期]

  胡琴（1973—），女，宁夏固原人。就职于宁夏日报报业集团。诗作散见于《星星》《诗歌月刊》《朔方》《雨花》等，入选《中国诗萃》《当代爱情诗选》等。出版诗集《开花的手指》。宁夏作家协会会员，宁夏诗歌学会理事，宁夏文学艺术院第二期文艺高研班在学学员。

# 常 越

## 春寒料峭（外七首）

执着于风中的攀登
身后喷薄而出的是漫天云霞
我的太阳还在贺兰山后

赶路的猎人旋起阵风
风中的露水把月牙刀磨得无比锋利
瞬间穿透无边的黑暗

浪花只在水底盛开
沿着积雪融化的方向
历经的冷暖足以万箭穿心

我来自大海，想点亮蓝马鸡的梦境
追逐漫山蝴蝶的翅膀，只是花还未开
等待就是堆了一山的巨石

隔着似曾相识的春寒料峭
星辰隐去，篝火已凉，我一阵哆嗦
虫鸣中传来熟悉的脚步声

## 夜森林

我闯入夜的黑森林
竟然感到无边无际的灯火
一个星星跳出，压低了天空

所有的梅花都在孤傲积雪

根本无视我的冒昧打扰
只把芬芳吐向乍暖还寒的山坡

风定花静,细微的声音都是巨响
只在此刻,才能感到什么是心灵的震撼
超越高耸入云的想象

我静静地坐在一块石头上
感觉自己的内心世界,正在风起云涌
天人非合一,色亦不是空

可我分明感到一种混沌
是天地一体的无言之妙
只是我还知道自己坐在石头上
[以上选自《诗歌月刊》2016年第11期]

## 那句话

一个满脸皱纹的女人
牵着一个八九岁的孩子
我没有听清孩子说了一句什么话
只见女人一脸欣慰的笑
加深了她的皱纹
但她步伐更加有力

我与他们擦肩而过
不由得回首一望,那句话
恍然间悬挂在女人的身后
可我看不清到底是些什么字
更猜测不到那句话的意思

女人和孩子已经走进了夜幕
我不能追上去询问
那句话因此成了秘密
一阵微风拂过星海湖

白茫茫的芦花
沙沙沙地轻轻摇曳
[选自《诗刊》2017年4月下半月刊]

## 巨石突立

青色之海躺在大通山和日月山的怀抱
芨芨草上挂着湖水退去的拥吻
倒淌河没有公开龙王的前身今生
野菊花的倒影里，一根龙须蜿蜒向西

你不在身边，我孤独地走在人群之中
懒散的霞光向我伸出援助之手
在未来的某一天某一刻
可有一场擦肩而过又蓦然回首的落雪

巨石突立，让我停下朝圣的步履
历经千百年的风雨而沉默不语
这是一种什么样的力量，并且来自哪里
与小草荣枯的力量可有不同

依偎巨石，一家藏民搭起帐篷
燃起篝火，一阵暖意使我唱起歌谣
黄昏中，我捧起一块石头走向圣湖
一群斑头雁，纷纷飞向鸟岛
[选自《中国诗歌》2017年第8卷]

## 樱花醉

倘若一个古典女子
步履轻盈，在樱树下
在一架古琴前
一簇簇的粉，一瓣瓣地落
柔软的叶，无声的雨
琴弦的悲欢跳跃于指间

我走过木桥,站在不远处
收拢江南的伞

## 幻想

我真的不想要什么
能割舍的都在身后
我走在回家的路上,只要幻想
想到风,我就长出无形的翅翼
而被风吹拂,我常会忘了自己
我想是一滴水,哪怕只渗进
一株小草的根里,让我成为那株小草
让花成为我的梦。我面朝东方
静静地站在大地之上
从日出到日落
如何寻觅万物之中的我,并不重要
我已在要与不要之间轻轻穿过
就像风穿过十字路口
此刻,哪怕是大风天降
吹散我所有的幻想

## 最大的雪

天空暗了下来,雪花纷纷
我跑进霎时就白了的院子
掬起一捧雪,却有一种有纸质的声响
在焚烧绝世的繁华
我回屋点亮一盏油灯
外婆给我呵气的双手如揉皱的纸
泛出微黄的饭菜的味道
我是她从小养大的蜜蜂
在小院里飞来飞去
也是院外黄土地上长出的艾草
清瘦而孤单地伫立
夜晚披上银光疾走如飞

我拽紧逐渐熄灭的影子
一个变大，一个变小
而雪越下越大，下得疯狂
我没有哭，但止不住泪水
一场最大的雪为谁而下

## 静夜思

在轻微的晃动中
车窗外的树如蜜蜂一般
插上了飞翔的翅膀
红黄绿，都让我充满着想象
火车和风一起钻进夜里
我看不见什么
但知道寂静的夜空里
总会有几颗星星
映照着人间深埋的疾苦
一层掩埋着另一层的雪花
一粒接着另一粒落地的尘埃
让大地足够丰厚
并承载着这个轰鸣的碾压
在夜里，连时间都在转弯
一分一秒地滑过漆黑的头发
再转一个弯就是朝阳升起
在我前面，相遇或者离别
看见的或是看不见的
都值得用心珍惜，这一世啊
说长也长，说短也短

[以上选自《诗刊》2018年4月号下半月刊]

　　常越（1973—），女，笔名影儿、云薇，宁夏石嘴山人。作品发表于《朔方》《诗歌月刊》《中国诗歌》《诗刊》等，入选《星星诗人档案》《百人百首》《2018天天诗历》等。出版诗集《风缘》。中国诗歌学会会员，宁夏作家协会理事，宁夏诗歌学会理事，宁夏文学艺术院第一期文艺高研班学员。

# 张家传

## 马头琴（外四首）

一匹白马，累倒在
成吉思汗东征的路上
它的头颅被历史风干
在草原牧场草尖的露珠上
倾诉悲欢离合的命运

静如午后的羊群
动如万马奔腾
长调如洁白的羊群
穿过蓝蓝的天空
凝视这一民族聚散的背影

聚是牧人归拢的羊群
散是历史的风云
留存的是一个马背民族
对草原生活深深的眷顾

铁木真家族王爷们的铁蹄安在
在的是那一把被民族艺人
雕琢成以马为精神的悠悠琴声
飘荡在蒙古草原的上空

## 看草原

骑上腾格尔的那匹黑骏马
去草原，去看想象中的天堂
希拉穆仁草原，七月

草没有长过沙石
牧民的叹息,长调一样悠长
三年没有下雨了
现在还看不见一丝带雨的风吹过

叹息中,我看到了西海固
家乡父母亲一样的忧愁
几匹瘦马,和比马更瘦的牧马人
欢迎了我们,天然的草原被人的贪婪所用
成群的旅人形成草原土地的阴影
骑上瘦马,去看胆战心惊的草库伦

蒙古包中奶茶的清香
是天堂里最后的一点味道
我的想象追不上瘦马的蹄印
和比那瘦马更瘦的牧马人的背影

我是一个奔走在卑微深处之人
用卑微的爱,向希拉穆仁草原的白云挥手
天堂中的草,没有长高过它的石头
我来草原,只捡拾了烈日下的一块石头
温暖我和草原内心同样的冰冷

**风吹草低**

风在吹,吹的草原的
天空变蓝,羊群变白
吹的草原的骄子——苍鹰
改变了飞的方向

只有草,风吹来时
低头弯腰,贴近地面
风紧时,草把腰弯得更低
直到风吹老了
草还是站在草原的大地之上

绿润着土地，聚拢着牛羊
牧人们似乎习惯了这一切
现在
不敢轻易说出那些字，感觉它的无力
也感觉它的沉重，就像生命
不能承受之轻，亦不能承受之重
只有在平淡中，无尽的烦恼和平庸
我必须保留，这生活
不断一丝丝涌动剩余的
还能触动出的痛
[以上选自《朔方》2016年第9期]

## 城市中的阳光

越来越高的大楼，矗立
城市的每一个角落
用钢筋、石头、水泥
展示它的坚硬

越来越小的人，匆忙
于熙熙攘攘的人流中
街上的人看背影
楼上的人看街景

越来越多的欲望
舞蹈于霓虹灯下
沉浸在酒吧的气味里
走走停停的相思
已漫过城市黄昏的楼顶

当光亮被电灯替代
白天与黑夜不能区分
城市的那一米阳光
能否停留在善良，感恩，敬畏
这些美好的事物上

缺少阳光的城市
在某一个夜晚
已全部患上骨质疏松症

## 伞

炎日或雨天的路上
随着骄阳或雨点来临
总能撑起一把把花雨伞
五颜六色的炫目
像种植在大地上的花朵
给这高温或雨水侵蚀的世界
增添了许多惬意的遐想

迎面走来了，曾经那一段
旧时光，一把伞下
拥挤着的呢喃，似乎还带着点
最初的羞涩，那时的争吵
也是甜蜜的

青春逝去，那把花雨伞褪色
甚至破烂
被随意丢弃在房屋的那一角
暗淡怀旧

一把花伞
可以为生活防晒遮雨
却不能为爱情疗伤
［以上选自《朔方》2018 年第 4 期］

  张家传（1973—），宁夏固原人，就职于固原市原州区综合执法局。诗作发表于《青年文学》《北京文学》《绿风》等。宁夏作家协会会员，宁夏文学艺术院第六期文艺（综合）研修班学员。

# 杨贵峰

## 冬雪夜行（外六首）

夜幕沉降，路人行色匆匆
我冒着风雪转过一条街巷
置身于冬天的悲叹
雪水淋湿了干枯的树枝
融进清瘦的树影。在我身后
泥泞的路如同一道撕裂的伤口
很快被积雪缝合。每一盏昏暗的街灯
都在一心等待，夜行归家的人
小区的草坪和树木沉静在映雪的光亮里
正在努力从黑暗中挣脱
我看到纷飞的雪花借着一点微光
激情舞动着，冲向漆黑的夜

## 彼岸花

天空没有从前那么蓝
这个季节，云层里绽放花朵
河水的浪花凋谢，归于平静
远山的雪域闪过苍茫的背影
河面的冰凌盛开着流动的花雕
它们射出清冷的光，孤独漫游
我把一条路走成河流
只有途中的芬芳指引着行程

人世间最美的花总是开在心里
一朵逆流而上的浪花
也许会溺亡在通往彼岸的途中

时光的长河，生活的流水
我似乎看到峭壁上一株盛开的彼岸花
它凝望着河滩上一丛曾经疯长的草
彼岸花，追逐相隔季节的山水
在月光下脉含花香，彼此为岸

**崖柏手镯**

一串精美的崖柏手镯
削去前世，伫立在崖壁上的傲骨
细致的纹理在一呼一吸之间
散发郁香，感受心脉的律动
我渐渐走进，开始凝视
一棵树风吹雨淋的一生
一棵崖柏有两种命运
坠入深渊，成为枯树朽木
或被打磨，在人间冷暖相伴
遇到一个好工匠多么幸运
透过细润精致的串珠
我开始纠结一棵树的夙愿
它经历过死亡，又获得重生

**湖畔小曲**

星空之下，沿着湖畔行走
夜风多么轻柔，湖水波澜不惊
彼岸的霓虹荡漾在微亮的湖光中
这座城市闪烁着一往情深的眼

街灯黯然失色，停下微醺的脚步
我坐在洒满月光的一棵垂柳下
树影婆娑，静静聆听夜晚的蝉鸣
一池秋水在这湖畔的夜曲中渐渐沉睡

离开的时候，影子随柳岸行走

湖水中有一轮粼波微漾的秋月
是谁洒落了一颗思念的种子
披一身月色,它在梦里生根
[以上选自《黄河文学》2018年第4期]

**秋锦图**

正午的阳光透过林荫
湖水明亮的眸子
闪烁在深秋的森林公园
几声鸟鸣划过彼岸
岸边的芦草已近迟暮
苇秆枯黄,芦花散尽
艳羡着一串串柳叶
在秋风中摇曳婆娑的丽影

一池秋水阅不尽大地的绿
一帘翠色掩不住天空的蓝
立体展开的景,装点着
三个维度的空间
织成一幅秋色满园的锦
填满我心中的空旷

**枯的树,空的巢**

一棵枯树,它曾枝叶茂盛
一个空巢,它曾孕育生命
这世上所有青春的鸟
能飞的都飞走了,只留下
一棵枯树手掬一个空巢
伫立村头,期盼的眼神向外张望

一只鸟向往更高更远的地方
不只是从这个秋天开始
掀开一场候鸟的迁徙

这座遥远偏僻的小山村
一些留守的老人散落在村里
只有一个空巢，伴他们终老
[以上选自《宁夏日报》2013年12月15日]

## 我们与你在一起

一只小鸟衔来三月的诗吟
一字一句，调理人生的风雨
我们与你在一起
所有的鸟鸣都是春天的歌唱
你根植大地，融入河流
你拥抱着草木和生灵
我只要你带来的暖阳
去温暖人生的寒凉
从草长莺飞到雪花飞舞
所有的诗人都是生活的歌者
我们与你在一起
俯下身，我们握手、相拥
就会看见美与善绿色的背影
[选自《中国新诗》总第六卷]

杨贵峰（1973—），回族，宁夏灵武人。就职于灵武市教育体育局。作品发表于《诗刊》《诗选刊》《朔方》《黄河文学》等。出版文学作品集《走在乡愁的路上》、长篇叙事诗《心恋如歌》、诗文集《诗意塞上》、长篇报告文学《奔跑的绿洲》等。中国诗歌学会会员，宁夏作家协会会员，宁夏诗歌学会理事，宁夏文学艺术院第三期文艺（诗歌）研修班学员。

# 孙立萍

## 思念（外三首）

你是否容颜依旧，秉性依然
在时间断层的距离中
模糊的是记忆
不变的是我们曾拥有的纯真
还有不曾折翅的思念，三月的哀思
在唐诗的朱红里，直抵春天的预演
您却走了，把北国的山水华脉
在医者仁心的风骨里
上演白衣的风采，把三月的情愁
复古成幽幽的呜咽，在三月
直抵春光的世界，从此静默于世
我分明听到了春风的号叫
尝到了春雨咸咸的泪水

## 故乡的小路

相伴多年的时光
在来来回回的风景里
把蝴蝶的情思放逐
在蘑菇的味蕾中
一首信天游把音乐盛放
飞翔的小鸟是青草暗恋的公主
当我经过你的时候
我也想成为你的公主
在白云悠悠的牧歌中
在阳光跳起的探戈里
在碧水蓝天的怀抱中

赐予我流年追逐的梦
在红尘春暖花开

## 梁祝

一对蝴蝶翩翩起舞
在爱情的坟墓里起死回生
在音乐家的手中长出灵魂的翅膀
飞向蓝天，飞向原野，飞向大海
他们的爱情在山水清音中
是上虞流失的一首诗
是龙山脚下走过荆棘的绝唱
他们握在手心里的爱情比翼齐飞
在爱情终极的境界里
铸就高洁与纯粹

## 盼

望穿秋水的眼
在多少无眠的夜晚
把泪水轻轻吞咽
吻你，是切肤的呼唤
醒来，是一个母亲
对春天全部的热望
握你的手，掌心的温度
是离血缘最近的春天
咫尺不非天涯
孩子，你一定能够站起
乘上通向春天的航班

［以上选自《朔方》2016年第9期］

孙立萍（1973—）女，笔名孙俪娉，宁夏惠农人。就职于石嘴山惠农区宪章诊所。作品发表于《朔方》《黄河文学》及网络等，入选《当代诗词大观》《当代诗歌散文百家精选》等。宁夏作家协会会员，宁夏文学艺术院第六期文艺（综合）研修班学员。

# 马占祥

## 小情节(外十六首)

街道拐角处尽是喧嚣:手工业者的幌子
在叫卖美学。二道贩子手中的白玉兰有诗歌的忧伤
多么美好!花朵和云朵
一个在抚慰人间的伤口,一个在抽象的天空收藏飞翔
——加上槐树落下锈迹斑驳的叶片
加上抱着盲人胳膊的小男孩,再加上几位亲戚
这人间的小情节多么完整——大道至简的烟火人间

## 那么久远的事

第三棵槐树的字典里有段词句属于叙事。我的抒情已经
凋零,和一片叶子的宿命如此相像。我要对你说的是
那时,街道边的槐树还在绿着。我们相对无言
人间的辽阔处几朵云还在浪迹天空,几个人正走在
不同的道路上。有人相逢是一场留下来的剧目
有人离别是被遗忘的细节。我拥抱的风声并不响亮
那是多么久远的事了!只有在梦中,我忘乎所以
我们的对话没有起伏:那么久远的事
像昨天,像停在西山的云朵
突然红起来,烧着一团火,把白色藏在心里

## 那么美好

我低头——需要多么大的勇气?我的罪过呢
以七个白天和黑夜的隐忍谋杀一场欢事。这片疆域上
起伏的山峦上白云毅然流亡。深深的沟壑里,遍布的草木
耗尽了无边风声。我潜伏在你身边,暗生爱意
像一个形容词强调中心词的重点部分

那么美好！那么茫然的低头——一株水蓬已慢慢靠近
一株苦籽蔓纠缠的绿。是的，那么美好

## 双人城

双人城里的修辞学没有寓意
无足轻重的部分被落日余光慢慢覆盖
这小城只有两个人：我和她，我的和她的
我要写的无非是：农民路上汹涌的灯火阑珊
每株槐树都心怀爱意，有轻微的喜悦
她的渊源简洁而直白，像一条没有弯道的前途
我看到她时，刚好保持了两株槐树的距离
这并行的路途如此遥远
她给小城下的战书还在，我手里免战牌还没挂起

## 闻香

古代的事件——诗歌里有香气芬芳，石头上也长着
汉字的苔藓。你知道的，那些节日里，点燃的香前赎罪的人
和祖先说的话都不容易。那时的爱情里还有笑容和泪水

然而，现在，有些人累了，躺在突兀的空白处

## 秋日，湖水的涟漪泛起逆光

我站在人类的角度看湖水，波澜微小
透彻的水空着
没有什么能再次将它补满。岸边堆着厚厚的鱼尸
——它们没有战争，没有灾荒
它们像废墟，像我写的句子
或被俗世污染，或罹难于虚构的窒息
——它们退出了一场现代戏剧

现在是秋日，现代文明在湖面浅浅的泛起一池逆光

## 秋风歌

把白天吹成黑夜。不可自持的吹拂
散漫,而且不按套路出牌
我习惯于看这秋风修正它的叙述
有时,它是潦草的
刚好忘记修正沿途卖衣服的,卖烧烤的,以及
晚行者的脚步,使这凌乱的生活透出一些不可预知

## 阳关曲

天空空着,天空没有拿出云朵的零散
树木集合在一起,布置人间

它们都有对立面——无垠的戈壁
砂砾铺开平面的瀑布。我陷入正午的热浪中

在阳关,我心中有火,我的空阔
被风和落日的磅礴之姿瞬间突破

## 旅人歌

冶力关的山中日月长。梅花鹿视我如尘埃。我的名字
不是班卓、扎西、桑吉。我面孔略白
习惯中亚的阳光。被河西走廊分开的高原
一边青藤复活嶙峋参差的石头。另一边
雪松擦拭天空。我只跟随幼年的风奔跑
胸中的河流和山峦都是故乡
胸中的白骨还有一点点暗伤

## 劈柴歌

我劈的是命
我劈的是瘦水孤山。我劈的是分花拂柳
我劈的是之乎者也。我劈的是曾经沧海
我把美和伤口劈成两半

我劈的是天地恒久
有一川花红易逝，有半亩闲庭零落
我一寸肝肠终日不安
我劈 "往者不可追也"
我劈开经文里的香味，露出众生的苦

## 铁线莲

一朵花抱着石头。一朵花必有不可告人之处
它低于人类开放，像铁心肠的佛
它呈现的美走投无路
我无法爱它，它早已名花有主
我是下里巴人，心有世俗的爱恋和悲伤
这悲伤来自于我远离人世
独自走在山中突然想起死亡并不如花朵凋谢般美丽
[以上选自《诗刊》2017年7月号上半月刊"每月诗星"]

## 火焰

我喜欢红色：玫瑰红、大丽花红、初冬的乔木也红，像火
像火焰呐喊，像火焰在叙述里延续的尾声部合唱——
未曾熄灭的，未曾被定义的，未曾救赎过的字典里的释疑
那是火。是的，一句低语道尽秘密：二十二世纪在
一张旧布面的画作中留下灰烬，留下隐喻的风吹着红色

## 冬月记叙

傍晚雨幕垂下，轻轻阖住最后的微光。文化南街暗了下来
麻雀放弃鸣叫，小身子在漳河柳枝丫间像竖起的叶子
黑旭文的麻将店门锁了。杨发林的载人三轮在路上停着
一条街长而空寂。冬月的清冷像衰老填满整个街道
是的，一条老了的街道，排满的人家都挤着取暖
灯火亮着的一间，包子店，给了一个夜应有的味道
味道是从门缝里透出来的，顺着散出的光
一下子就盛满了街道

**月底：致秋水**

这个月底，地球这边的小镇里有雨
湿透的疆域里有三座山
一条河。一个人在小镇边界收集闪光的银子
等到傍晚，雨水会编织出紧密的歌声
贺国丰唱道：神仙也挡不住人想人
这个月，留下的影子就黑了

这个月，黑尾巴的影子从天空和雨水一起下落来
塞满目光所及之处，小镇暗处的光折射命运潜藏的东西
抽象的修饰词伸出指尖掐着一滴雨
你看，它透亮的秘密里记忆成分居多
落在山上，山是黛青的
落在河流，滚烫的水勇敢地流淌

**葡萄**

有些酸涩必须要咽下去——建行门口被称为狗娃的孩子
趴在地上晒着阳光。他身后三条狗脏而小
都闭着眼睛，不看来人，也不看身前有人丢下的零钞
他捡起地上一粒被遗落的绿葡萄——小而脏
他小心翼翼地塞进口里，脸上看不清是笑还是哭
我恰好看到他的喉结蠕动——我有酸楚
我也使劲咽下。我路过。我没有零钞

**风云起**

风云从不问世事，从不关注人类，说来就来
说走：麻雀还没飞起，它们就掠过河流，不见影踪
一股风——荞麦的花朵藏着万古愁
一场雨下到中年，老年，暮年的云才拧出水

让我来给你描述一场是与非的阳光照耀、苦乐花朵
以及低音阶的甜蜜。天空下的树木紧紧抱着度过年月
只是，风雨的章节翻不过去

我不好意思打搅青山辽阔。它们小,它们低于活着的云

## 故事

我在半个城的四十年,多次发现山峦低矮
有些屋舍里攒着铜钱,购买去年,今年。明年还在山坡上
有十里长河,瘦,且小,风一吹,没人看见波澜
我爱着的燕芨芨草抱着梦,在半个城畔的田地里
熟睡。它忽视河流,忽视山丘
五米埋着一节骨头。十里有个故乡
我守着的:半个城里有人关着铁质门楣,拒绝信任
像古代。我给过爱——比如某个女人
比如一杯蓬勃烟气的带有地域色彩的茶
最后,都是秘址。只有我在说
嘿!没有故事,虚妄和真实都不可信

　　马占祥(1974—),回族,宁夏同心人。就职于同心县文联。作品发表于《朔方》《星星》《诗歌月刊》《诗选刊》等,入选多种选本。出版诗集《半个城》《去山阿者歌》《山歌行》。参加诗刊社第二十八届青春诗会,全国第七届"青创会",鲁迅文学院第十七届高研班。中国作家协会会员,中国诗歌学会会员,宁夏作家协会理事,宁夏诗歌学会秘书长。

# 马玉明

## 黄沙古渡(外五首)

黄沙只是遥远的等待
沙枣花开的地方有昭君婉美的身影
浪花拍醒千年的梦
一滴思乡泪,一湾美丽的月牙湖
前世的爱飘过今生的渡口
声声琵琶敲打着大汉的城堞
胡刀已卸,七彩祥云永荫万世
流水不断情未了

古渡,我涉水而来
乘一艘羊皮筏子来看你
只为你长安城下回眸一望
喊一声号子撕开历史的渡口
刀剑缩入胸膛,夕阳映落长河
古人远去,只留下渔舟晚唱
古渡,等你千年
摆渡一阙追思

## 西夏王陵

下车缓行,无声的慢
不要惊醒你沉睡的梦
把致敬献给坚守的文明
把自豪献给夯土下的辉煌
把祭奠献给英雄的党项人
风掠过衣角触摸你的伤痛
你的金戈已埋入黄沙,宝马已卸甲荒原
家国已容颜破败

忆往昔，狼烟起，烽火千年
战鼓响，热血沸腾
携十万铁骑踏醒沉睡的戈壁
锋利的刀剑划过岁月的腰身
文明在一次次猎杀中浴火重生
是非成败转瞬成空
时间最终吞噬一切梦想
马蹄声已远走天涯
黄土掩盖不了曾经的辉煌
历史的墙角露出伟岸的身影
西夏的天空悬着英雄的头颅

**春风醉**

站在春天的门口
只需一丝风，你就芬芳满枝丫
风喊着你的名字
年前的誓言纷纷飘落

春天的眼神似水柔情
扶起爱情的身子
捧出粉嫩的容颜
等待一团火焰将我燃烧

春天的风一醉再醉
一朵花先于我醒来
为你摘下一朵前世今生不离不弃
等你海角天涯，送你八千里春风
[以上选自《朔方》2016年第9期]

**小雪漫诗意，能饮一杯无**

你来的时候，我开始温洒
万里江山正徐徐展开
小城在琴声里，渐渐白了头
一条承载岁月的弦，坦坦荡荡

弦上，雪在飞
闭目静坐，不染一丝烟火
雪自顾自下着
世界醉了，雪在雪中
雪埋了雪，白是我的根骨
我爱这纯粹的白
这些都是我的亲人
他们是洁身自好的兄弟
雪落满酒杯
举杯再饮，已无故人
雪地里我拎着空酒瓶
身后留下，一行脚印
天地间，只剩白
一场雪里盛开着一场雪

**雪花，温暖的野火**

尘世混沌，漫无边际
寂寥一片一片，虚拟一次逃亡
迷茫中有兄弟满天飞雪
喊着你的名字，时光慢慢白头
往事揪心，落了一地
纯洁，如氤氲的诗
内心的飘落，像一朵雪花
白，是天生的缘分
就像荒野里燃烧的火焰
梦中，怦然心动的情人
雪花，生命里一场爱恋
你有你的飘零，我有我的破碎
这是你的雪花
这是人间温暖的野火

**雪花，是兄弟捎来的信**

天空之上，没有微信
刷屏之后，尘世更远

一步一步走远的时光
有太多欢笑需要收藏
人间薄凉,寒冬孤寂
有风吹来隔世的疼痛
空白太多,一座城沦陷
雪落满屋顶,落入一个人心里
拨旺炉火,且煮雪温酒
不约梅花,只等
季节里走失的兄弟
此处,泪可以轻弹
弦可以断
雪花,喊着一个名字飘舞
雪花,是兄弟捎来的信
每一瓣都碎在心上
我们都是大地的至亲
含泪,葬下一片江山
不忘却,不硌疼
一段洁白的光阴

[以上选自《长江诗歌》2017年第12期]

  马玉明(1974—),回族,宁夏贺兰人,现居贺兰。诗作发表于《宁夏日报》《六盘山》《朔方》等。

# 马万俊

## 即将走远春天（组诗五首）

### 落雪的春天

这个春天没有想象中
那么温暖
我独自走在落雪的夜晚
街灯渲染了
冬天没有离去的寒冷
心事凌乱
封锁了所有回家的路口
我是那盏最后亮着的孤灯
怎么也逃不过风雨飘摇

心酸的背后
总在想念很多年前的那场雪
还有雪里
你奔跑的身影

### 封锁

冰雪封锁了江面
落叶封锁了秋天
我在很偏远的小镇生活
自由而安静
小镇却封锁了
来自另一个城市的消息

偶然也有喜欢我的女人来看我

她们心痛的模样
让我更加绝望
其实，我已习惯了沉默
沉默地面对
我所经历的种种苦难
包括已经走远的爱情

**新华侨的夏夜**

晚风沉醉，月色如水
一切是那样安静
一切是那样美丽
住校的女生
静静地在树林里穿行
我也在这里
安静而又幸福

月色如水，晚风沉醉
一切是那样安静
一切是那样美丽
我正在静静穿过
开花的树林

**也许这样的结局并不美丽**

该落的都落了
春天却依旧
当你掩面伤心离去的瞬间
该有多少浪漫的往事凋谢
也许这样的结局并不美丽

可我必须让自己的心儿
静静地漂泊
尽管我不能想起什么
也不能忘记什么

可我必须将自己的生活
走得整整齐齐

也许这样的结局并不算美丽
那条红色的丝巾
自你走后
一直飘扬在
我的睡梦深处
我不敢保证
许多年后的相逢
我会静静站在你的面前
可我会相信
我会自你的面前安静地
走出你的视线

## 三月

三月的秘密
无非是爱和幸福
山茶花不开
谁会读懂谁的心事
是谁利用飘香的步履
迎接了春天的日出
是谁走进山野
沐浴了三月芬芳的薄雾
转身，山道弯弯
生命，爱情在三月里早已长过了山脊
[以上选自《朔方》2016年第9期]

　　马万俊（1974—），宁夏灵武人。就职于灵武市职业教育中心。作品发表于《朔方》《诗选刊》《飞天》等。出版诗集《不是风是我》。宁夏作家协会会员，宁夏诗歌学会会员，宁夏文学艺术院第三期文艺（诗歌）研修班学员。

# 马晓麟

## 杨庄子(外六首)

雨水奇缺
牛羊,可以不满圈
五谷,可以不丰登

但梦必须年年种
信仰必须天天有
当微风暖吹,枣花轻摇时
我常对亲人深深祝福
高天辽阔,杨庄子无过
远山苍茫,杨庄子安详

## 锄

我是来自农家园舍里的一把锄
如今生活在社会的角落里
过得很孤独,如今我正以流水的速度
在默默生锈
变秃。我已预感:
不使用我的庄稼
迟早也会像我一样生锈

## 虚妄

请饶恕我活在虚妄当中
我常对爱抱有美好的幻想
对美好的事物抱有无望的渴求
对无望的生命抱有良好的祝愿
我甚至对不可能的事

都常常抱有多种可能
请指引我,正在经历虚妄

## 天台山

当我来到扩建中的天台山
正沐浴在一场微雨中,佛门紧闭
想必被众生拜累了的佛陀们
也喜欢在雨天,修性养生
有人在雨中拍照,有人在雨中施工
当我登上第二阶天台已不想再攀了
多年以来,我早已习惯了低处
一直热爱着低处的生活

## 秋天又来临

每到秋天,我都会兀自感叹:
时间真的过得好快啊
尘世里除了生命在衰老
所有的收获似乎都不是收获

每到秋天,我都要执意去山野一转
看大雁南迁,果实如何跌落
看大地变凉,树木如何枯寂
今年秋天,尤其感伤
我的两鬓长出两根白发
爱人的额头竟凸显皱纹
不忍回首:
一些美好正渐行渐远
一些沧桑正迎面走来

## 比照

看见那个女人
我忽然想起了我的老婆
那个女人裸露着一身的黄金细软

衣服也搭配得很高贵。走起路来
又自信又优雅。而我的老婆
身上没有金银，衣服也不时尚
那天，我给她配了副近视眼镜
她甚至都羞于戴出来
想起我的老婆
我又惭愧又满足

## 牧场

这座古老而又整洁的小城
极富美感。尽管依然荒凉
我喜欢黄昏时分，独自
坐在附近的小山丘上遐想

我喜欢朝着远处的牧场瞭望
我尤其喜欢牧场
我的对面有一座相应的山丘
我一直固执地认为成吉思汗
曾在这里牧过他的马

有时候，我会忍不住站起身来
把双手举过头顶，朝着
一览无余的牧场大喊几嗓子
我其实更喜欢，看最近处
那些专注吃草的马匹，如何大惊
突然抬起高贵的头颅，朝着我看
并对我竖起耳朵

[以上选自《朔方》2016年第9期]

　　马晓麟（1975—），回族，宁夏同心人，现居同心。出版诗集《野山竹》《带露的草芥》。宁夏作家协会会员。

# 李 伟

## 匆忙的脚步（外四首）

我们走得越快
老去的脚步跟得越紧
脸上的皱纹就是扶梯
我们一直沿着扶梯向上攀爬

我们没时间坐下来喝水
陪母亲看会儿夕阳
为爱人擦拭眼泪
让孩子骑在肩上
够一够圆圆的月亮

我们没心情赤脚踩过落花、绿草
掏几窝鸟鸣
抓几声虫叫
夹在一本诗集里随意翻阅

我们的目的明确，态度坚决
把自己的一生交给双脚
匆匆地来，匆匆地去
还没在墓碑上刻好一个字
就将一身的腐肉卸在了地上
［选自《飞天》2017 年第 12 期］

## 雨中登东岳山

山是小山，也有道观寺庙
人是俗人，但喜山水修行
山因雨而空蒙

人因雨而孤寂
钟声因雨而迟钝

弓腰拾阶上山的人，目光贴近山脊
雨比人走得快，提前到达山顶
钟声比人走得慢，一直在山腰徘徊
山上只见寺庙，不见僧人
佛前只见蒲团，不见香客
[以上选自《延河》2018年第5期诗歌特刊]

## 蓝印花布

卑微的花朵长在刀刃上
你只有挺胸、直腰、凝神
锋利的刀尖才能让花朵站起
盛开不败

泥土、阳光和雨水
雨水来自蓝天和大海
阳光照耀大地，发出耀眼的光芒
泥土上的小花牵起手来
就是整个春天

这一片清凉世界，像寺院的钟声
你需要打坐入定
把所有多余的从体内移除
并反复淘洗，才能沉淀出纯蓝
[选自《诗选刊》2018年7月号上半月刊]

## 与沙为邻

与沙为邻
你得有比沙更顽强的意志
沙进人退，人进沙退
两个高手对决，赌的是胆识和毅力

每粒沙都是一个独特的个体
不拖泥带水,也不和稀泥
飞沙走石,是沙借风势
给藐视它的人一个教训

沙的最大对手是沙蒿
渺小的生命相互敬畏
有沙的地方长蒿,长蒿的地方有沙
它们长期攻防互守,又惺惺相惜

沙攥不成一个拳头,拳头只打局部
一盘散沙,数量还是太少
身处腾格里沙漠,你会明白沙的志向
成片成片的沙在一起,会像海啸一样
漫过庄稼、村庄和头顶

## 踏沙

沙坡上留不住脚印
石头上也留不住
过于柔软和过于坚硬,都不好落脚
爬沙丘,一步不算一步
走两步退一步,或走一步退两步
都是前行,只要方向正确
一堆堆沙丘,像一座座荒坟
下面埋着的木乃伊
有没有萤火一样在夜间发光
诗人王维爬沙丘
也没有留下脚印,他只留下了
"大漠孤烟直,长河落日圆"
[以上选自《诗选刊》2018年10月号上半月刊]

  李伟(1975—),男,宁夏西吉县人。就职于固原市委政法委。作品发表于《朔方》《诗选刊》《延河》《飞天》等。宁夏诗词学会会员。

## 赵爱东

## 抵达村庄的闪电（外四首）

三十万公里只用一秒钟
便切开一条通向光明的路
几番重复，让黑暗收拢的布景再现
短暂却真实
一头寻食的驴子，惊恐地挪向
墙的一角，习惯了呵斥
却不能在强光里保持原有的姿势
本能让它不再屈从于
瞬间的亮如白昼
安详，属于黑夜
随之而来的巨响唤醒了村庄
以及沉睡的万物
生长从此刻开始
［选自《朔方》2016年第9期］

## 四月，绿色中想起

满山的绿潜伏着，等你
将奔走的风带来
在石头的坚硬上决定取舍
这里灰暗太久，忘了绚丽
就像把你的微笑放在远方，习以为常

终究是要面对
绿的光临防不胜防。一场雨之后
我选择了用这种方式想念
岁月，在遗忘中若隐若现

割伤心的完整

日子年复一年地空洞
生活中少了你的气息太久
你的名字始终藏在深处
不忍提及。再次念起
已错过花期

我们都曾是孩子,一起学着长大
你却固执地把所有的情节留在原处
实在记不住那次猜拳到底谁赢了
我记得欠你一杯祝福的酒
四月,我在绿色中想起
［选自《中国诗人》2018年第4期］

## 野菊花开了

山坡上有草也有野菊
我轻轻走过就会留下与她们共同参与的痕迹
它们不走
它们的任务是把我的轻率抚平
只需一个白天最多再加一个夜晚

一个二十四小时的风起云涌
而我只是过客
脚下的芬芳永远遮盖不了内心的苍白
色彩原本就成全了我的想象

满山的野菊盛开,现在
在目之所及的近处与远郊
勾勒了相同的底色
有人在微笑
在花丛中将兰花花唱醒
［选自《诗选刊》2018年5月号上半月刊］

**还有多少月光可以用来重逢**

云端开启,你的呼唤在夜色里宏伟
带足远走他乡的执念,为你备最奢华的依靠
留一份相守在曾经的河畔
奔流代替了日日夜夜储存的私语。望断回家的路
你一定听得懂涨潮的河水深处的低吼
听得懂那一句珍重之后的承诺

风吹不动月圆之夜的相思
喊疼的山山水水啊
你屹立在游子心中最初的高原
盛一碗滚烫的老酒。抹去摔碎的泪
在圆满的臆想里饮尽乡音的醇厚
饮尽今生割舍不了的牵念

妹妹,牵不住你的手
就揣几只厮守在心的兔子,在心海撞几个来回
交换一些旧时光里奢侈掉的相见
那些被随意挥霍的欢笑。作为今晚最丰盛的晚宴
用你,用怀念置换
还有多少月光可以用来重逢
[选自《诗选刊》2018年9月号上半月刊]

**涨潮**

潮涨潮落,谁能留住昨天的河畔
再携手,将今夜的月看圆
夕阳西下
找不回最初的瞭望
所有的天籁已回天际
触摸不到的红尘
在薰衣草的色彩中宏伟
留下清白的真相
供明天检阅

月圆月缺，谁能看得懂今夜的星空
再仰望，将此刻的愿望理清
斗转星移
你在我的臆想里行走
所有的时光都开始变老
包括你微笑的样子
再也拾不起初见的欢愉
一句话的承诺因一句话放弃
再次回到原处

美丽的过往和美丽的梦想
都是潮水奔腾的节奏
急促中教会观赏者的取舍
迂回里回望路过的景象
谁把青春沉在水底
谁就会错过漂浮的心跳
即使挽不起奔涌的波澜
也要把漩涡开成花，绚丽一场
［选自《中国诗人》2018年第6期］

赵爱东（1975—），笔名高一度，女，宁夏中卫人，就职于中卫市第三中学。作品发表于《诗选刊》《中国诗人》《江苏作家》《朔方》等。中国诗歌学会会员，宁夏作家协会会员，宁夏诗歌学会会员，宁夏文学艺术院第三期文艺（诗歌）研修班学员。

## 马晓燕

## 花的心事（外五首）

关于雨夜，飘落的花
未必比枝头炫美的叶知道得少

阳光下争得灼烧
风雨中拼命绽放
他拒绝摇摆与虚荣
一路娇艳，走向痛苦的绝地

一树阴凉
拥有光鲜的名字
因此被获许一生遮天蔽日
落入土地，沃野四乡

关于名声，一朵繁花的声音
未必比树弱

而在命运的掌心
一树站成了荣耀
一朵站成了卑微

## 被风吹疼的心

云伸长了脖子
想看看是谁这么固执地相信
我的孩子，真的优秀
昨夜的风雨，声势浩大
鸽子也马不停蹄

连月光都莽莽撞撞
推开一扇又一扇三千银发的门扉
将落榜的消息悄悄地秘泄给了母亲
这真是一个枯槁的夜晚啊
连风都被吹疼了,隐遁无形
只有母亲执剑而行
在人生的棋盘上
又一次左突右挡
谁说我的孩子不够优秀
他只不过被风吹翻了烛火
只需一个回合
心火终可逾越
熠熠生辉
[以上选自《黄河文学》2016年第10–11期]

## 不要拿走

体内银色的微光是艰辛的
看得见这个世界正酝酿新生
也是艰辛的
斋戒第一天
不要拿走带刺的玫瑰
看见玄月初生
并没有什么改变
在最黑暗的时辰
敞开过新鲜的利器
而在春天
对这个笨拙的男孩子
闭上了眼睛
我拒绝面包,空气,阳光和水分

不要拿走
今晚我能写下空旷
像一条河流
孤单地在世上漂流

一点一点停止爱过的小溪
体内银色的沙粒
没有悲伤
南风抚慰过他清亮的眸子

## 祭

我不登天堑
我也不攀长眠树
我只愿生一双翼
生成父亲
生成娘亲
银色光芒的那一粒纤细的细胞
附着在银河系
干涸的大地上飘荡着一颗母亲的魂
我的娘亲儿
我的心跳从你眼前消失
万树鲜花，月华满天
流星雨血流成河
我跪拜我的娘亲
还有我风生水起的父亲
带我去远方吗
我从你的手中滑落
我相信紧握的一瞬间
想给我世界上最安稳的巢
……
"如果死亡，
可以死亡"
我要一颗宽容的心
耕耘天堂的新叶
哪怕就是一点点绿
也要生长敬畏
长成一束烈焰
取不走光芒

[以上选自《群岛》2018年第4期]

**有一天**

有一天他们隔窗相望
你坐在院子里打着毛衣
我也不再写字
如果这一天来临
我只想像他们一样隔窗相望
院子里始终泛着绿色
夕阳始终都是深红
那件毛衣我始终都穿不上

**银饰**

清凉的镯子
附着古老的姓氏
散发着河水的光芒
仿若只有它能让佩戴者安静下来
沐浴焚香祈祷
清澈地住在想去的地方
博物馆或赎回青春的臂上
淬火控制的日日夜夜
剥离将它锻造的和孤独一样大
一场雪站满了天空
一对银饰卧在草丛间
斜阳正在风雪中纪念
[以上选自《诗歌月刊》2018 年第 7 期]

  马晓燕（1975—），笔名遥遥，女，回族，宁夏吴忠市人。就职吴忠中学。作品发表于《黄河文学》《诗歌月刊》《汉诗选刊》《雷鸣诗刊》等。出版诗集《憩园》。宁夏作家协会会员，中国诗歌学会会员，宁夏文学艺术院第六期文艺（综合）研修班学员。

# 西　野

## 鱼（外九首）

一尾精致无比的乐器
在未知的世界里沉寂
一生最美艳的时光
等待流水的指尖轻轻拨响
邂逅孤绝诡秘的永恒之音

## 如梦之梦

虚妄的命名。万物的陷阱
镜中的囚徒。帝国的卜卦师
沉默之树。嘴唇远游
白马下雪山，雪花豹回到午夜的村庄
月光小兽踩着舞步来到人间
青鱼点灯，照我夜行
［以上选自《朔方》2016年第9期］

## 黄昏赋

是时候了。你看那土壤深处的星辰
最孤独的那一颗
最是籽粒饱满，美艳无比
甚至已经能够清楚地听见
它苍茫夜色的皮肤下
蓝宝石的心跳

北斗星正从虎背上渐次醒来
有人从黄昏出发

一次又一次走向那无人之地
走向群鸟播种律令的黄昏
倾听者倾听风暴,亦是走漏风声的黄昏

是时候打开黄昏的卷宗了
当你说到念旧的月亮
小心地举出了飘摇不定的火烛
我的眼中正风影清唱,万象汹涌
黑色的鸟群正漫天飞舞,飞舞
仿佛命运无限旋转的幻梦

## 镜中辞

时光的镜中,是谁还在顾影自怜
不能自已。盯得过久了
镜子就越发娇羞,妩媚
这让她想起曾经做过的一个梦——
那时春水还暖。风尚未起
有人临溪照花,抱鹤入眠
像怀拥隐约秀美的时光魔法师
多年以后,她才明白——
一面镜子爱上的可能只是另一面镜子
而多年以后
那一溪流水仍静美如初,固执如初
仍还在这沟壑丛生,语无伦次的镜子里
悄无声息地流淌

## 关于月亮与海的修辞

海上的月亮照耀珠光宝气的豹子
也照耀家徒四壁的毛驴
月亮下的海运送旧病,也运送欢愉

有时,月亮下的海
像眷侣制造的陷阱和风暴

而海上的月亮
又像藏身梦里的芬芳和脸庞

有时，月亮下的海会伤心
就吹一把月光铜号
号声清明，照亮人间暗夜
有时多情，就骑一匹云中白马
寻找遗失多年之人

而有时，海上的月亮也孤独，就流泪
泪水流啊流，就流成了海
有时身子虚弱，易患疾
有人不幸被染，从此再也无药可医

## 猎人手记

当一支黑色响箭穿过寂静的密林
旷野中盛开的野菊正轻轻燃烧
九天之上，但见黑鹰久久盘旋
恰似一座铜钟静默，悬于高空

而人间秋声喧哗，虫豸相依为命
月光之下，有人在挖掘梦之陷阱
哦！你看那小兽正在梳理月光的绒毛
一路追寻，已是多少青春荒芜

当我终于踏上这食梦之兽年迈的孤旅
一睹它失传已久的芳容
那浪迹天涯的小兽
突然之间，化为一场大雪的遁词
瞬间就藏身梦之旷野一群蝴蝶的曼舞
从此它的踪迹再也辨认不出

**旋律：镜中之雪在轻轻燃烧**

他在火焰里整理灰烬的歌谣
在灰烬的时光里复原火焰的舞蹈
渐次展开的寂静里
传来旋律燃烧的声音
黑白分明的琴键上
跨过十匹黑马，十个猎手
众镜互照，众鸟高飞
声音的魔术师在清点道具和回忆
这个时候，小兽适合在旷野熟睡
像镜中之雪轻轻燃烧

**星群的暴动**

整个夜晚，都能听见天空深处
那沉重的脚步，艰难的呼吸
乌云缠绕的密林里
一只神秘之眼仿佛一闪而过
那只独角兽一定关押在
月亮陈旧的身体里吗
有一刻我终于忍不住
打开了沉默已久的窗户
却无意中看见了时光
死去多年的漏洞，和另一场星群
璀璨无比的暴动

**霜钟令**

薄暮时分。负琴者正轻涉流水
背负苍穹。仿佛那一粒孤飞的云雀
正侧身穿过旷野——
梦之旷野，藏着野花叠好的秘密
亦藏着小兽的忧郁，所谓往事
或者只是风在重复表达

这一刻，是谁点亮云中之灯
这一刻，又是谁轻启夜色之门
"素月轻覆霜钟兮，不惹尘埃
律令如雷兮，星辰自在"
正当此时，神秘的歌声像婴儿的婉啼
渐次升起。趋于沉默。趋于透明

正当此时，往事一般的弯月
突然闪出旋律的锋刃
或许有人正在雕刻风暴
且看那梦里倏忽闪过。白银的面孔
［以上选自《中国诗歌》2017年第11卷］

## 大雪十二行

一些雪生来即白。一些雪无端地黑
一些雪粘湿轻衣。一些雪裹了躯体
一些雪熊腰虎背。一些雪骨骼清奇
一些雪刀尖上来。一些雪月夜下去
一些雪抱得美人。一些雪挤满山川
一些雪朱唇凋落。一些雪独钓长河
一些雪游走舌尖。一些雪清点盘缠
一些雪关上了灯。一些雪打开了门
一些雪乱云卷天。一些雪寒光闪闪
一些雪小兽酣眠。一些雪宛如天鹅
一些雪盖着躯体。一些雪扶着石碑
一些雪跪于荒野。一些雪醒在人间
［选自《诗刊》2018年8月号下半月刊］

西野（1976—），本名张树鹏，宁夏西吉县人。就职于银川市西夏区教育局。作品发表于《朔方》《诗刊》《星星》《中国诗歌》等，入选《宁夏诗歌选》等选本。出版诗集《青鱼点灯》。宁夏作家协会会员，宁夏诗歌学会理事，宁夏文学艺术院第一期文艺高研班学员。

## 泾　河

## 母亲的水窖（外三首）

母亲看见雪花骑马并驱驾彩云
铺满整个天宇。有扬扬洒洒
有漫不经心——像淘气的女儿
母亲战栗——有寒风在她的眼神里
撒下盐粒。匕首。冰块和腊梅
万丈天庭向四野铺开
母亲和颜悦色。母亲说
——下吧。雪。下吧

像坐轿的新娘。像我的黑姐姐们
像奔出栅栏的白马
雪——落在西海固大地上

家家水窖张开狮子大口
是一群困顿的野兽
蛰伏在家门口——
这水窖像金黄的斑斓猛虎
——母亲唯一喂养的宠物
——出口不伤人的
却恶名在外呢。在空落的空间
有长啸。有龙吟

我爱猛虎成群的村庄
我爱牵着老虎奔小康的妇女
她的眼神激荡阳刚之帅气
她舍前有虎如形影不离的犬子

一车一车雪走进水窖

——像坐辇的凤凰
水窖似它浴火的天堂
水窖通壁金黄
金黄的水窖里埋着焰火

母亲站在沉静的老虎旁
那是一只昂贵的野兽
——母亲看见一池清碧
一漾一漾荡着迷人的涟漪
如一窖黄金白银

母亲富可敌国。妇女们富可敌国
今天大地虎啸龙吟

## 水

提起水,我的内心一片静谧
宛如独对生身父母,不敢吐露只言半语
只有那延绵不绝的爱意和苦楚——
我在她无声的清净里映见自己形容枯槁
她定感到我残淡的泪痕,轻轻刷过时光

从来没有那一片地域上的众生
能像西海固的人们
对水抱有持续的虔念与敬意
水在我的眼睛里开采出一片金矿——
水把高悬明月的光辉种进我的骨殖
仿佛与生俱来的伤痕
——她在我的源头撒播进透亮的密码

那半把黄铜铸就的汤瓶闪烁其词
清夜里它轻轻开启
我看见水一脸平静
她要去完成一个信仰者的祈求
她要走遍心灵擦拭一块冰上的覆尘
她要沉淀出一目了然的美意

她要把内心的风暴抚平
把一匹高贵的马唤醒

她要洗涤出绝美的图景
她要在身体里安放一面镜子
她要让身体重新绽放成雪莲
出污不染芬芳扑鼻
美丽的水漾来漾去
是那触手可及的仙子
泛着清亮的明眸

像千年乡俗，水形同体内的血液
幼童不在河里撒尿，秽物不往水里倾倒
一日两餐桌头，几个规定时辰
水被召唤而来——
一个清净而高贵的仪式里
水站成心头最近的神话
——打开近在咫尺的天堂之门

在滴水成金的时光
在水贵如银的顿亚
水是赖以生存的液态土地
有水有如神在
一池水下，生灵昌盛
一滴水上，没有太阳水是太阳
没有月亮水是月亮
没有北辰水是北辰
水是四季常开的鲜花
水是百求百应的后悔药

在黄泥小屋幽暗的角落
水聚敛在硕大的泥缸
倒映出别一个精致清亮的世间
她能映像出你一世的尘缘
把它幻化成舔食月光的火焰
像一个澄清的观音终日打坐

你看她美目低垂
而心含太平之洋的洪涛
——有佛在心呢

没有人嗅见水散发出的馥香
温如碧玉的水淡若山茶之花
借助水——我得以长出锋利的双翅
我得以开启传神美目
我得以跨上大地的白马儿
把掌心的祈愿带到远方

而水在消遁。复消遁
她站在故乡身后
犹如无援的虎豹——
四野暗伏无名的悲伤
水啊——多像一个忧伤的小母亲
如若此世间所有的清洁撤退
——"神已沉默，魔鬼当道
真空中唯有恐怖的感觉压迫的时候"

我能做的只能是树起内心的森林
"深深地爱着你，无以复加，直到后世"
[以上选自《诗选刊》2013年第1期]

## 表象

在小商贩的脚步里，在散发着鱼腥的菜市场
在布满尘埃的旧书摊，在塔吊运转的老工地
在污水泛滥的城乡结合部
在阴暗的出租屋，挂满内衣的铁丝杆

在午间的小憩，夫妻对望的温馨里
在留守幼童语文课本与现实相谬的童话里
在散开的星辰与聚拢的月光里
在冰凉的温暖与甜蜜的苦涩里
[选自《诗歌月刊》2013年第10期]

**神不在故乡**

硕果仅存的玉米甬道杂草丛生
半片青瓦覆盖的井口
落满灰雀。灶膛焰火微弱
铜铸的汤瓶生满绿锈
退隐之水消遁。一对老夫妻
独对夕阳。一搭老蒜挂在墙头
檐前双燕时无时有似离散的子女
村头池塘倒映出流浪的云朵
邻家小妹的婚房结满蛛网
新月挂在中天黯淡无光
不闻鸡犬之声,亦无孩童憨笑
相望于外省,神已不在故乡
〔选自《朔方》2016年第9期〕

泾河(1976—),本名兰煜,回族,宁夏泾源人,现居银川。诗作发表于《星星》《绿风》《民族文学》等,入选《新中国成立60周年少数民族文学作品选诗歌卷》《星星50年诗选》《宁夏青年作家作品精选》等,出版诗集《绿旗》《青马》。宁夏作家协会会员,宁夏诗歌学会理事。

# 徐忠杰

## 高山流水（外四首）

就在月亮
当微风尚未抵达之前
独坐竹下调琴
听水声爬上颤抖的锦弦
住一池月色微澜如初
并上回忆的泪光漫过天际

一炷竺香
抚摸漂浮不定的灵感
高山突兀，有谁轻轻颔首
轻身没入山径
烟雨迷离正是云岫舒展之时
一段水滴的笑声划过
有谁拈花一笑
面如溪水圆润
心似波声起伏
流水无形，总有数滴泪珠
打湿过往的心境
不知何时琴声渐歇
余音落入青山碧水间
心静　山青　月明

## 蝴蝶

载满疲惫的客车
穿过江南无数的城镇村落
还有一条大江

奔向不远的海洋
身着紫衫的女孩
有着比容颜更浓的睡意
垂下撒满阳光的额头
一点一点轻轻靠在我的肩头

我屏住了呼吸
心头停驻一只敏感的蝴蝶
担心我的莽撞
会惊动她薄如蝉翼的美丽
不知多久，我还是动了动肩头
蝴蝶飞了

## 故乡

是贺兰山下一块粗粝的石块
跌落在草木葱茏的狼山
初到江南，有一群江南老友
在烟雨迷蒙的濠江边等我
有关诗歌、酒杯的印象
和一袖婉转清越的昆曲
文字以超脱世俗的方式
在每一条心河间流淌
让生命滋润明亮
让豪情复活滋长
以塞上的饮酒方式
渲染离别的惆怅
让塞北的汉子
醉倒在江南的故乡

## 烟花

只想拥有彩虹却拒绝风雨
高贵不可能与生俱来
尊严却被贵重金属一触即溃

沦落在理智边缘的沼泽
依附于浮华底层的花朵
无法回避。存在与合理的纠葛
如同无法计算
清纯与美丽价值几何

当脆弱的烟花绽放在
钢筋水泥的城市间
色彩斑驳的角落
无法想象炫目光芒的背后
是痛苦还是欢乐

**镇北堡随想**

斑驳古典的爱情离我很近
几乎可以轻抚你
风霜阑珊的裙裾离我很远
横亘于时空的两端
遥遥相望，依稀迷离

梦里千百遍蓦然回首的爱人
在千年前的午后依旧伫立于
撒满夕阳的桥头
将一根隐隐的情思
密密缠绕于纤纤玉指间
轻轻一挥
便会牵动逃避千年的我
那挥之不去的伤痛

时光，善变的身影
折射荒凉与苦难
也闪耀风月与浪漫
让枯萎的爱情在瞬间骤然开放
花瓣散落在公元某年
便有闲理云鬓的少女

与折扇轻摇的公子
在光怪陆离的背景前
秋波暗递，风月旖旎
让锈蚀的刀锋在秋风中铮铮作响
寒光投射在某朝某代
便有英雄重返沙场
凛然四顾，傲然长啸
拨开如雨的箭阵和飞弩
让鲜血像遍野的花儿一样绽放
用干裂的口唇吹响幸存的胡笳
凄厉悠远，遍体生寒

时光走过的戏台，寂寥没落
未曾遗失些许剧情
却总有爱与恨、高潮与落幕
在熙来攘往的过客间无声开锣

不喜欢誓言，誓言是脆弱的胶片
在发黄的时光背后片片飞散
如果上天非要给爱加一个期限
我希望是一个瞬间

瞬间的心动，镌刻最深的爱怜
最绚丽的瞬间。定格最纯真的欢颜
珍藏在岁月的角落
在爱意稀薄的时光里悄悄惦念
[以上选自《朔方》2013年第10期]

徐忠杰（1976—），笔名谭生，宁夏惠农人。宁夏飞天文化传媒有限责任公司经理，现居惠农。诗作发表于《绿风》《朔方》《六盘山》等，入选《宁夏诗歌选》《临风的泥香》等。出版诗集《雕琢时光》。宁夏作家协会会员，宁夏诗歌学会会员，宁夏文学艺术院第三期文艺（诗歌）研修班学员。

## 张富宝

## 黑暗的雷达如此精致

一
微笑的红色暗壁
是你黑色的死亡噩梦
蜡封的伤口
清洁得没有一滴血
人们被迫醒着
听寒冬中喜鹊的歌唱
更多的脸孔掩埋在雾霾深处
而那些爆裂的石头
在冰天雪地的异乡聚集

二
是的，泥沙俱下
在这无耻的洪流之中
禁言的流火
吞下荒诞的判词
乌鸦归来的城市
黑天鹅产下了幼崽
围观的人群
还抱着美好的憧憬
他们并不知道
黑暗的雷达如此精致
而一场风雪
正越过压平的界石

三
冰封了，残荷的倒影
谁能洞悉此刻的生死

它，从未取悦
一面永恒的镜子
空荡的冬日适合奔跑
告诉水底发光的鱼群
又一个梦开始了
手持云朵的那人
许你一个轮回

四
我们拼命踮起脚尖
就是为了够着
一个甜美的虚无
这正是新年的魔咒
一炷忧伤的焰火熄灭之后
眼睛要适应黑暗的眩晕
谁知道呢，明天也许有阳光
会写下模糊的祝词
也许有风会带来清澈的天空

五
在下雪。一定是在下雪
谁也无法阻止
梦中的纵身一跃
在梦和醒之间
我不知道哪个更像深渊

我情愿在下雪。我情愿
下得更多一些，雪的弱光
照亮冷如瓷釉的夜空
多么幽暗的床
多么安静的窗口

可以听见在下雪。可以听见
每一朵，女性的玫瑰之心

冷香在寂静中燃烧

一个破碎的乌有之乡
幻灭的归途
我情愿安睡如雪

六
像遗弃的婴孩在哭
流浪猫凄惨的叫声
刺透耳蜗
深夜，抑或是早晨
玻璃上结满霜花
冷风在呼啸
我看不见春天
如何在它的血液中回淌
而每一次
相似的欲望和恐惧
放大了爱的残损
那些结痂的血
不能在词语中安放
最小的一块坟
大于一个完满的宇宙

七
暗火在黑夜的胃里
燃烧，汞之灵魂
薄如蝉翼的窗口
一滴醒着的泪
苍穹之上
一块碧海的寒冰
掠走甜蜜的幻影
失眠者，无药可救

八
谁没有冰雪的梦
谁就不是一个完整的人
就像谁没有影子
谁就是可疑的鬼魂

需要通过迷幻之眼
我们才能看到，冰的蓝色
在冷而硬的冰面
弯曲的膝盖有些疼痛

残荷被封冻在玻璃的天空
那是一个个窃听的耳朵
但快乐就是这样的
像水鸟，迷恋苍茫的叫声

## 九

节日的变脸艺人
隐没在云层之中
偷盗者
正在砍伐记忆的森林
所有的秘诀都在泪水里
轻轻擦拭
像是又一个仓促的轮回
一场雪在远方集结
封冻的归乡之路
有人举起冰镐
挖掘着鸟群的影子

〔选自《朔方》2018年第6期〕

  张富宝（1976—），宁夏彭阳人。就职于宁夏大学人文学院。作品发表于《文艺报》《山花》《名作欣赏》《朔方》等。中国文艺评论家协会会员，宁夏作家协会会员。

## 海 默

### 颗粒(外六首)

金色的、散落梦中的
你拾起的麦穗

凝结的珠子
穿过麦芒的水滴、菟丝、瓢虫
没有一样多余

我们伸出手
合掌而视的每一滴
都那么望眼又欲穿

### 褶皱

地上没有雪
树干里尽是海水的咸味
鸟失去倾诉
我抚平褶皱的手心

谁的眼里仍有泪水
谁的纸上早已面目全非

### 非生

像是要把大火分开一样
心念纷纷无绪时亦有非生

如是音响遐迩
我会问,那个人怎么了

他是在练习还是习惯追溯
在冥会中彻照
于圆观获圆通

非是风纵火势,譬如此刻
我离你更近,比其他更远

## 刀丛的诗

我们无法永远单纯
就像雨和开始下的不一样
这些天空的缝隙
我无法确定
在你那里打湿了几许

你把手伸进荒凉的四方
我所见的绿野茫茫
你和你的石头化为灰烬

而我还是没有提及
大海的方向
正如在我醒来的午后
来不及写下你的刀痕

## 旧信件

一些旧信件在老地方
讲过的故事像有些人
看一眼就够了

在某个遥远的国度
我荒凉的人生
像所有信件的诉说
谢谢你救了我
谢谢你救了我们

## 目光

这些疲倦的眼神
沾满岁月风尘
像没有约定的江水
倾满这个饱含沧桑的早晨
在风雨欲来的琼楼
我望着你,你也望着我

我相信双手对掬的母亲
有着不可触及的余温
她打碎了心爱的瓦罐
而田边穿黑裙子的石头
铺满了每一颗空阔的心

## 秋天

有条你走过的街道是我禁地
有面镜子最后照过你我容颜
有一扇大门被我悄悄地关闭
我所有的藏书就在你的眼前
而我不会再去触摸
这个秋天我似乎衰老了许多

海默(1976—),回族,宁夏固原人。就职于某医院。诗作发表于《六盘山》《朔方》《民族文学》等。

# 李向菊

## 渴望一场雪花（外七首）

虽然我怕冷，很怕冷
但我还是想让冬天绽放出它该有的样子
当凛冽的风刮过，我愿意
躲进口罩、围巾的狭小世界
让它们过滤一些忧伤
我甚至渴望一次冰天雪地的覆盖
比如说，一场轰轰烈烈的雪花
这个季节，我在意的东西已经不多
我在叮嘱自己，借助冰雪的冷静
可不可以获得飞升

## 存在

当岁月以飞翔的姿态
划过我的忧伤
每一寸流血的创口
都是我活着的证明

活着，并存在
这是多么令人惊悚，多么
不可思议的事情

时光总在我能抵达觉醒之前
拽走太多美好
我只行走在茂盛的荒芜里
动不动就虚弱得不行

多想大声地告诉时光
她所许诺的万紫千红
远不及此刻的细水长流
让我觉得心安

## 花又开

岁月还是硬脾气,一旦开拔
就势不可挡

冬日,已乘着它的列车
驶向腹地
一些美好,被继续收割
大地的灰暗,被涂抹了一层又一层

如果说,一点嫣红
恰使我心头一热
那么,满盆的花朵绽放
定是你欲言又止的某种衷肠
在这个冬日的内心
开始游走

## 冬日

这样一个冬日,天空比蓝色更蓝
几缕薄云,飘成丝状,对着大地
吐露心事,风
分外柔情,温存的模样
足以让一些无处安放的欣喜与忧伤
闭起眼睛,伸长了脖颈,拉长了呼吸

阳光比温暖还温暖,好一个干净的冬日
辽阔的比辽阔还辽阔

我站在辽阔里,选择

与一棵光秃的树对话
我们心潮澎湃,秘密约定
来春,可不可以
一个枝繁叶茂,一个微笑如花
[以上选自《六盘山》2018年第1期]

## 行进与秋天

当我把我的眼睛沉入天际之时
天空正奔拉着脸
雨滴用他的手指疯狂敲打地面
给我和大地上的生物一些颜色看看

我是多么自觉的人,我不是不明白
这样的日子是在为愈来愈浓的寒冷铺垫

在我起身重叠衣衫的刹那
我只是在心底想起
那么多花骨朵儿的娇弱,也曾
被深深拥入怀中
而季节,不过一个薄情的旧信封

## 所见

这个粗糙的人世,谁会像我似的
疼爱路边一棵畸形的柳树

薄情的季节忙于抒情
巨大的寂寥支撑孤独

花一样的愿望来了又去
花一样的愿望年年岁岁

我望着它
如同望见了沉默的自己

**睡前诗**

夜晚从高空砸下来,我们举起灯
看它落在繁杂的心事上
我们是碌碌无为的一群

白昼里扛回的叮嘱要在夜色里咀嚼
如果艰难的话,如果不顺利的话
常常探进夜的腹地,浓缩夜的深度

我小小的儿子在方格纸上驱赶文字
我盘旋在他的身旁驱赶他
生活在后面驱赶我

我们低低地围坐
相互威胁,相互依靠
却难以言说

**阴天**

雨水曾在我的窗上响了几声就不见了
我探出头,找了又找
真的,除了点点的湿停在水泥路面上
整个天空果真都旱了
日子呀,严肃得多么没有诚意
一点儿也不在乎
这本就缺乏信任的世界
再多出一截虚无就好了
[以上选自《六盘山》2018年第5期]

　　李向菊(1976—),女,宁夏固原人。宁夏固原一中物理教师。2017年开始业余写作,在多家报刊发表作品。宁夏作家协会会员,宁夏文学艺术院第六期文艺(综合)研修班学员。

# 李俊英

## 残荷（外七首）

河面上有一些干瘪的残荷
她们的美早已被风干
在深秋的某个午夜或黎明
那些绿意，那些血液
一并被秋色收购得无影无踪

仅留瘦的荷骨挺立河面
同托举她的河水
一起入了梦境
摇曳出一首隐含生命的眠歌

她们以静默的姿态
来承受岁月的考验
企图在下个轮回中
再一次绽放夏的火热

## 我是今夜的游魂

月亮出场了，星星们一脸灿烂
活跃在银河的两岸
这样的夜晚，作为游魂的我
游离在天堂和地域之间

我愿做今夜的游魂
在微风的招呼下飘向人间
享受那日光遗留的温暖
顺便捎去一抹银辉

融入廊下的你的酒碗
伴你入梦

### 我经历了梦中的那场雪

我又一次经历了梦中的那场雪
一片两片,从苍穹滑落
像候鸟的羽翼
偶尔也霸道地划断我想念你的思绪

我不知道还能欣赏多少次
如此美妙的雪花。假如有可能
我想把它连同炊烟,古树,老屋
一齐收进我的梦中
清凉我另一世界的相思
不再醒来

[以上选自《朔方》2015年第7期]

### 桃花

我和母亲在屋门口闲聊时
无意间瞥见那朵高高的桃花
就开在母亲家院子里的桃树上
是那么的奔放,那么的水润

当其他枝条上仍在怀春时
那朵花却开了,慢悠悠地摇曳着
是春的使者在蓝天上点出的一点
为了提前向我们传递春的讯息

一只被春意叫醒的蜜蜂
正殷勤地扇着翅膀
在那朵桃花的一旁耳语着什么
我仰视着它,突然心潮澎湃
那点红,就像此刻我想你的心

**春天的音符**

周末回去时
在母亲家的桃树下看到了一窝蚂蚁
往东,往西,往南,往北
三三两两,结伴而行

还有刚从窝里出来的
伸伸触角,与垂向地面的枝条
交谈几句就返回了
我总觉着,是它们的喧嚷
才使这棵桃树有了怀春的欲望

是暖风叫来了它们
它们再以音符的方式
将这棵树的信息告知给大地
果树不知不觉就怀孕了
正以这些音符为胎教呢

**清晨**

一丝光亮透过窗户
铺在我就寝的床上
春色一点也不偏袒
公平地宠幸着窗外的柳枝、桃花和小草
父亲赶着套了犁铧的老黄牛
手里的鞭子轻轻拍打着牛的脊背
嗷嗷嗷地唱着指挥黄牛的歌
走出了院门,灶屋头顶升起袅袅炊烟
母亲烙饼的香味填满了院子的角角落落
屋檐下的一对燕子在呢喃中互诉情肠
父亲吃着我送去的热饼
望望耕牛,望望潮湿的土地
脸上有了轻微的笑意

妈妈，我在女儿的呼唤声中醒了
才知刚刚做梦一场
梦中的我又回到了孩提时光

## 绿草

早上跑步时
碰到马路师傅正在路上洒水
我看到了一棵绿草
长在路沿的石缝里

它的身形扭曲，臃肿
就像是一段弹簧竖在那里
洒水车过去了。我起身时
身体里有了一种无形的力量

## 这样的雨天

下午时分，一阵雨声
把坐在窗前看书的我惊醒了
哦，第一场春雨
想到返青的草坪，发芽的树木以及空气
正接受着春雨的滋润和洗礼
我的心一下兴奋起来
思绪瞬间被雨丝拉得老长
明天，大地将会醒来
桃花羞涩地站立枝头
明天，农人们开始播种希望
一切都会美好起来
我热烈地爱着这样的雨天
［以上选自《朔方》2016年第9期］

李俊英（1977—），女，宁夏海原人，现居中宁。作品发表于《黄河文学》《六盘山》《朔方》等。宁夏作家协会会员，宁夏诗歌学会会员，宁夏文学艺术院第三期文艺（诗歌）研修班学员。

# 锁桂英

## 窑山顶上的那棵树（外四首）

窑山顶上的那棵树
是从天上流下来的，四十年来
它没有活过，也没有死过

窑山以东的秘密
耳语过早些年的绿
我不知道它的体内
还暗藏着多少积雪

站在山顶的模样，让天空略低
山坳里的人，紧紧攥住自己的命
再也不敢轻易消失

## 黄昏

一片麦地的尽头
是两座坟墓

祖父洪亮的嗓门
把苍穹托举得老高

风声急促，催太阳落山
有人努力爬到高处

山与山之间只剩下我
不知该向哪个方向转身

**一座城市潜藏在拂晓**

黎明之前,除了月色
依旧眷恋夜晚的鼻息
土地是静谧的
梦境结束了孕育,开始分娩

诞下一抹亮色,在东方
染红祖国的山峦
公园里的草木和白玉兰
贴着地表均匀地呼吸

一些人的流水携带着
消极的形容词
潜伏在一株植物的根系
等待一束光亮,清洗泥土之伤

小城上空的唤礼声空旷且悠远
唤醒了潜藏在拂晓里
小城多余的担忧
[以上选自《民族文学》2017 年第 4 期]

**春风:叫人有了飞翔的念想**

闸门已经打开,今日之风
收藏了昨日里雨丝的
温度,且有了出发的欲望

所有的行人,包括街头乞讨的老夫妇
都将被吹得干干净净
是的,它有一副孩童的笑脸
总是偷听小草与大地的耳语

没经我的同意,柳树
竟绿了大半个身子

芽苞浮肿，聆听祖母
细说孕期注意的事项

风是好风，可是修饰的成分
叫人有了飞翔的念想
听！女人的河流
正鲜艳地流淌着

## 它们在替人类说情

至少是三个季节，一阵鸟鸣
总是先于一束光线漫过来
比一朵花更孤独
比一粒果实更真诚

祖母说，人倘若生出翅膀
罪孽一定会更加沉重
是的，这一直是难以启齿的秘密

黎明之前片刻的安静
天空比原野更懂得矜持
纯银的声响次第铺开
羞于一滴水的忏悔
和一串露珠的哭泣

屋檐下的鸟群，除去冬眠
在每个黎明，总是替人类说情
［以上选自《中国当代诗歌选本》网络版］

锁桂英（1977—），笔名香山红叶，女，回族，宁夏同心人。就职于同心县第二小学。作品发表于《民族文学》《朔方》等。宁夏作家协会会员，宁夏文学艺术院第六期文艺（综合）研修班学员。

# 林一木

## 一切都在变好（外七首）

雨拍湿额头
雨带来暮晚冰凉香气
你走着像一束孤独的火

路边花店的百合在雨里
幽细，香吸附在你的鼻翼里
河上也落满雨

风吹响蓑衣
雨使白鹭的双翼更修长
雨妖娆你仰望的眼

长堤下有红黑蚁忙碌
搬运黑暗的泥，它们抓紧建造
伟大的地下迷宫

这些无名之蚁
隐没的苦修派，它们使雨充满了
慈悲的意义

## 寂静之光

夜薄如凉翼
你在其中，抚摸过光滑的
黑色翅羽

五月正催熟万物
植物混合的芳香持续蒸腾

山毛桃有了苦涩果味

树阴起于微末之风
终于寂静，这温暖的人世
抬头，便是虚空
你看到那些褪光了翅羽的鸟
变为鱼正游回大海
它们从此拥有了寂静之光

## 落日

火车哐哐作响，轰轰驶向暮晚的黄昏

白炽灯下，一群天生的怪物双眼发麻
绿植阔大的叶子已撑到屋顶

那被反复计算的，跌宕的数字
正是窗外，错综生活的
小小心跳，是它身体里抽出的丝线

落日依旧闷声不响
夕光寒水一样，淌进楼宇之间
爬进无数个忙碌的窗户

它变作一片明绿
一抹淡青，在竹叶里留下消失的剪影

## 傲慢

一个人，一种，傲慢
如同他的喜好，与生俱来
他微笑，充满谦恭
这是一种修养
如同，园丁侍弄的花圃
拥有圆满的铁艺栅栏
看不见的翅，在那里低翔

夜空在上面洒下
濡湿之泪
时光重新在那里打开
一扇门
这傲慢正像，紧闭的嘴唇
在深夜写下
一万言

## 虚妄

那虚妄的人
心中有，坚实的理念
像路边的一颗石头，拥有它
自身的浮尘

风扬起土
带来更大的迷蒙的旋风
正是他风尘仆仆的行踪

我在原地，被它装饰的花纹
击中。不久我听到它敲击
发出，空洞的回声

行人离开，欣赏每日常见的
路边花池
花蕊上悬着蜂
几只蚂蚁，爬上石头

触觅食物
它们颤抖着的触角
像阳光下的
黑色雨点，激越如颂歌

## 小满记

小满，愿景如此时盛开的芍药

蒙尘,不掩其香

树焦虑,在地上晃动
风吹了一整天
风使夕光含混不清
风使远处传来,轰轰钝响

一只胆小的家鸽
飞临窗台
暮色层层,它显得更黑
它静卧的样子,像一把
青铜酒器
刚好能够填置,我内心
一处黑暗的空洞

这都没什么
万米高空,阳光依旧具满神的
金色仪容
那里辽阔如天庭
[以上选自《朔方》2013年第9期]

## 夜空

没有一粒星光
夜空沉如黑色的海
仿佛潮水退去了
仿佛,喧嚣从未来过

说出天空的真相
即是,对生活的赞美
忽略掉海岸线———
忽略掉,露珠,卧于黑色的花朵

贴近,一个人的灵魂
游弋其中的鱼
看到了自身

最隐秘的熟悉的舞蹈的笔迹

这危险的、警惕的海水
悲伤的手掌倒扣过来,回响着
法律一样的钟声
猫一样的,狂妄的野心

## 莲花生

走一步,脚印里就生出一朵莲花
每朵莲花
之间,都是注定的海路

每一个浪口,都有光明期待重生
人生,坐上一叶苇渡
寒冷不断聚集,融于海浪
化作残损的诗篇

那些多余的诗歌,是此生的必然
是击碎了我的虚弱的沉重的时光

莲花生,在浪海里
要将世界和自身,碎为微尘
如同太阳悲心的宣示,在曦光里
为每个人写下一首诗
[以上选自《黄河文学》2014 年第 1 期]

　　林一木(1978—),本名郑建鸿,女,宁夏固原人。作品发表于《人民文学》《诗刊》《诗歌月刊》等,入选《诗选刊》和多个年度选本。出版诗集《不止于孤独》《在时光之前》。荣获宁夏第八届文艺评奖三等奖、首届《朔方》文学奖等。中国金融作家协会会员,宁夏作家协会会员,宁夏诗歌学会理事。

# 查文瑾

## 写给自己的反调（外十首）

你说生活很重
我笑着说，其实它很轻的
像蒲公英的孩子
随遇而安便是好

你说生活很轻
我若有所思地说
其实，其实也不轻
像呼吸不畅

对不起哦，亲
不是我有意和你唱反调
我是始终担心你
要么拎不起它
要么放不下它

## 一页草稿

我坚信，到现在为止
我依然是我的神尚未修订的一页草稿
且一直在持续的修改中

我有无法自愈的毛病
比如头重脚轻，辞藻匮乏
比如跑题偏题或文理不通
比如思路不清，结构欠妥

是的,必须认真修改
一丝不苟且精益求精
必须拿出精妙的构思和精彩的细节
风格最好是轻灵且质感的那种
最重要的是,必须有充足的阳光作为铺垫
有奢侈的月光作为基调

我希望每一次修改都能脱胎换骨
也希望每修改一次,我都能新鲜如初

喜欢造物之神的精品意识
也喜欢命运之神的一次次琢磨抛光
只是至今我仍是一页草稿
尚未成熟,尚未修订,尚未公开发表
爱我的人,敬请期待
[以上选自《朔方》2015年第3期]

## 幸好

幸好我遇到的好书不算多
加起来也不足以把思想深埋
幸好我遇到的好事不算多
加起来也不足以把悲伤覆盖
[选自《中国好诗第16榜》]

## 无非是废墟出卖了空洞

无非是废墟出卖了空洞
无非是空洞说出了废墟

你必定是要活在天底下的
可你不知,这里的天
是会延展生长且可以收口的那种
当它大到可以罩得住一切
除了痛,一切都是幻觉

谁也说不清这里到底发生了什么
唯一的真相就是，成为废墟之前这里是繁华的废墟
成为空洞之前这里是精致的空洞

假设这废墟之上和空洞之下
还能长出点什么，升起点什么
希望是遍地的四叶草和没有中毒的月光
［选自《诗歌周刊》第 177 期］

## 而你的一生都未曾见过她

草儿破土的气息里你在等她
小雨淅沥或大雨喧嚣的落寞里你在等她
落叶如雨月如钩的夜晚你在等她
八瓣儿的雪花迷了眼睛的时候你在等她
每一个细小的讯息变化里
每一个不紧不慢的日子里
你都在等着这样一个人
她像一颗露珠被你放大成宇宙
又像一颗外行星渺小地游离于你的世界
你习惯了以她为生，为呼吸
甚至每一寸寂寥里都藏着关于她的电闪雷鸣
而你的一生都未曾见过她
［选自《星星》诗刊 2016 年第 10 期］

## 捕捉

我怎么拍
都拍不好小院里
一簇稍高于脚脖子的毛蓉蓉草
直到单膝跪地
才将它们此生
最骄傲的一瞬定格

### 习惯

每晚睡前
我都不忘看一眼夜色
顺便再看看
窗户是否关好
我怕穿堂的风会毛手毛脚
打翻夜的染料瓶子
于我草色的梦里
我怕草上忽然惊起的蝶
顺着窗户的某个缺口出走
再也找不到它的家
［以上选自《诗歌周刊》第 292 期］

### 愿空心上路的都能带心归来

他们都去了西藏
据说为了寻找信仰
除了祝福还有什么相送呢
唯愿那一带一路上
风景如画人如格桑花
唯愿他们都能抵达自己的拉萨

### 母亲习字

母亲的视力
大不如以前了
确切地说,没有退步
就是最大的进步
但就这样
她还时常在字台上铺开白纸
一遍又一遍
写下父亲和我们姊妹四个的名字
有时也会翻开诗集
抄写我的小诗

她的字
并不行云流水
但一个个端庄饱满独立
甚至还有些古拙
以至于我的小诗的每个字
在她的笔下
更像她的一个个
懂事的小女儿
[以上选自《湖南诗歌》第 70 期]

## 相关或不相关

一些不相关的事物
被我这样无意搁置在一起时
似乎个个儿有了心灵
似有春风拂过当下时光
拂过左心房，也拂过右心房
似有微尘如我渺小自在

## 它们的天空

你看它们各飞各的
谁都没说天空是谁的
你看它们飞过的天空多干净
[以上选自《诗选刊》2018 年第 3 期]

　　查文瑾（1978—），女，回族，宁夏灵武人，现居银川。作品发表于《朔方》《诗选刊》《民族文学》《星星》等，入选《21 世纪编年史 2014》《当代女诗人诗选》等。出版诗集《纯棉》《天大的事春天再说》。荣获第三届自由诗歌奖。宁夏作家协会会员，宁夏诗歌学会理事，宁夏文学艺术院第三期文艺（诗歌）研修班学员。

# 马君成

## 安静下来(外六首)

燕面馍馍，米黄甜馍馍，甜醅，炒面——
这乡音，在城市响起
从小店出发，攀上手推车，走街串巷
像为庄稼叫魂

每个叫卖声穿过春夏秋冬
一声复制着一声，一声拥抱着一声
燕麦、糜子像一对相互搀扶的患难夫妻
风雨同行

有时被风吹得离耳朵只有一寸
有时被风吹得若隐若现
突然被一阵比一阵更急的汽车喇叭声撞断

## 湖心事

把影子交给我，让我替你
洗去那些灰尘和汗渍
把你的疲惫丢给我
我还给你新的快乐
只要我还能行动
只要世界不要对我冷酷到结冰
我一直会守着你的美丽
如果他们将污水泼在你身上
请不要哭泣
即使用尽我的清澈
也要还你一个清白

［以上选自《朔方》2016年第9期］

## 园丁

确切地说,他们是环卫工和保洁工。
女人挥动耙子的速度已明显缓慢。
花园里露出新的脸。土地也因之松软。
从表面看,男人显得游手好闲,
像只在花园里玩耍的小鸟,头发那样长
像那些枯草,并不飘逸
东转西看,随时准备点燃一堆青烟
让往事随风而逝。

他是一个专门怀揣火焰的人
我们躲避,他靠近的地方
以免受伤和被呛。

他手拄铁锹,神情专注地关心一堆堆篝火
直到灰烬可以被掩埋。
他应该是园林花钱雇来的危险分子
并不合格的园丁,不负责修枝剪叶
只会随时随地点燃空气。

刚吐出嫩芽,含苞待放的花草树木
在风中,在火葬它们旧相识的现场
无法逃离,只好无力地晃动柔弱的身子。

他们已过中年,和我一样需要养家糊口
找到这样的差事,也凭某种关系。
为了生,多少人在同死打交道
多少人放下良辰美景,对准春天的心脏
制造更多的浓烟、异味、乌云
一次次在风中出卖草木之心
[选自《重庆文学》2018年第4期]

## 杏花红

带你来到我心灵的家乡

那喜鹊早已飞向村庄
带你去见我的父母
他们的眼里盛满甜蜜的光芒

我牵着你的手说，看——
那是我们的房子、土地
那是我故去的亲人长住的山坡
他们在土地上劳动、奔波，变成种子

那一年的杏花红啊
我把目光别进你的发辫
梦想要在花下，做最幸福的人
从此，杏花就是我永远的故乡

**核桃仁**

为了你，我笑对刀斧
对你的掠夺，必须越过我柔弱的身躯
核桃仁啊，请记住我写下的誓言
请记着我们曾同枝相依，青春相偎
请记得我们都是花朵的后人
哪怕前方是地狱
哪怕你在别人的舌尖上跳舞
我也一定高念我们的约定，一生一世

**玫瑰花**

黑魔术、卡罗拉、玛利亚
乔安娜、影星、维西莉亚
我来看你，事先想好了
给你起了这么多好听的名字
无论我喊哪一枝
回答的声音都是那样清脆
一样的馥郁，一样的醉人
天落微雨，为见到你
我跋涉千里，来到吉木萨尔，来到大有镇

在花丛中，我要亲自采摘三枝
带刺的玫瑰，刺痛经年的记忆
用玫瑰祝福玫瑰
把余香留给我们的余生

## 红豆

夜雨带着神秘的面纱降临在
我的天空，我的土地
梦里落尽了多少繁花

那些看不见的风雨隔开了相逢
企盼半生的相逢
秋风吹痛我的心
期待青春的手握出温柔的姿态

分别之后，你的话
从你的唇间，从你幽怨的眼神里飘出
变成了雨中的一粒粒种子
在我的心田，扎根发芽

很多年后，我独自问苍茫的夜
为什么撒种的人还不来收获
这缀满枝头的千万颗红豆
[以上选自《回族文学》2018年第3期]

马君成（1978—），回族，宁夏固原人。就职于固原市第三中学，一级教师。作品发表于《诗林》《回族文学》《重庆文学》《朔方》等，入选《中国百年诗人新诗精选》《中国当代爱情诗典》《世纪诗典·中国优秀诗歌精品集》等。宁夏作家协会会员，宁夏文学艺术院第二期文艺高研班在学学员。

# 周瑞霞

## 母亲（外九首）

母亲，咸涩的清水河
知道你的柔美、欢愉的亲吻
你舀水时的手臂。狂怒的沙尘暴
叹服你的倔强，嫩绿的秧苗
是最好的注视

母亲，你深深的悲哀
我最为明了。紧握锄头的双手
书写过播种的希望和收获的喜悦
唯独，书写不出自己的名字

## 绣娘

被冠之为绣娘的女人
恪守在宁南山区
把苦难绣进宿命，把希望绣进土地
她们的手紧握生活
夏扶犁把、冬拿针
那些绣在肚兜、鞋垫、针扎子上的花朵
五颜六色，阳光中的花朵
能灼伤眼睛的花朵

## 麻雀，进城的兄弟

空地上，一群进城的麻雀在觅食
这些可爱的小动物
在城市里显得多么普通、顽强

它们像一个个弱音，从未
停止过的吟唱，能把最微小的幸福
用最欢快的雀跃表现
我试图寻觅它们的家，城市里
楼宇高过翅膀，树木矮过手臂
永远不是真正的归宿
［以上选自《朔方》2015 年第 8 期］

## 蛰伏

孤独蜷缩在黑暗里
我蜷缩在孤独里，像个胎儿

如果就这样沉睡百年，是否
也会肩胛疼痛，长出一双翅膀？

## 山雨欲来

衰草未绿，鸟雀绝迹
乌云满怀悲壮，眼看掉下泪来

一阵风催促着另一阵风，催我散发
舞我衣袖，可怜山涧无扁舟

## 石器

我相信，千万年前
我是一块石头
打上爱情的洞眼，我是挂在
女子项前的美丽
磨光棱角，我是勇士
握在掌心的利刃
我是孩子的玩具
是拓荒的犁
我是一种开始，一句密语

是历史记忆里
一团燃烧不灭的火

### 民谣兰州

四月,山未青,水不绿
雨水太过冰凉
我在巨大的苍茫中,邂逅
民谣中的兰州
他给我一碗热气腾腾的
牛肉面,驱我饥寒
他醉卧群山,递我
盛满黄河水的酒盏
我们便在一起流泪
一起唱出忧伤的曲调

### 宰牲

在刀口下颤颤巍巍
一只羊的命运
我们在对方眼里遍种惊怖
如果一个节日
一定要用血来祭奠
一个人的罪孽
怎样靠一只羊来拯救
我的羊,吃完今世的苦
还要担起后世的罪

### 狼图腾

如果我是狼
一定不会喂养人类的孩子
任他们用孔孟的礼仪束住手脚
农耕,读书
至今书写一首首酸溜溜的诗

当成吉思汗的铁蹄
踏破中原，征服欧亚
月圆之夜，你听
一只老狼深长的嗥声
[以上选自《朔方》2016年第9期]

## 没有说出的话

那些没有说出的话
更有深意

就像你尚在屋外
我的耳朵已经捕捉到了心跳

就像你的一声咳嗽
我的嗓子就开始哑然

我们沉默不语
我们全身都是诉说着的小舌头
[选自《诗刊》2018年8月号下半月刊]

  周瑞霞（1978—），女，回族，宁夏同心人。就职于同心县社保局。作品先后发表于《诗刊》《朔方》等。宁夏作家协会会员，宁夏诗歌学会会员，宁夏文学艺术院第三期文艺（诗歌）研修班学员。

# 朱　敏

## 等待(外七首)

一朵花，停息在这里
自顾自地让青春逝去
枯萎了，才知道
爱情，就是漫无边际的等待
你来了，爱情就来了
你没有来，爱情也已经来过了

## 低诉

我一次次低声倾诉，这儿真美
霞光映照的天空，如一团燃烧的红云
在大地的深处，幻化出人间难有的美景
我走向天边，裹一袭暮色
携两缕秋风，将满怀的心事通过目光吐纳
只为在茫茫的戈壁，寻到落脚的地方

## 再见夏天

一朵朵雏菊安静地生长
我起身离开的时候
整片雏菊也没有发出任何声响
落下来，落下来
我期待一点阳光，两点阳光
落下来，落在这
我曾经等你

一天又一天的山坡上
击破每一处阴影

让晦暗的气息随着夕阳
沉去山的另一边
而我,只是起身拍拍裤子上的土
微笑着和夏天说再见
[以上选自《朔方》2015年第8期]

## 还原

让灰烬还原成火焰
让遗忘还原成夜不能眠
让咖啡还原成非洲的可可树
让蒲公英还原成大地冰封的僵土
让我们还原成十七岁
你从我身边走过
白衬衣在阳光下颤抖
云朵衬着皎洁的眼眸
荡开一湖温柔的涟漪
我坐在七月,只顾低头看书
没有捡到你丢下的小纽扣

## 清晨

叶子走了,树还在
一步也没有离开
像年复一年的春天、夏天
和金黄的秋天
一只鸟停在树梢上
啁啾的鸣叫叨扰着清晨
安慰一棵被秋风掏空内心的树
这个公园的树很多
但不是每棵树上都有鸟
也不是每棵树都能听见鸟叫
我从树下晨跑,公园里几百棵树
我只羡慕这一棵

**半湖月光**

记忆里，总有一片湖
明晃晃地亮在，落满烟草灰的心上

黑漆漆的夜，目光如波涛般
涌向窗外。鹅蛋黄的月亮
不懂我的忧伤。它什么也不懂
只是静静地挂在天上。看着我
静静地忧伤

我曾鼓起十万分的勇气，约一个男孩
在月光下散步。我们什么也不说
一步步踩在月光上，如张满风的白帆
在浪花巨大力量的推动下，奔赴湖边

最终，我们也只是看到一半的湖面
一座桥，将湖水分割两半
我们在这边，矜持在那边

十年后，当我再次想起那个夜晚
想起青涩的男孩，和那轮鹅蛋黄的月亮
不禁哑然失笑
一份记忆，将湖水分割两半
月光在这边，青春在那边

**有花椒香味的清晨**

走近之前
每一棵花椒树都如安静的姑娘
贤淑地站立在山坡上
清晨的阳光冲开厚重的乌云
将金色的光芒
撒在花椒树微微卷曲的叶子上
枝头挂满了愉悦生长的花椒粒
翠绿包裹着大地

春天独有的乳香
在它们身上肆意绽放
成熟后，它们为世间千百种食物调味
收割前，它们只静静地芬芳自己
掐开一点点绿色的外皮
你能嗅到浓郁的清香
是外婆用铁勺炒出的老鸡蛋
是母亲用砂锅炖好的羊羔肉
那一刻，蜂拥而至
用香味代替记忆，来到你面前
生活庸庸碌碌，也只在这个清晨
在一棵花椒树前
你有了想家的确切理由

## 征途

走完每一步
身后都被命运之刀砍伐
双脚站立的后方
已劈成悬崖鞘壁
现实从不和梦想妥协
梦想越高远
注定只能溯溪而上

无数个黑夜聚集成盈盈的火焰
持续燃烧时间的洪流
站在黎明的前方
长久的黑暗让你泪流满面
霞光晕染的时刻
你想起了孤独的夜
［以上选自《朔方》2016 年第 9 期］

  朱敏（1978—），女，宁夏中宁人。现居银川。出版散文集《你配得上世上的一切美好》、诗集《青铜铸造》。宁夏作家协会会员，宁夏诗歌学会会员，宁夏文学艺术院第三期文艺（诗歌）研修班学员。

# 马 杰

## 九月即景(外八首)

清风掠过旷野,荒草发出一阵轻微哀鸣
一簇蓝色的矢车菊盛开
疲惫的麦田边
几只麻雀不停翻找遗失的麦粒

轻轻绕过,静坐于一片柳林
满地落叶不停挪动位置
如清霜拍过的蜂群,寻找自己的巢
我们是过客,我是其中一员

## 秋日

日子单薄恓惶
横在墙壁中的铁皮烟筒满身褶皱
犹如一张脸,藏着碎心的雪花

秋雨不停拍打,发出沉闷声响
屋子里,冷拥挤在炕上
如秋风中走失的路人互相取暖

这该是有多么重的心事
才能和寒冷偎依

## 落在院子的光

光斜插进玻璃,射在焦黄的墙上
檐下废弃的蛛网,有节奏地晃动着
她迟缓地抬起一只长满褐色斑点的手

抓住落在院子里的灰光
风掀动了铁皮大门,发出悦耳声响
黑白鸟调情,夕阳绕过房脊
天堂之门打开
深陷在土中的那对美体
一坨铁,一点一点下沉
灰黑色的寂静将小院收在笼中

## 深秋

没有造访者。已确定在这个季节
清霜将会泛滥

我坐在落地玻璃门前,一片死云低垂在
对面市场的楼顶
我没思考是否有雨落下
黑白鸟不停鸣叫,在房子后面的柳树上

市场里,两小儿不停地做着拍手游戏
每拍一下,云层亮一下

一束光慢慢撒到水泥地上
一层水雾遮住了视线

## 十月之事

清风紧贴铺满落叶的地面游走
羊群归栏,田野空旷
夜一寸一寸树起灰黑色影子

他从一部玄幻小说中出来
木讷地伸出,长满老茧的目光
遥望,吉木萨尔一片漆黑
比落日还要遥远
雷劫降下重影
一朵盛开的白百合飘在夜里

## 病脸

一个人，纠结一杯清香的菊花茶中
天空阴郁，路延伸到大山深处
那里野菊是否盛开
马路对面，卖烤串的女人总是早起
紫色脸膛贴着一抹笑
她每烤好一个香肠时，脸上的笑撕扯一下
又扯了一下，在一个小男孩面前
真担心，那抹笑不小心掉到地上

## 后半部

失眠了。夜的后半部
一个忠诚的信徒向物主求恕
他还记得白天的一幕
一个乞丐和另一个乞丐抱在一起取暖
那时天空灰白。他忽然想发一条长长的
短信——这里阳光正温暖

狗吠晃动夜的幕布，他迷迷糊糊地
掉进梦里。夜的鼻息深沉
霜白开始集结，在南面的北山上

## 错觉

这不是意外，昏黄的路灯可以证明
那些裸露的肢体是完美的

风拓印了标志性的笑容
人群开始变得稀疏

喝醉酒的人在路边呕吐，他收到一条短信
失聪已久的左耳直立在夜里

声音清脆悦耳

能穿透黑色的夜衣

## 秋之梦

悄悄拥起秋夜的哀怨，垭口
他比枯草还轻
风做的手杖支撑眼睑低垂的天幕

他经常会做同一个梦
西伯利亚寒流赶来之前
用黑夜的颜色涂抹关于春天的景象
以便更清楚的遗忘
曙光是开启闸门的魔匙

村庄提前进入暮年
他试着抹去一些白发，在冰凉的秋日
学会说一些闲散的情话
[以上选自《六盘山》2017年第6期]

　　马杰（1979—），回族，宁夏西吉人。作品散见于多家文学报刊。宁夏诗歌学会会员。

# 刘 岳

## 剧情（外九首）

我离开并最终抵达的地方一定是细雨飘过的村庄

那时我的父亲死了，母亲死了，我的女人也死了
蓝菊花在对面的山坡上静静地盛开

那时我家的大门上还贴着威武的门神
屋子里干干净净的，有熬过草药的味道
粮仓充实，瓷缸里盛满了清水

没有人
像一出悲情的戏剧回到了它的结尾

## 墓地

这里适合于回忆，思念，流下眼泪
适合于静默
一个人看着一个人

枯草太深了——
生与死之间
适合于一个人留给一个人
一段哀伤的距离

[以上选自《中国诗歌》2014 年第 3 卷]

## 戈壁上

天空在午后升起
戈壁滩上，一团含水的云

伸长，开始一种毁灭
我们坐下，在吐尽火焰的一片
灰色的植株丛中，感受着
荒芜与远大

但是，我们并不突出
一拨一拨的沙土
推向我们，在我们的面前
依次地堆起，死亡就像是我们
各自逝去的情人，留下时间，和更深的
寂寞，给我们

使我们低低抽泣
而在天际，山脉投下的身影
像苍茫的巢，隐藏起
远飞的鸟群；而注定，我们起伏的
内心，不断裂开的石头
在无序地滚动
［选自《中国诗歌》2015年第1卷］

## 生锈的水

像一张网，雨雾笼罩了
平原上的夜幕，小镇湿淋淋的
隐约着几片灯火。聊吧门口
烟火的味道，酒与肉的味道，往下沉伏
空瓶子堆积在巨大的木筐里
苍凉的午夜，一个女人踏着泥水
走进来。沿着昏暗的墙壁，忧郁的音乐声
盲目地萦绕着，一再重复。几个人
在独自喝酒，散坐聊吧的深处
雨丝飘了进来，虚掩的半叶窗前
一盆兰草垂下去，已经
寂寞地死去

**雨巷**

雨慢了下来，幽深的巷子
积着污水和淤泥，哪儿飘出了歌曲
断续的，淡淡的，伤哀的
近了，又远了
收破烂的人吆喝着，从巷口传过来
有一句没一句，依稀是女人
三轮车的响声清脆起来，突又陷下去了
像沉到了水里
冷清清的，空荡荡的
那些声音，是死的
[以上选自《诗刊》2016年3月号下半月刊"双子星座"]

**他乡**

铁梯旋在里面。一栋二层的
小旅店，长住着一个
艺校的女生，和她母亲。

她在傍晚弹奏古筝，
总是一支。

熟睡中我遇见，哀婉的水滴
在旅店前的石板路上，
轻轻溅起。

我住了三日。将一张揉过的纸
贴在她的门上，写着
我的梦：

2009年，夏末。
小雨。
[选自《诗刊》2017年4月号下半月刊]

## 雨幕下

抚物知其远近,爱而生悲

早晨没有推迟,它在一场秋天的雨里
将一排平房打开

重获骨骼的衣服再次取得表情

在晾衣绳上,它们
曾触碰过不同的水滴

## 身体

写作未能使我快乐,它把毒种在每天的
饭里,光中的木椅
凹痕里也有

我确定不了自己是否获得了疾病

在离开手指的一天
堆满玩具的床铺没有意义

而被我拿掉脸的镜面上,另一种可能是
它爬满别人的表情

我受雇于他们。一个赋闲的
高大佣人

似乎只余下了时间。在我凝视的高处,命运就像绳索上的
苍蝇,摆动;有时是一枝玫瑰
有时是我的身体

## 画里话外

黄昏在湖面上堆积,让我想到

掀动的经书。

湖边的长椅靠背上,柳枝正轻轻划动。
在身后,像一把
柔软的帘子刚刚放下来。

把它装裱起来——如果它是一幅画——我就不是黑色的
一枚穿过去的子弹。

## 五月

我有可靠的爱?我有才华?像一所监狱
在早上咳嗽?

阳光伸进来,戴着一双新的白色的手套?

我被轻轻地摇醒?为了我
磨损的声誉?

一个虚弱的女囚一样的思想?

她无数次地将手放在窗口上,然后,又轻轻地
拿掉的那部分?

[以上选自《中国诗歌》2018年第3卷]

  刘岳(1980—),笔名大悲手,宁夏西吉人。作品发表于《朔方》《诗刊》《中国诗人》《天涯》等。出版诗集《世上》《形体》。作品荣获宁夏第八届文艺评奖三等奖。宁夏作家协会会员,宁夏诗歌学会理事。

# 王西平

## 消失的原形（外六首）

你无法抚摸原形
一切都在消失。智障者啃噬着玫瑰的手柄
瞧，他发达的脯肉
他捕获爱情的隐形兄弟

雾霾渐浓，上帝卸妆中
官中的戏人忍受着，被油彩胡乱涂抹
哈欠是一种睡眠的饰物，招惹风过
并快速抄袭着流言

她们被怀揣的敌意吵醒了
她们掀起了灵魂的黑蓑衣
她们的秘密，嘎吱作响

人类已经没有力气，挪开自己的双手
孩子们遭受踩踏，谁在凌空接管死亡
谁又劫持了阳光

## 水渍畅想曲

梦是黑夜的唤醒形式
一只鸟正擦着雨天逃亡

有风，退去的水留下些许"不情愿"
那片蓝色的水渍，晒出了自己的海形

掀起日趋倾斜的深井
下面的世界未必洁净

一旦跌跌撞撞误入动荡的根部
消失的淤泥飞渡而来

有那么一瞬间
我沾染了噪音的双手落入鼓中
咕咚,击中了古老的敌意

请用琉璃的盐味按住这匹漫游的怪兽
豢养水渍的意义就在于
从无意义的存在里
提取一滴疾驰的光亮

## 春天折枝花要伤

我热爱弹指的响,但受不了
随之而来的空寂
我热爱南方的天,但受不了阴虚中的崩塌

春天禁闭在石雕里,无字可辨
一些错误正发生在过去。遗忘的墓碑上
一双落满草灰的手
一些落满草灰的风

就像掌控着一只橡皮艇
擦拭阴间的水面
就像火柴划过黑暗。十万簇的盲目之箭
击中了我今生的细弱

花期呜咽时
我折枝不慎,进出的秘密
暴露了长诗里的膝盖骨。唯有绿色掐汁
惊动着我的黑美茶香

唯有果实,蹲守在栗色的瓮里
仿佛盈盈不得语的矮佛,在逆流中
盘起散乱的长腿

## 哦,春

沙尘中鸟儿倒飞,其弹射的方向唾星四溅
高楼间,涌出欲望的泉眼
我此刻的心情高高扬起,压低了这无趣的天空

云上度日的大肚佛
垂下了无量的脚,他的威胁来源于暖日的积雪
每一丝毫发挥动着拳头
迎着风,坚持回到身子
荒芜的人间制造者,快速隐入一场失踪案
溺石三千,仍保持着被劫走的样子
甚至保持着永恒的不洁

这个春天,燕子掀翻了嫩泥,对谁不满
对一切避风的设施不满
唯有疼痛在寻找肉体
唯有疼痛停泊在灰尘的哨口才被吹疼

## 明月考察记

清晨,我牵手薄荷公主,茶过三日
边疆战事鸣笛,内地杨柳吐露新艳情,河道开阔
世事难料

仰面长啸,我以完美自我交付明月考察
油印的帖子布满玄机,每个小卒依次发言
他们站在北国第一束光上,背靠着腾空而上的锣鼓

那些吞食逗点的罪人,嘴里叼着黑暗的词根
那些身着灰色衣袍的道人,刹那间低头落下雪意的伪君子
那些埋进叶子,正在开扩大会议讨论环保的神们

每个人都有一出独上西楼的本子
每个公主是避难坑里的翻身家,是卡纸上诱人的小冰挂

他们统统用口水清洗,进行一场深入浅出的交易
[以上选自《中国诗歌》2013年第6卷]

## 不安

这是在不可信任的第二日
太阳掀动着蒸汽,大地上有我厌弃的世相
一棵树,混杂着尘土
出于自爱,它裹紧了枝叶

牧羊人挥动着长鞭,不可平息的
一抹清欢,纵使那青草变得薄寡
仅仅,翻过一个山坡
便瞥见了空气的贪婪

我们活着,天空印证着
这不算什么,因为无法掩饰的不安
仿佛歪理中的金坠,瞬间落入花间
[选自《朔方》2016年第9期]

## 枯草之筛

误入地穴,混同于萤虫
时光也别具一格,被黑暗分成三束
化为水杯,仿佛好茶需要炮制
需要警惕,更需要藏在爱伦坡的深处

唯一的目的是栖居
然后就是迷失。这泥土的天空
被横卧的根茎捆绑,我们浸泡在矿洞里
创造黄金的格言

死亡被捧在手心,突然觉得
像是穿上了一件没有口袋的衣服
也许答案就在其中
只是分散在不同地点的时间里

有人伏在马背横穿拱门
寺庙外，牛羊自持卤味
磷光在粪球上显现出应有的矜持
活着，就是遗弃
死去，便是强欢之后栽种的泪水之根

一直向下，误入地穴
死于饥饿，你就是窟窿制成的我
仿佛被光吃透的枯草之筛
[以上选自《草堂》诗刊2018年第3期]

  王西平（1980—），宁夏西吉人。出版诗集《弗罗斯特的鲍镇》《赤裸起步》《西野二拍》，散文诗集《十日或七愁》等。荣获第20届柔刚诗歌奖新人奖、桃花潭国际诗歌艺术节中国新锐诗人奖、安徽文学奖、扬子江年度诗人奖等，被《中国诗歌》推荐为2013年网络十佳诗人。宁夏作家协会会员，宁夏诗歌学会理事。

# 张虎强

## 宁夏镜像(组诗七首)

### 拜寺口双塔：苍茫瞩望

一袭凉风从山野中掠过
寂静的戈壁开始变得喧噪与战栗
仿佛烦躁这个世界。苍茫瞩望
群山、古寺、溪流、鹰隼心事重重
让自己完全赤裸。只有塔梦想着阳光
相隔咫尺，却能用心交流
永远是一物对一物，而彼此心照不宣
我从哪里来？又将归往何处？
两个形象顽强地依赖，一起诞生一起毁灭
一起受阻于孤独，包括飘浮的思想
面对双塔时，我的灵魂忽然顿觉
神灵安睡，塔尖的荣耀不会枯萎
任凭摧毁打击，修补过往
苦痛仍在延伸，可双塔的信仰坚挺

### 滚钟口：流光与萤火

在山谷沉默的呼喊，钟声雷动，响彻天际
饱满的麦穗应声倒地，仿佛萤火游走
是钟声啊，罡风的怒号
大夏皇帝的悲剧默无声息
无限的歌谣抛在了脑后
曲调已经哀婉缠绵
是钟声啊，流光尖厉的呼啸
活生生的现实充满悲伤，苦痛的话语
到处流散，信仰已经孤立无援

岭上倔强的松柏——发现黑暗存在
夜晚星辰的眼睛——见证市井百态
临别时刻，冰雪消融，河流奔淌
途中的风景疲惫崩碎，或许命中早已注定
走出谷口，寺内钟声全部消散
这短暂的时光啊

**黄河古渡：流逝的岁月**

今天，我们如此接近地交谈
只要力量充沛，我应该渡过河去
我不该停留在原地，徘徊在水与火之间
是时候了，暮色安详
船桨摇动，玻璃划开
无尽的移位，使我感到时间倒退
人生呈现清晰的坐标
这古渡太老了，而我却漠然无觉
通灵之门已然关闭
在流散的光阴里
等待那一场冬雪降临

**三关口明长城：魂动苍穹**

苍穹之下，我隐约看见
三道关雄浑蜿蜒的身姿
鞑靼与瓦剌猎舞战旗，毡帽上结满冰霜
阴郁的脸庞寒气逼人，兀鹰般贪婪
幽灵掠过，厮杀声震彻灵魂上方的空洞
暗夜永远存在。迷阵里，天堂的影子
不可抗拒。精华却已繁衍
赤身裸体地伫立在光辉中
缓缓地飘移着，等待时机再度破晓
蒙古军刀怎会轻易穿破这险峻的墙体
辉煌已逝，大元王朝犹如昙花
挣扎显得疼痛而又苍白
千年这样过去，锈断的兵器早已折戟沉沙

战死者耕耘了一片沃土,堪称大气之动作
站在关隘上都感觉到他们灵魂的沉醉
多好的遗产呀!我攀登,极目远眺处
发现惊人的一片光华

**水洞沟:生命的序曲**

你,无意之中打开了
通往亘古的时光隧道
我停下脚步,为了解这时间之声
寂静的目光,庄重地扫遍世界
那断崖幽暗的边缘,深藏古老的韧性
残留的物件,灵魂与河流一样深沉
我渴望看清对岸白色的罂粟
可枯草杂乱肆意,搅扰了平静
于是地球板块浮游,我看见大地
燃烧起愤怒、震颤、喷发、恐龙灭绝……
山河重塑,古人类惊现
这是恒星运行规则
从未有过的信仰蔓延:五彩缤纷
这里,石器和古动物化石蕴藏生命的核心
城堡和烽燧诉说凄凉的灵魂
地貌和景观回溯浓重的阴影
人啊,就从这里繁衍生息
多么绵长又充满幻象,我的目光
穿过流经的大河,蜿蜒的长城昏昏欲睡
一只鹰隼飞入荒谷,落日呜咽
这样的日子,千年以来,一如往常

**沙湖:醒在季节之外**

湖面像明镜的银光,折射出光芒
这可爱的流年呀,我的眼前呈现春天
千万条苇叶向四周伸展:树立希望
飞鸟投影于日晷:失落于天堂
游人如织,幻想天涯芳草

当场景音乐生成，我甘做舞者
不再惧怕酷暑与寒流，冰雹与烈火
就连呼啸的风，也瞬间停止喧闹
这样的物象，仿佛一种神性的召唤
半边莲绽放，爱与阳光，鱼和水草
生命唤醒，灵感激发
流水的深度，早已盖过了日头
余波荡过，情爱播撒，星辰闪现

## 黄羊滩：重构与记忆

时间安睡。这荒芜而贫瘠的田野
砾石、芨芨草铺天盖地袭来
我怎么能够制止它的到来
它又怎么不能触碰我的灵魂
我惊讶，太阳和星辰毫无更动
我看到的世界依然是昨天
没有半点好转。我不知道
用什么方法去拯救
该发生的总要发生
这生活之恶呀！万物已是奄奄一息
转过身去，只有风悄无声息
只有云朵酷似黄羊群
而我在幻象之上，感觉空空如也
[以上选自《朔方》2016年第9期]

张虎强（1980—），宁夏固原人，现居银川。诗作发表于《星星》《绿风》《诗选刊》等，入选《2010中国年度诗歌》《宁夏诗歌选》等。出版诗集《寂寞深处的风景》、散文随笔集《入梦的爱与痛》。

# 屈子信

## 城市之鸟(组诗六首)

### 有你在真好

那些种植了思想的人去了哪里
喝咖啡,想不应想之事
光使人缠绵的不速往事
能整整灌醉一座城市
我有时在想:有你在真好
你不是注定的灯,或许是另一种植物
或被遗弃的小饰物。反正没有追逐的勇气
大声吧!足足能穿透自己的肉体
跑出去,你却在大街上丢失了自己的灵魂

### 袋鼠之约

旷野伸展。阳光拥有野草之躯
那些挂在光亮中一串串的珍珠
白的黑的,有袋鼠奔跑的弧线
夕阳中,草茎摇摆
是谁种下的深沉诱惑?
一杯接一杯,那些盛满长相思的酒杯
酒生长在这里的每一片草叶之上
这诱惑之约,是那硕大的肚皮下
深藏的野性之美

### 在黑夜里彷徨的石头

你或许和我一样
经常徘徊在黑夜的怀里

通过咖啡强制醒脑或昏昏欲睡
很多时候大脑一片空白
你总是和我一样
把黑夜视作一件极具杀伤力的武器
刺向自己的头颅
关于工作和生活的一切无从说起

## 情人节之夜与鸟

你身上遍布的葡萄之光
一次次唤醒谁的躯体
飘动的石头一样
在不觉中复活，死亡的枝条之花
诱惑的果实，形与性
交融。碰撞。光亮穿越
一切黑暗之域

## 葡萄的夜

飞来飞去，可筑进梦里
大街的一角，那些失落的石头长出翅膀
今夜，就要飞出去。飞向哪里
我的羽毛啊！遍体的羽毛
在不见五指的黑夜
抚摸做了很久的梦，做梦
苟且的梦啊。飞向哪里？
你睡在玫瑰花伸开的臂弯里
像个孩子。飞来飞去
酒杯燃烧，羽毛燃烧
顽皮的时光飞来飞去
储藏在大地深处的花蕊
飞向哪里？石头飞起来
葡萄的夜里

### 一天之中

打开笔记本,眼睛直视显示屏
一辆枣红色的宝马 X6
一天之中,总有几次看着它从北跑向南
两侧的高楼连同巷子一起
静悄悄地没有一点声响

几只蚂蚁在桌子上,从前到后
绕着文件、海报跑来跑去
茶汤越来越清淡
一天之中,它们总是借着茶杯的温度
提速,减速。那些密密麻麻的文字迷宫
既没有入口,也没有出口

和往日一样
音箱里不断循环着"有你或者没有你"
整个世界跟着一起欢呼
一天之中,就连笔筒里废弃的
几支碳素笔都不得安分
而我,不是我自己
[以上选自《朔方》2016 年第 9 期]

　　屈子信(1980—),宁夏西吉人,现居银川。诗作发表于《星星》《朔方》《中国诗人》《中国诗歌》等。出版诗集《一只鸟的非正式报告》。宁夏作家协会会员,宁夏诗歌学会会员。

# 马晓雁

## 干花(外六首)

人世间的幸福如此简单
简单到令人哀怜

这一把美人蕉
也像有时光可以荒废一般
投下她无需浇灌的美艳
在白墙上

## 遇见

草木白了头才懂得
清简之美

疾风在一枚与烟同行的石子中
照见自己

冬天患了脚疾
坐等寒风吹刮,大雪覆盖

屋外的万水千山啊
究竟为谁预备着

一位执着于旧历光阴的老人
也执着于那迟迟未到的

雪生的篝火
一场空性的慈悲

[以上选自《飞天》2018年第1期]

**断流**

彼岸的姐妹
你说的温暖没有果核

十二月末的北方还在结冰
夜韵散碎,没有原路可以返回

没有熟识的亲人住在乡下
古老的炊烟不再升起

沿一条断流的河床走下去
不必打捞

往事自有去向,不像我们
一生都在描述虚无的形状

**登高**

白马已经饮过河水
布鞋上的雪泥也已濯洗
那些遥远的高山我们一起去走吧
一起,便是抵达

带上你手的温柔,额前发的倔强
也带上你劣质的争吵
在那些孤寂寒冷的夜里
它们也是可依偎的篝火

绕过低处的风烟
沿着岁月拾级而上
落叶依旧是落叶,夕阳依旧是夕阳
但,另有人间

[以上选自《六盘山》2018年第2期]

## 北窗

祖父这扇北窗如果关闭了
更多孤独和漆黑会来照料祖母
仅剩的尘世吧

他的儿孙从各地赶来病院
仿佛在追赶一次应季的采摘

朔风中,祖父甚至递来乞求的目光
可是,这时节

还有谁能够打捞
疼痛几乎兑换了他全部的骨质

他浮肿的身躯蜷缩成一枚枯叶
如果顺流而下,落在河面上的传说
将再次抟造他吧

## 黄昏

晚炊的炉火正红
此时不出门,就不会有旧时心情

此时不相问
千山万水垫高的这碗茶汤
就不会冷

但,跌落也是可走之路吗?
一日春景将尽
小摊贩贱卖了最后的黄昏

## 纸灯笼

母亲醒了
我们在梦里怀念母亲

母亲提着纸灯笼去泉边挑水
倒满水缸吻了我们

回望身后
我们没有种下泥巴或者菱花

种下一个梦魇
以为母亲是可以永远相伴的

直到母亲说"怕是以后再没机会"
直到我们认出那种危机

直到母亲走出家务去旅行
她一路的喜好让人愧疚

除了我们的需要
我们竟从不了解我们的母亲

直到那个手持纸灯笼的孩儿
再也无人抱慰

马晓雁（1980—），女，宁夏隆德人。就职于宁夏师范学院，副教授。作品发表于《朔方》《诗探索》《飞天》《时代文学》等。出版文集《深寒》。曾获宁夏第十一届社科优秀成果三等奖。中国文艺评论家协会会员，宁夏文艺评论家协会理事，宁夏诗歌学会理事，宁夏文学艺术院第一期文艺高研班学员。

# 郭 玛

## 我心上的树叶儿落了（外四首）

十月里
针眼里逃命
六盘山上层林尽染
谁从春意盎然中走来
穿过盛夏繁华

我清楚地知道
人生的秋天来了
我的胸腔里涌动着成熟的落寞
当浑黄的森林柔软地覆盖了坚硬的山头
看不见的鸟儿在声声对唱

爱我的人借了一面山坡表白
他说：你一定要照顾好自己
要过得幸福
啊，你是我唯一爱过的女人
泪水填满他的眼窝

我低头
用力地揉搓着衣角
却发现衣襟上的面渍
那是我为爱人煮饭的痕迹
虽然，他已离我而去

唉，我心上的树叶儿落了
光秃秃的枝丫瘦在秋风里
在安静地等待一场彻骨的寒冷
让我交出生命中最后的美艳

不说再见
［选自《回族文学》2016 年第 6 期］

## 没有你的固原是一座空城

亲爱的，为了那次推迟的远行
有人在布列瑟农的旋律中整夜泪流满面

亲爱的，杨柳依依的三月，没有长亭更短亭
大风往西，往西，一直往西

亲爱的，千万个借口也不是理由
只因了你颔首默许，一个微微的眼神

票退了，火车却远走了
一节一节驶向戈壁，荒漠，城市和湖泊

亲爱的，我仍在固原
只是在一个不经意的下午

空了人，空了心，空了整座固原城
亲爱的，你哪里去了
［选自《黄河文学》2016 年第 10-11 期］

## 我的手

我只能说，这是一双经历丰富的手
翻过芬芳的书页和春天的风

清洗过无数的衣物
包括你的臭袜子，一次次变白

穿过无尽的油烟，端出全家老少
营养搭配的饭菜

指甲永远剪短，不能有倒签

绝不可能贴水钻，涂彩色的花朵

在它还白嫩的时候，你只吻了一次
就长上了厚硬的老茧

如今，这双手刨食的鸡爪子
握不住几颗粮食，也握不住你

## 草药

草药从四面八方奔我而来
身披风霜雨雪
翻越千山万水
来赴一场前世的约

我咳着，痛着，忧伤着
药香弥漫，自红楼梦而来
葬林妹妹的花，吟她的诗
流她的泪

泡，煮，先煎后下，一字不落
文火，烈焰，慢炖，一丝不苟

这是最初的约定
亦是最后的告白
我要将这人间的苦涩咽下，咽下
带着千里迢迢而来的泥沙奔向泥沙！
［以上选自《朔方》2017年第1期］

## 雨打萧关

萧关古道
雨滴落在我的衣衫上
一片柳叶把泪水
滴在王维的诗篇上
瓦亭的陶已被秋风打破

当你踏上古旧的城楼
把尘封的苍凉倒出来
再细细咀嚼一番

自古褒姒媚幽王
放下金戈铁马的往昔
是谁一笑失了江山
山川始终保持缄默
当你的心事秘密地蔓延
萧关内外仍旧烽烟弥漫
人生这场没有烽燧的战争
你屡战屡败,屡败屡战

如果,雄关古道心有灵犀
你情愿背负秦长城一样的伤
任风吹雨打,刀光剑影
避免骨肉分离,成就儿女情长

岁月漫长
不知还有几度仰天长啸的秋
能潜入大地僵硬的身躯
把铁瓦亭也控扼不了的命运,继续唱响
［选自《朔方》2018年第4期］

  郭玛(1980—),回族,新疆布尔津人,现居原州区。诗作发表于《回族文学》《绿风》《飞天》《朔方》等。曾获《朔方》第二届文学新人奖。中国少数民族作家学会会员,中国诗歌学会会员。

# 李兴民

## 郊外（外五首）

春日阳阳，你走向郊外，让蜂蝶引路
走过小树林
瞧：这些云杉国槐白杨垂柳
还有麻雀呱啦鸡喜鹊兔子什么的
大自然的宠儿，说着各自隐秘的语言
不要停步，向着远处，走过农舍，田园
走上微风吹的冈上。弯下腰
看一大片冰草丰沛茂盛，再抬起头来
眼前半坡桃花，勾引你的心事
云淡风轻，你仰天吼一句酸曲：
哥想妹着上了梁，眼泪就不住地淌

头上苍穹，脚下高原，你站如松
可以好好找一找顶天立地男子汉大丈夫的感觉
好好指点江山，痛骂历代皇帝
一个人的郊外，你甚至可以
绅士般优雅，当一当自己的贵族
直到傍晚，你还可以很文艺地哼着
俄罗斯民歌。一介书生
可以适当演绎一阵子浪漫主义情怀
但不敢太久，你得赶紧返城

千万不要因为景色的怡人而写诗
请抑制你的冲动
保持美好的守望即可
让诗歌一再孕育，瓜熟蒂落
并且让诗歌被风吹，日晒，雨淋，被热捧，击打

染上自然之美，或生活的底色

回到城里。与郊外不同的是
你将很快淹没在人海中
在市井凡尘奔波，卑微，世俗，且有些混蛋
刀笔小吏，在偌大的机关里
文海捞针，露露脸或者装装孙子
偶尔做做升官发财的白日梦，也未尝不可
［选自《朔方》2015年第7期］

**陪母亲择菜**

节假日，回趟老家
母亲买来一大筐
萝卜青菜，比她小小的幸福还多

母亲老了
游子也不再年轻

那些菜蔬，虫咬的，腐烂的
都被我们摘掉
而岁月留在两代人身上的暗疾
怎么去除

**让人温暖的洁净**

正在清扫的阿妈
二十多年都是同一种姿势
埋头，弯腰，挥动扫帚
斋月的城市
街道洁净宛若白盖头
这是固原市区常见的风景
一群回族环卫女工
皈依清洁家园

初冬的凌晨，寒意袭来
全城劳作的橘红
多么像鎏金汤瓶
让人感到温暖，洁净

## 一条狼狗

你已经没有了狼性
却依然是一条好狗
谁给你一根骨头，你就会
对着谁摇尾巴
养尊处优，被抬举惯了
沾染一身恶俗
更像一条癞皮狗
拴在某单位门口貌似守土有责

## 假树

开发还在继续，规模不小
花园变成了停车场
绿地陆续萎缩
油松，云杉，垂柳，丁香，月季
移走了。三叶草连根拔起

住宅小区，已经塑成了一棵树
假：工艺品，北方城市有了江南名木
大：耗资比树型还巨大
空：没有生机，空有一片绿色
这一棵树，还挂上了灯笼
夜晚，打开电源
盛开着迷人的花朵，硕果累累

是的，小区档次更高了
再涨一涨房价，也无可厚非

### 邻家大嫂上岗记

邻家大嫂风韵犹存
她比平日里多了一分女人味
逢人便讲：我快上岗了

邻家大嫂对我讲：最近环卫所招工
托了熟人报了名
自从厂子倒闭，找了几次工作都没成
上回去小餐厅想给端盘子、洗碗
干那活的标准都是：人要年轻要漂亮

这回算是找着了，多少能补贴一些家用
家里的死鬼老汉，平日里打工回来
抽几口闷烟，喝几口闷酒，倒头便睡
家里的死丫头，念书学费节节高
除了一身校服连换的衣裳都没有

邻家大嫂逢人便讲：我快上岗了
直到把自己讲成祥林嫂
邻家大嫂终于上岗了
用一把扫帚扫尽了
身上仅存的一点风韵
[以上选自《朔方》2016年第9期]

李兴民（1980—），回族，宁夏西吉人。就职于固原市行政审批服务局。作品发表于《朔方》《诗歌月刊》《中国诗人》等。出版诗集《放歌西海固》《洋芋花儿开》。作品曾获《诗探索2011年度诗选》优秀诗歌奖。宁夏作家协会会员，宁夏诗歌学会理事，宁夏文学艺术院第三期文艺（诗歌）研修班学员。

# 王佐红

## 难以再回到黑夜(组诗五首)

### 历程

一座城市到另一座
我们经历了路、收费站、加油站
客车里的录像和瞌睡
我们被一个词运载着,不容分说

偶尔掀起窗帘
我们看到近处的护栏、丝网
和远处的模糊不清

时间过去了
我们经过的是路,而无风景
一个出口到另一个是我们的历程

### 再写黑夜

这盛大的黑夜一直被我忽略
多么多的遗憾啊
一个又一个宁静的夜
盛满空旷、孤独和丰富
还有我一个醒者的寂寞
我往往注意不到灯火
我只看到它旁边黑夜的真实和具体

妻儿在熟睡中
发出香甜的呓语和鼾声
远方的父母亲人也定在熟睡之中

这黑夜的美妙由我独享
我常常在这些时候感到幸福
宁静,并重新打量起生活

热爱黑夜吗?
偶尔会在心里问起自己
肯定是的,对黑夜做了如此多的赞美
之所以如此,一般是因为在白天
我获得了足够的奋斗、汗水、满足和喧嚣

**多年来,我难以再回到黑夜**

黑夜,我在哪里?
或者黑夜在哪里
我已经很长时间模糊不清
多久啊,我难以再回到黑夜

那种静谧流淌的黑夜
繁星满天的黑夜
蛙鸣虫躁的黑夜
狗吠鸡鸣的黑夜
月光清扫大地的黑夜

强调似的闭上眼睛
我的眼前还是没有黑夜
沮丧占满整个的我
睁开眼睛,我的眼前是灯火
任凭窗帘、门徒劳地存在

我知道黑夜
其实多次到过我的身边
还是多年前夜的黑
而我有时候并不在自我的身边
有时候即使在
身边也不只是黑夜

**热爱**

春暖花开,她说
我们对生活充满新的热爱
他们都很幸福
她感叹着,他们住在陶然水岸
森林半岛,高尔夫家园

我们需要回家
公交站其实就在前面不远处
这会儿不怕废或许还能挤上去
我们没有品牌的衣饰
没有值得损失的东西

我们的家其实也在春天里
稼禾初长,青草吐出绿意
虽有贫穷、疾病、无助、欺骗
但也是从冬天里到了春天里

**埋牛**

黄昏来临,草木伏兵一般静默
空气吐出铁样的味道
土城以北,牛的哞叫泣血而立
它们被怀疑患上了"五号病"
深坑掘好,等待埋葬人类的恐惧
在坑与岸之间,牛们没有选择
牛事已去,那个黄昏之后
更多的黄昏来过

[以上选自《朔方》2014年第12期]

　　王佐红(1981—),宁夏固原人。就职于黄河出版传媒集团。作品发表于《作品与争鸣》《文艺评论》《星星》《朔方》等。出版诗集《背负闲云》,论著《精神诗意的唯美表达》等。曾获宁夏哲学社会科学优秀成果奖等。中国文艺评论家协会会员,宁夏作家协会会员,宁夏文艺评论家协会理事。

# 杨 燕

## 晨光中的土地(外五首)

城市迎来了一身晨光
一下子柔软了起来
平底鞋下的砖块酥酥地化开了
从解冻的泥土深层
渗出或近或远的丁香气息
晨光也染上了丁香般的紫色

城市的泥土也是这般
养育花草，接纳腐朽
土地的深层也沉睡着
这个城市的祖先
点点幽光是这晨光之源

我迈着朝圣者的步子轻叩土层
希望路人也能一样
不去惊扰我祖先的安眠

## 归来

又坐在这个靠窗的位置
又是一个明媚的下午
太阳光从对面的三角建筑
斜斜地落下来

也是刚刚昏睡了一小段路途
我的转椅依然悠悠地晃着
和着淡淡的音乐的节奏
只是玻璃上蒙了点尘灰

对面的楼刚刚经历了修复的创痛
窗帘显出苍老的疲态
那只侧身而过的鸟儿
一个下午，都没有来

## 冬至

造物主也会偏执若此
最长与最短，最远与最近，最寒与最暖
被温柔而残忍地延伸到了极致
极致之后，奉上另一种柔和

温润与恬淡，把一年中最长的夜晚
用来肆意地想你
然后，让自己在三九天的冰层里
沉沉睡去，余下的
待来生支取

## 我的城

我把自己一个人埋进光阴
种在向日葵底色的土壤
剥开我坚硬乖戾的外壳
让我柔韧的爱恨向深层张望

我关注平凡忙碌的烟火
关注日生风起星辰的闪光
关注夜深处灵魂的梵唱
偶尔也思考
与人类的命运相关的事

一个埋进时光深处的人
像冬天可可西里荒原的野兽
让你看不到一点慌张
他们看我像野人一样
我的城就坐落在有我的地方

**我们习惯于深夜归来**

我们习惯于深夜归来
像这个颓废城市的故交
在相对低调静止的时空
放下关于美好人生的负累

像一只温顺的猫
将身子松软地蜷起来
伸开,再蜷起来

白天,我们惯于用残忍的方式
爱自己,唯有此刻
我垂下眼睑,一切都低下去
星星回归天幕,我的爱
转向了生活和生活之外

**我选择在夜里出行**

半夜返回,逆着众生的方向
独占清寒与孤寂
我不说话,任雨雪落下来

在立冬之前,做一颗冰凉凉的
瘦瘦的松针。城市那么大
我距自己,只有和影子的距离
[以上选自《朔方》2016年第9期]

　　杨燕(1981—),女,宁夏盐池人,现居银川。诗作发表于《六盘山》《银川晚报》《朔方》等。宁夏诗歌学会会员。

# 秦志龙

## 节日（外五首）

一杯茶，一本书，一帮淘气鬼
还有一座山，和我们一起鬼混
早已高于物质，更不以物役人
只知道玩吗？在节日里
她们掀起一场火
烧掉了乡下的沉寂
和爷爷奶奶的愁眉
更远处的波澜壮阔
早已被眼前的这场火烧得粉碎
这火烧得舒畅开怀
烧得曼妙从容
作为古老民族的火种
它将继续烧下去

我所追求的辉煌的节日已经过去
而这承载希望的节日再次光临
多么平淡的过往
多么美好的光景
带着春华秋实的一生
瞩目丰碑矗立的纪念
在毕其一生的关口
和解万物，放下时间

节日里，放下镰刀和锄头的乡亲
宰鸡宰羊。等待回归的儿女
空巢的老人和孩子也能拿到糖果
更有孤独者
他们是赤子是愤青是迷茫的一代

背负家国行囊
在人迹罕见的旅途踏雪寻梅
用一叶草一露珠或一杯清酒
告慰亡灵

丰沛的雨水罕见地抬高了湿地
一条肥胖的白鳟试图穿越沙丘
返回团圆的族群
只有诗人，孤独地在黄沙古渡
上岸。而他的诗句
试图割开一寸光阴
存下几度沧桑

## 岩石上的太阳

贺兰山的扉页被风吹开
只为等你一万年
化身岩画，挂在山巅
在时间的路口与你相遇
给你太阳一般的脸庞
太阳一般的目光
太阳一般的力量

是对神的崇拜吗
还是对爱情的渴望
巨石承载了记忆
风雨打磨了泪痕
在英雄的诗篇里
闪动少女的舞蹈
太阳辉煌，为谁守望

## 回答

我正在穷其一生
追求我所想要的东西
原来它就在脚下

我太渴望成功了
以至于忘记了它
许久，这熟视无睹的东西
长时间不被理解
从未离开我们的大地母亲
她有时荒凉，贫瘠，充满沧桑
但人世间哪一个伟大的东西
不是从泥土中长出来的
这就是我的回答

## 中秋

秋后的雨水多了
洗刷着屋檐的旧镰刀
漏雨的老房子
斜躺在荒凉的群山之中
几十万的贫困人口从西海固迁出
入住黄河岸边
只丢下这残垣断壁的光景
和这把旧镰刀

它曾经和我一样年轻
收割过坟头的麦田
收割过荒野的苜蓿
收割过祖辈的饥荒
也收割过一茬茬的青春少年
如今只留下这要强的骨头
被风湿包装
准备随时向大地出售

## 不是科幻

越过时空
走访的专栏作家是一位机器人
今日头条和每日头条都是很对胃口的特供产品
头号玩家在跳广场舞

机器人和机器诗人都是知本家
它们的父亲是住在贵州大山洞里的服务器
海量般的数据成为它们的母亲
影像飞行的不仅仅是一条河流、一座大山
而是全球系统
只要你想得到的贫穷
没有你想不到的富有

## 天空树

在高处行走，向空中伸展
像鸟一样飞翔
从盘古到夸父，我们跋涉太久
天空之泪如雨，洗涤我高昂的头颅
头颅之上高悬着不可测知的天空
我伸开双手，五指并拢
接着连通未来的这场透雨
在手心与天空之间
集聚沉默的敬畏和雷电般惊叹的神奇
以高楼为台，以目光为桥，以想象为翅
打开空域的地盘，丈量天地的高度
享受空中之美
——手可摘星辰，把酒问青天
如何才能长久地生活在天空之上
放个风筝吧，那断了线的
就是我最后的追问

  秦志龙（1982—），回族，宁夏泾源人。就职于自治区旅游局。诗作发表于《朔方》《星星》《诗选刊》等作品。著有诗集《寸草》。宁夏作家协会会员。

# 王学军

## 初逢雪（外五首）

晨起，我轻放脚步走进童话
守候时间的那盏路灯，洒落温暖的微笑
早起的孩子静静地走向憧憬中的春天
世界是一面混沌的镜子
那些镜中的神灵隐入秘境

隆冬的风，还是没有高唱悠扬的歌
只有轻柔的鸿毛，从眉目间柔柔地滑落
我躬下身躯，独自前行
不敢回望身后犹豫的印痕
只有那一片白，无边无际，通向未知

## 晨雪

晨起，站在静谧的天幕下
精灵披着晶莹的翅膀
正漫天飞翔。我闭上蒙尘的心眼
童年的世界就在眼前，正无限延伸
这柔软的地毯，洁净又温凉
就连身处的村庄，都躲在沉重的覆盖下
开始了安静的冬眠

我试着睁开尘世的双眼
牧羊的邻居披一身脏雪
他的羊群薄薄的
在迷梦的混沌中，孤独前行
哪里传来了男人的喧哗
惊起了一只寒鸦，咆哮着，急急飞入犀景

**冬日远行**

向南，积雪躲在背阴的沟坎下
聚集寒冷。只有午后的太阳
懒懒的，闪着亮亮的波光
阳光红彤彤的，大地如一面镜子

远行的人走在镜子上
家越来越远，远方还不知在何方

**给恩师寒木老师**

广袤的大地上，你就是那棵守候孤独的树
站在粗粝的风中，根深蒂固，羽翼丰满
细微的繁琐在脚下堆积，你遥望湛蓝的天空
我知道，你痴迷于广博的蔚蓝
金色闪闪的朝阳给你鹤发童颜
你的靛蓝色长衫暗藏着绿色的火焰

你总是披下翅膀，用耿直的身躯给我温暖
此时，南行的列车上
我听到涓涓细流，从你的方向，穿入我的身体
滔滔不绝，流向前方

**关中梦寐**

这里就是传说中的八百里沃野
老辈人故事里的关中吗？
原野平坦，远方清晰
绿色的麦苗藏在白雪下酝酿丰渥的期待
朝阳撒开一抹薄薄的金黄
散落的村庄多像我身后的羊群
奔跑在旷野中，越跑越散，迷失了方向

还没有从昨晚的噩梦中醒来
那触目的厮杀，撕裂魂魄般的悲鸣

百里缭绕的狼烟，弃家流浪的老少
那漫山遍野的饿殍
哦，关中
眼前的你和梦里的我到底有多遥远

## 夜晚怒涛

我似乎听到大海的叹息，从夜的深处涌来
越来越近，越来越清晰，越来越澎湃
人流喧嚣如潮，如万马奔腾般滔滔远去
夜如纱，隐藏的美貌在闪闪星光下，渐渐隐现

我怎能安眠，风中弯曲的背影还在呜咽
在我的心田里，荒草疯长
时间撕裂的身躯已经腐烂，夜行人正在消失
北斗星装扮的天空也归于暗淡
只有笔下的火苗在册页里燃烧
撕碎千张纸，随风飘扬的只有灰烬
那一星火花躲在水中
等待又一个春天，终会燃起绿色的火焰
[以上选自《辽河》2018年第7期]

王学军（1982—），回族，宁夏同心人。作品发表于《回族文学》《辽河》《朔方》《回族文学》等。散文荣获得第七届新月文学奖。散文集《脚下的河流》列入2017国家少数民族文学重点作品扶持项目。宁夏作家协会会员，宁夏文学艺术院第六期文艺（综合）研修班学员。

## 许 艺

### 春日里（外五首）

时光和念想
隐秘的疼痛，在岩缝间
沉沙与黑水的爱情或苟且

一年又一年，焦土之上
桃花苦撑着关于春天的流言
女人身上久不愈合的刀伤
闲置的子宫，拖欠的债务及前路

真诚与狡黠同时闪现
承诺，隐忍，无从分享的过往
袒露虚伪的个别戏子
在一些瞬间，献上无力的垂怜

全部的黑夜，风吹着空酒瓶
与孤独的出逃者
安慰，互伤，相伴——无关

### 屋顶歌

暮春从季节逃离成为一种心境
在这个潺热的地方
风筝从楼顶起飞
从一月开始的逃亡
在三月陷入一座没有敌人的空城

太阳在白日里留下的秘密
旧木桌了然于胸。大雨将至

它必迎来又一次的朽腐
而我坐在侧旁
等待着未名的、未知的一切

钟响七次，谁的情郎将推门进来
而谁，将在此刻化作无爱的游魂
行走在一个阔大的人世

## 车过临安

谢谢你的好名字，赐予我过路的安宁
竹林如站立起来的幼狮
向着夜色，张开它们稚嫩的小爪子
暮色四合的大地像思念，悲伤
和一些本该绵延无尽的事物
比如应许，比如时光
比如一个人在路上
［以上选自《朔方》2018年第4期］

## 家园

十年以后，村庄荒芜
有情人出走，有情人归来
我输给了命运的预谋。但你并不知道
它们刺进我心脏的一刻是温热的
于是，我开始看见近处的垂柳
依然保持着年轻时的样子
河水清浅。青春像鲜血
流淌在破损的脉管
穿越尘世与病瘴
有情人，我没有死在寻你的路上
年轻的风路过草垛，路过村庄
一如我们路过彼此的人生
冬去春来，所有的心绪
不会比一颗成熟的丝瓜更纠结

## 熄灭的河流

在偶然的,你所不知晓的水井边
我刷洗疲惫的绳索
秦淮河的歌,唱尽世上所有的曲
水袖边滚落的叹息里
我兀自流泪,一只一只
捻灭桥头大红的灯笼
在偶然的,你所不知晓的水井边
我正独自老去

## 离歌

残月如饼,不饲育饥饿的流民
等待泪水的漫漫长途上
眼眸碎作尘埃,年复一年
那古旧的城垛比夏风更长久

眼前是陌生的河水与牡丹
如果忍痛咽下的刀刃越来越锋利
请把嘴巴张大些
试着歌唱,或痛哭

遥远的异乡
种子在手掌中轻轻发芽
你疼爱过的灰鸽子
正啄食,一颗又一颗明亮的星

许艺(1983—),女,宁夏隆德人。宁夏师范学院讲师。作品发表散见于《上海文学》《山花》《大家》《青年文学》等,入选小说选本。出版短篇小说集《说谎者》。曾获《上海文学》短篇小说新人奖、首届《朔方》文学奖新人奖。《女诗人的榆树》被译为英文,宁夏文学艺术院第二期文艺高研班在学学员。

# 马生智

## 去旅行（外七首）

我举意去旅行，领上我的黑狗
在毛乌素沙漠的腹地，我决定
脱去那些裹在身上的东西
首饰、衣服、变色的眼镜
我让自己还原至最初的状态
我和黑狗一起，我们自由地狂奔
和着温柔的风踏着泛着金光的沙子
向着洒着金光的太阳
跑不动时我们踽踽而行
追赶着即将落山的太阳
一条黑色的狗
一个失去了眼睛的野人

## 端午抒怀

这孪生的沙漠——腾格里，毛乌素
可是你绝望而赴的江河？

以朔风为桨。以罗山为船
我在这沙的暗流里乘风掌舵
依循你数千年不褪色的踪迹
寻找一副钢铁般坚硬的骨头

千帆扬起，万桨搅浑了沙的河流
我以风穿松林为我划船的号子
以万桨搅翻的沙石为我长流不息的泪水
于千帆之隙孤独划进，只为找寻你的骨头

**一个清闲的中午**

这是个没有风的中午
云彩在山的另一边偷懒
我也闲着，在清云湖畔
与一群被移植的杂树相伴
树们忽视着我的存在
这与我无关，我习惯一个人
背对着太阳看光与阴影争战
我知道这场战争的结果
如同知道我必将死亡的明天
以及我还能清晰记忆的昨天
这一切都与这个中午无关
这个中午我用难得的清闲
将自己放在光与阴影中间

**一个人的旅程**

驱车。在黑夜的深处
依循微弱车灯界定的道路
一个人在记忆的旅途上找寻
唯有借助夜的遮掩才能找到的风景

感谢相向而来的车灯
他们温暖了我孤独的行程
那些与我擦肩而过的路人
我也感恩你们短暂的陪伴

**十字路口**

一座陌生的城市
人与车的暗流裹挟了我
在红灯亮起的十字路口
我看了一眼路标

右转是图书馆——
那里珍藏着我金黄的梦想
左转是农场方向——
那是栖息诗人灵魂的地方
我驾着梦想，想去农场或者图书馆
却被裹挟在直行道上
绿灯亮起的时刻
人与车的暗流推着我驶向前方

[以上选自《朔方》2016年第9期]

## 早春

在万花盛开之前，种子
尚未做好发芽的准备
一场沙尘暴赶着
另一场。十万沙子
借着风的力量，打磨
那些枯黄于昨年的野草
在绿光被磨亮之前，迎春花
孤傲地立于一片焦黄之上

亘古的磨刀声穿过
秦岭，腾格里；穿过
黄河，六盘山；穿过
奔驰的车流，焦躁的小镇
穿过温热的下午，神秘的夜空
磨刀之声远比一点一点
磨去那些枯黄
更加令万物亢奋

## 雪夜

雪花自黑色之外缓缓而来
满载神的祝福
雪光自下而上照亮大地

每一个角落

今夜的城市没有阴影
今夜大地安详如熟睡的婴儿
遥远的枪炮声被雪幔遮挡
阳光下的阴影被雪光照亮

今夜,没有人敢伸手
怕染污这纯洁的大地
没有人敢大声说话
怕听不清神灵的祝福

## 今夜,月光温暖

今夜,月光温暖
一想到照亮我书桌的
月光,也照亮着你的小窗
东岳山下的水就一路小跑
顺着清水河
在洪沟滩唱起了花儿

今夜,月光温暖
一想到撒在红寺堡的月光
也会撒在欧洲和非洲的土地上
巴颜喀拉山上的雪就化成了水
沿着古老的河床
奔向沿岸的黄土黑土地
[以上选自《朔方》2018年第9期]

马生智(1983—),回族,宁夏固原人。现居宁夏红寺堡。作品发表于《六盘山》《吐鲁番》《朔方》《回族文学》等,入选《中国乡村诗选编》。中国少数民族作家学会会员,宁夏作家协会会员,宁夏文学艺术院第六期文艺(综合)研修班学员。

# 丁壬甲

## 戈壁滩上（外四首）

我们又一次来到了这里
张开双臂大口地呼吸，我不敢尖叫
怕打扰这里栖息的野兽和飞鸟

我热恋着戈壁滩
以及戈壁滩上的每一块石头
这是我内心渴望的苍茫，辽阔

戈壁滩上，躺着穿过云朵的阳光
我们搀扶着走向远方
我喜欢这里，风的吹拂

哪怕是几声乌鸦的叫声
也让我的全身血液激荡，我抱紧你
我要与戈壁滩上的石头，风，阳光
还有青草，融为一体

万物吞噬我，包括我的痛苦
可以重生，重新净化我们的身体
我们紧贴戈壁滩，荒凉寂静

## 边城

欲睡的落日，没有掩饰自己的羞涩
我开始诅咒一处孤立的楼群
它生硬地劈开了完整的黄昏

蛮荒的土地，草木塌陷的深处
有鸟雀飞起，我打扰了它们的暧昧

我想留住黄昏，以及黄昏的风
我站在风口，风绕过了我
塞满撕裂的声音

## 夜宿凤城

午夜的梦，翻起白色的床单
我的眼里有酒精，舞台，黑夜
还有远方

我和影子干杯，谁诉说给谁
如果让我重新选择，酒精请慢点
我对一片云说出我的凌晨四点
石头和星星，披风带水

雨声，风声和死亡的夜晚
我总会想起风吹草动的荒原

在那里我将人性最脆弱的一面暴露
撕裂的空虚，谁能收下
我的孤独，是又一个翻身

## 蒲公英

晚霞正好遮住了坠落的夕阳
我顺着北京路，不停地行走

在一片开花的蒲公英地
我慢下脚步，阴柔的花毛茸茸的

等风吹来，扑闪着翅膀起飞
前面是楼群，柏油路，车马人流

俯伏于城市，这喧嚣的赤裸，坚硬的胸膛
我为一些绽放的命运感到神伤

有些死而复生，有些死而未生
孤独的残生，使我的前行虚空
［以上选自《朔方》2016年第9期］

## 夜行戈壁

清风微扫的西大滩
白云拂净了天空，几颗宿星
渗着肃杀寂静的夜晚
我不敢大口地呼吸，村落远去
蛮荒的土地，浮起一层薄雾
一转弯的地方，戈壁苍茫
我禁不住地在头上摸了好几回
起了一股风。风吹
草影倾斜地低伏下去，随后
一波一波地又立了起来

丁壬甲（1983—），甘肃环县人，现居贺兰。诗作发表于《朔方》等。宁夏作家协会会员，宁夏文学艺术院第六期文艺（综合）研修班学员。

# 星　洋

## 田野的雪（外四首）

纯洁的人，在寒冷抚平黑夜前
放飞梦想，山坡枯草
在沙粒的血脉中，贺兰山以北
寒风挟着生死轮回的雪，诠释自由

夜晚，我不再孤独
不再设想银川通往大武口的列车
晚点，驶往田野的深夜
陷入深邃而又艰难的缝隙

羊群难以发声
而千里之外，狼群咆哮
深居田野，诗人与外界失去联系
雪，照亮村庄
从南到北，都是雪的世界

## 一群失散多年的鸟雀在黑夜相聚

它们来自哪里，无人知晓
它们成群结队来到这里
只为失散多年的相聚
更多时间，它们在寻找安身之所
在田野，它们企图看到希望
大片的芦苇荡，有鱼跳跃
清静的空气，有火车鸣笛
它们以号叫呐喊的方式
过早地完成聚会

它们欢呼，展翅，让黑夜复活

## 墙体垮塌在雪的前夜

它矗立起坚而不摧的脊梁
并排在屋舍下，起初
月亮在夜深人静照亮大地
所有故事以洪广营为背景

古铜器悬挂在刀把上
宿命在墙体的水系里
暖泉的水在冬天到来之前
是清冽的米酒。屠户梦生又醉死
雪落魄在前夜
墙体依然垮塌下来

## 画像

我欲砍倒一地枯木
翻晒匍匐一地的野草
让那些会流血的身体
布满血淋淋的伤疤

我用笔蘸满墨水
用左手按自己的样子
画一幅画卷，把我走的路
写在挫折和坎坷的泥沼上
然后打开画卷
把爱情写在时间的背面

我曾经试图塑造一个小人物的画像
然后，刻名字在石头上
给那些野草起一个名字
让野花也附上女人的性格

鸟

那只起飞的鸟，闯进我视线
它起飞的弧度，熨不平我怦怦直跳的心
它走得迅疾，在我未打开窗户之前
还在叽叽喳喳地唱歌

在窗棂上，它是一位绅士
却让我联想到它的桀骜
它站立着，目视前方
有时候，它也会遇到一些难题
在窗棂上来回踱着步子
像一个教授

它感觉烦恼的时候
会抖落全身的缺点
飞到另一间房屋的窗台上
重复同一动作
[以上选自《朔方》2016年第9期]

  星洋（1984—），本名张喜红，宁夏彭阳人。就职于银川滨河如意服装有限公司。作品发表于《朔方》《中国诗人》《诗歌周刊》等，出版长篇小说《远方有多远》等。宁夏作家协会会员，宁夏文学艺术院第六期文艺（综合）研修班学员。

# 田　鑫

## 把黑夜掏个洞(外六首)

我们的相遇唐突，甚至尴尬
此刻，他正伏在
垃圾桶上，干瘪的蛇皮口袋
张开。他的手
仓促地翻拣着

我经过他身边，他猛地
直起身子，不看我，也不看垃圾桶
走远后，我转过身
就看见：拎着蛇皮口袋的手，搭在垃圾桶上
另一只手迅速向下，把黑夜
掏了个洞

## 迷路

火苗和纸张拥抱在一起
这些纸钱代表我，回到村庄
它们到达的时候
思念的分量如果变轻的话
先辈们，请不要责备
你要知道，从银川到故乡
五百多里的山路

这些纸钱其中的一些
在十月的寒风里，很有可能迷路

**土收藏起人**

牛羊吃了草，露出土
伐木者砍倒树木，露出土
耕种的人收割完庄稼，露出土

人吃牛羊肉和粮食
烧木为炭，在冬天取暖
把生活在土地上
当做一生最隆重的仪式
土收藏起人，却像什么
都没有发生过一样

**悬着的事物**

一些人蹲着。一些人跪着
风吹过来——纸烧成的灰
从身体与大地之间的空隙穿过

它们，找不到入口
就索性，飘起来，又落下
再飘起来，再落下。

我一直在远处。看着
这些烧给亡人的思念，就这么
悬着

**墓碑**

母亲离世十年了
坟头上还只长着些荒草
清明节上坟
我对父亲说：咱今年给娘立一个墓碑吧
父亲一直沉默不语
回来的路上，他突然说了一句
只要你们几个做儿女的

像模像样地活着
就等于给你娘立了碑
从那天起,我走路时总是直着腰

## 尘埃

它轻轻地,穿过我的目光
停在阳光和时间里,停在
一件旧衣服的针脚里
在我的视线中,它小到无法感知
无法触摸,无法辨别面目和来路
它身体的柔软、细腻,倒映着一望无垠的
天空、大海、人群,倒映着
我卑微的心
和我越变越小的身影

## 木匠

他一生与树为敌
一棵又一棵的树,在他手里
变成木头,变成家具、柴火和棺材
那些树,从站立到行走
不过是一小会儿时间
不过是一个动词
那些树倒下以后,只留下一个桩
作为自己的墓碑。那一年,木匠的妻子死了
他把村里最大的一棵树砍倒
做了两口大棺材。妻子下葬的时候
他将斧头和锯子装进另一口棺材
一起埋了
[以上选自《朔方》2016年第9期]

田鑫(1985—),宁夏隆德人,现居银川。作品发表于《诗刊》《诗选刊》《青年文学》等,入选《2011年中国诗歌精选》等选本。宁夏作家协会会员,宁夏诗歌学会理事。

# 马泽平

## 大寒（外十一首）

也该是一样夜深吧。可能人未必就初定
你会为谁蹙眉或者莞尔？

——电话响到第七声，像是陷入枯井
听不到任何回应

我还想着你。许是也掺着丝缕疼痛
我还醒着，说失了温度的旧梦给自己听

没有滴答滴答的时钟
我听不到，你轻轻，轻轻地推开一扇门

## 晚归

原谅那个人，递给他一盏灯
让针芒融于夜色
告诉他燕山和庙山并没有什么不同
告诉他，可能用不了一百年
我们就将成为
那些野地里被风蚀空的
孤零零的坟

## 黄昏

这时候，窗外的槐花都是旧的
羊群是旧的
吆喝着的牧人也是旧的

皮鞭上还沾着去年没有擦洗干净的露痕
像我潦草的半生
谨慎过,终于不需要等着某个人
——归来
这时候约娜应该还在读信
"有个女人死了,他们结了婚"
一条路像是从来没有存在过
没有行人。也没有风

## 早春

他把一部分呈现出来
使之在阳光下舒展
那些褶皱处的阴影
是历年攒积下的苦难
现在,他把它们摊开,在手心里
他把轻而柔润的分拣在一边

死亡是缓而沉重的物什
没有人发问,他也只好闭口不提
他想起两个步入中年的诗人
一个总是在梦里
另一个。很多年以前
就在漂浮着枯败枝叶的黄河岸边
他没敢说到月光,可能还有礁石

还有礁石上附着着的苔藓
那么绿。会有丑恶么?
比如他一次次打算葬身河底
把霉黯过的骨头
一寸寸的。以浊浪洗涤

## 日后

我们从海上回来。我们把浪花还给黄昏与岛

就在这里,我们记住一个被擦去颜色的门牌号
都是陈旧的。如果我们还能看到
雨水落在几截枯瘦的荒草上

——你要我听,贮藏了半生的海潮
你要我说,这是我将听到的
最后一声。海鸥低沉的鸣叫

**与你无关的事实**

现在,我爱你,已经不需要这是事实
不必非得触摸到一颗小巧精致的鼻子
不必在光线昏暗的房间里找到你脱掉的外衣
一切可能都不必有意义
——你为之恐惧并哭泣过的

现在,我们彼此只属于自己,静物一般
躺在床上,或者也如日光斜落在窗台上
你隐藏起的心事,可能是五个
可能会是八个
没有人在意,也不会有人想要确知
我们像是灰尘遮蔽眼睛的孩子
找不到自己
找不到唯一爱着你的方式

我可以随意称呼你的名字,不用像梦里一样具体
比如 X Y 或者是 Z
现在,我爱你,已经不需要
它们会有确切的含义

**城府**

他想,没有什么比这更孤独的了
腐草深处
两片形近椭圆,薄如纸屑的叶子

他想,这世上再也听不到一种声音
雪花落在瓦片上
——轻轻的,像风吹过窗台
他的心一紧

颤动。那时他还住在城郊
某座瓦砾堆叠的小镇
他说他不认识任何人
除了尖锐的,比如
一根裹在棉花里的缝衣针

**丁酉年初五遥念故人有题**

想起一个人,就会听到呼啸的风声
像是这些年赶过的火车
铁轮碾过轨道。轰隆隆,继而在冥思中复归寂静
也有那么几回,到站即逢晨雪
于是便想象站台上空无一人
这时候
我就能够胸怀整个世界的苍白与冷

——像是陷入孤岛
随我左右者
不过几绺烟云,或是穿过浓密枝梢的
寥寥数颗松针
[以上选自《中国诗歌》2016年第10卷]

**折多山**

那时候他刚从俗事中解脱出来,
倦意犹存
藏在心底的那个混血女人
像是一株格桑花
开在海拔4270米处。身后的积雪

终年不化
他在她眼里读到峭壁与断崖
读到招魂幡与糌粑
那时候他爱顽石,爱雪上残留的兽踪禽迹
人世苍茫却又渺无
他爱她,锁骨囚禁着的孤独

## 西海子秋雨记

这时候我们坐在靠窗的位置
刘姓老汉沏了一壶铁观音
操夫净过手
准备弹那把三弦琴
云更深了,古刹和松木隐在雨中
方圆三五里
不闻机杼,不闻狗吠声
隔壁说书的丁举人讲到魏晋
那些卧雪也不忍叩动门环的士子
西海子的水
就又涨了几寸
亥时雨住,红烛刚好燃尽
山空非真空
马可说,时时见钟声

## 一个人的叙事史

三十年犯罪
你且寄情山水
我独好声色——
诛草木心,负渔樵趣

三十年忏悔
有时候我爱你
有时候
我爱飞鸟与太阳石

## 二妹和她的空寨子

整个寨子都搬空了
先是几棵树
树上枯死的皮和一些断枝
后来是石房子
透风的窗子
窗子里油尽了的灯盏
再后来是牲口粪便
熟透了的稻田
还有二妹洗头的那片溪涧
但祖坟是搬不动的
二妹和她
融在月光里的笛声是搬不动的
整个寨子都是空的
二妹呐
他们不懂,他们搬不动
寨子里还有一场风
吹了这些年
看不到始,也看不到终
[以上选自《诗刊》2018年5月号下半月刊"双子星座"]

马泽平(1985—),回族,宁夏同心人。作品发表于《诗刊》《民族文学》《中国诗歌》《朔方》等。鲁院第三十一期少数民族作家高级研修班(诗歌班)学员,宁夏作家协会会员,宁夏诗歌学会理事,宁夏文学艺术院第三期文艺(诗歌)研修班学员。

# 禾 西

## 十四行诗(六首)

**一棵草的骄傲**

一棵默默生长的小草
化作平凡无声的骄傲
没有人能够真正察觉
一棵草的生长,蝴蝶

沿着花香,缓缓飞过
河里的浪花和水岸
落日踩在西山的眼睑
羽翅挥动海的辽阔

从未离开脚下的土地
同样经历不尽的阴雨
存在某个天涯,存在家

不艳羡摇曳的风与花
又有谁能够真正知道
一棵草默默的骄傲

**无声的歌宴**

为一次宴会,准备一生
不够,远远不够,相逢
总是在错过之后,忘记
之前,依靠回忆维持

那回忆和过去又是什么

一把无弦的古琴，如歌
断断续续会是谁的凝思
怎么询问，如何回答

把秘密永远藏在心里
心里保留最后的谜底
沉默恰似绚烂的烟花

以最大的热情欢迎欢送
无声的回音将要出席
我不会说出我的秘密

## 开端与结局

看过开端，料想结局
都与我的预言相同
平淡和平淡，互不相容
结局完成，谋划另一个

开端，在故事里生存
从凌晨径直走向黄昏
时间可以颠倒黑白
事件能够随意安排

丝毫没有必要惊疑
我从不相信什么奇迹
创造，困惑于命运

挑战，失败或者成功
没有人在意的表演
展现辉煌背后的伤痛

## 尘埃落镜

我与一面镜子对话
镜中的我没有回答

我们有相似的疑问
我们敞开同样的门

多少个深夜对镜自省
多少个深夜辗转难眠
睁开布满血丝的双眼
独自保留着一份惊醒

惊醒细数镜面的灰尘
灰尘不动声色，内心
没有悲哀，悲哀坠地

化为一粒尘埃，回音
是一段灰色的延伸
因为，静默与语言并存

## 绘画和音乐

凡·高的向日葵背对太阳
肖邦的手指牵引着月光
一边是点燃云朵的火焰
另一边潮水淹没了海岸

还有灰烬残留升起白帆
流浪者踏上回家的路
脚印再一次回到原点

没有开始为什么认输
说是无法承受时间重负
说是撑不开困倦的眼睑
已经失败于你的从前
背靠太阳，蓝色的月光
像一只鸟飞过一条河
仅仅是飞过，无声无色

### 行走笔尖

我是笔尖行走的红蚁
幸福就像一杯白开水
没有味道可以不懂拒绝

一颗雨滴藏匿一个黄昏
那黄昏没有看见日落
那雨滴从我背后划过
一脚未来另一只脚从前

失忆是永远揭不完明天
打个哈欠一个人独睡
窗外月亮无光晚风轻吹

说是梦中飘来的一朵云
留下秋雨编织的早春
我的幸福你不懂不要说
你沉默你言语都是你错
〔选自《朔方》2016年第9期〕

禾西（1985—），本名李亮，河北邢台人。就职于宁夏民族艺术研究所。作品发表于《朔方》《宁夏文艺评论》等。宁夏文艺评论家协会副秘书长，宁夏诗歌学会会员，宁夏文学艺术院第二期文艺（评论）研修班学员。

## 苏娟娟

### 未名湖：杂乱的行章(外七首)

拽紧飞雪，拽紧行走的山河
让这路途与修饰，和浮名一起流放
在这里，就在这里
为无名者树碑

春天来了，花朵还在沉睡
一些谎言披着雪，它比雪更黑
一个季节招摇过市，市侩和走卒
从来都是头戴梨花，脚踏海棠
日月甩开臂膀奔跑，在燕山脚下
我紧拥前世的情人，和诗意瑟瑟发抖

湖光塔影里，无数个断想化为鱼
水诵起最后的经文，但是
不会因踽踽独行而忧伤
只是轻轻，轻轻安放自己
在一片经过的鱼鳞上

何必对着石头流泪，就学鹰的样子
对蓝天虔诚，对生灵敬畏
对秃鹫赞助灵魂尽头的血腥与喧嚣
猥亵的表演，说声不屑一顾

湖不再是湖，塔不再是塔
落日絮叨着影子千般留恋
我亦不再是我，只以无名的代号
荷锄拓荒，让烛光茂盛，发芽开花
一路向西，风口嚼碎巨石

刻着岩画的山脉，几朵云长出羊角
咽下一口沙子，乘筏逆流
几个词语相互告别，以未名之名

## 西禅寺

于这梵音里落地为家
你数着莲花开了又谢
那前世遗失的袈裟
今生又会穿给谁

我留不住倒退的风景
也找不到迷途的飞鸟
站在云巅或者身处红尘
捡拾菩提的日子
就安心做一个行者

茉莉拂去飞雪，梧桐吹散夜雨
荷塘为季节落发受戒
从一句佛号中彻悟
冬天从此变得简单

## 旅行

在一场秋风中死去
不再问来年
栖居的枝头是否会有花开
化为泥土或者浮尘
我听见最初的心跳
抖落满身阳光
孤零零不知所措
说放逐太过遥远
乘着蓬蒿穿越荒野
风是唯一的牧人
那些白云，总会慢悠悠走过山头
倾尽半生的旅行

时光与暗影,沙棘,狼毒花
还有几枚苍耳悄悄挂上衣角

## 堡子

万峰之巅,风在低语
灯火扶起暮色,奔向你
蓬草不再遮掩
我向西而行的虔诚,纵马长歌

风蚀过,雨涿过
脊梁弓成弦月,天被撑得更圆
背篓甩出日子与星辰
当汗水跌破泥窝的时候
月光也咬紧牙关
一把石杵,一生命运统统砸进堡墙
站起来的黄土是群山之王

## 乡思

红叶煮酒,烟野桥飞
这一碗乡思,我不敢独酌
村头那棵老树
已拎着葫芦等了好久

敲颗星装进布袋
诗却染上风寒
你给的药引,无曲无江
挽弓北望,天狼隐隐

寂寥哒哒而来
唯有江南的雨滴
夜夜叩问归途
[以上选自《六盘山》2018 年第 2 期]

## 桃花雪

听到春风,就心疼起落花
明艳的枝丫经不起枯萎

十万雪骑过萧关啊
艾草的演讲回肠荡气

我努力扯下阳光
才捂紧翻山越岭的咳嗽和冻伤

## 弹筝湖

喜欢这潺湲古意,栖于万树佛光
崆峒的女儿啊,请原谅一面筝
唐突而又灵性的激涴
今夜,我只想俯视水流
听碑文断断续续
讲她的前世今生

## 拈花一笑

一只鹰叫破长生天
白天和黑夜独自盛开
大地向上,天空沉沦
花开时节,抽根肋骨撑起玫瑰
我多情的江山
只想拈花一笑
[以上选自《六盘山》2018 年第 4 期]

苏娟娟(1985—),女,宁夏西吉人。2017 年开始写诗。诗歌、散文作品散见于《六盘山》《葫芦河》及网络。

# 刘 京

## 树的眼睛（外十首）

燃烧的老房子给了黑夜足够的等待
它在石头上反复跌倒又复归宁静
树从来不需要风的庇护
在有星星的夜晚
树总是长满了眼睛
它一点一点溜走
又一点一点靠近

## 狗与狗

像是一尊雕像
一只狗卧在另一只狗的身旁
走近些方知另一只早已死去
狗的眼泪盖住了风声
等待天空的呜咽
狗与狗相守
讲着在一片淡黄的摇曳里
讲到许多年前
讲到腰身美丽的它
讲着讲着，它沉默了

## 午后的咖啡

在更多的云没来之前
光线只盛满了桌边的一角
正好让桌上的一杯咖啡显得如此渺小
似乎永远听不到一声轻易下咽的声音

在潮湿的枝条上移动着那些看不见的缄默
从你深藏的那面镜子里弥散开来
任凭一缕风都可以朗诵它
但是永远没有一扇被穿透的风

**哭泣的墙**

故乡正如我们的眼睛
是风？是雨？还是别的什么
尽管影子走了进去

满满地住着我老去的父母
他们背对着我
他们在墙上流泪

**村庄**

我真的不完全了解你
至少从我的父辈说起
但它仿佛是泥土间隐瞒的全部沟壑
我走近无人烟的老房子
事实上不久前还有人在此居住
在每一粒火种前哭喊
而那一盏灯又是什么
东倒西歪的玉米秆还停在我眼前
踩下的那一脚泥坑
这只是我先前去过的地方
这只是每一所老房子的眼泪
它们没有低语

**清明**

所有的这些只是一个梦
当不眠的老房子还在周围沸腾
那阴郁的天空

悄悄潜入这四月的暗夜里

我沿着布满青苔的石板一直向前走
雨水在春天的脚步里
卸下某种奇怪的声响
哦，如果老房子——醒来
至少我不愿放尽桃花的每一滴血

我羡慕每一个正在哭泣的人
他们能端坐在空无一人的老房子前
可我早已喝醉
在两个溢满的酒杯上飞了起来
［以上选自《朔方》2016年第9期］

## 在医院等待

为什么春天和冬天都种不出软弱
为什么一到医院文字就失去了重量

坐在医院的长椅上
低头行动的人弯下腰又浑身战栗
圆睁的双眼望向屏幕的一侧
这比手机里还真实的河流
就出现在眼前

谁的人生不是这样
稍稍有点麻痹
就在那不适于自己的地方度过
谁的世界不是这样
熄灭的火，停留在冬夜的冷风中

## 逆风的方向

这次我再也没能走出
包括那些迟来的桃花

春天也许就是这样
斜阳的眼睛总算搁浅了三月的红
镜子在瞳孔深处拂袖而去
天尽头，桃花守住每一条路
就像你没从我的眼睛走过

## 空寂的巷口

斑驳的墙萦绕在无人窥探的街口
让冷清的月光正好垂在街边的一只脚印上
这是谁的
雨下了一整夜
薄薄的轻雾从窗幔上泼了下来
冰冷的街似乎淋湿了我所知道的一切
包括那长长的背影
也许我本不该如此轻信那段冗长的旋律
它给了我再也听不到的一封信
是风熄灭了所有
让光踩在它的身上
让脚印烙在了如此冰冷的街

## 想想人世

想想，人世
每一株花，每一下脉搏
稻田里长满了眼睛
一个接一个穿越人海
月亮把门关起来
也关起了一册山河，在里面
把河水榨干，把葡萄搅碎
总之那些负重的事物成了我
又一只沉默的手
黑夜，爱情，人世
一串串紧包的月饼
无人的月饼，一圈看不见的痕

难道没有人会为一首诗坐下
或者敞开那结实的胸膛
悲伤是他人穿过的一件衣服
这宏大的词灰，正像一口水井
梦一般站在窗口

**方块字**

飞鸟般随意而出
远远望去，星光闪耀江河奔涌
打开窗户
那从不被忽视的眼神
正藏着一股清泉

我希望你能听到平缓的线条
折叠的灯具
他们不是甲骨文
也不是大篆小篆
是一撇一捺，一笔一画
是心中的一杆秤
而我就住在这方块字里
从不点燃一支蜡烛
［以上选自《黄河文学》2018年第7期］

  刘京（1989—），笔名草叶，宁夏灵武人。就职于宁夏公路管理局银川分局。作品发表于《朔方》《北京文学》《山东文学》《延安文学》等。出版诗集《特立迎风》。宁夏作家协会会员，宁夏诗歌学会理事，宁夏文学艺术院第三期文艺（诗歌）研修班学员。

# 马骥文

## 无花果(外五首)

冬日饥饿,云中的雪意已蓄积太久
它等待一次轻盈的释放
比如酒坛内的气味
使他觉得内疚,就像他第一次犯错的时候
周围的空气中飘满了浓重的焦煳味

可是,忽然有人送信过来,说哥哥回来了
他年纪轻轻就去了哈密和吐鲁番
闯荡江湖。我时常从他的床铺下
翻出《雪山飞狐》偷看
也第一次知道了云雨并非只是云和雨
无花果代表着甜蜜和母亲的眼泪

那天,我去迎接哥哥,他提着
自己的骨架和一大包无花果走来
蓬乱的头发像刚刚刮过一场龙卷风
"新疆特产,新疆特产",他嗷嗷地叫着
母亲哭着,我站着,无花果的滋味
让我忘了罪过。它让人变得美丽
充满异域的想象,仿佛一切
都由冥冥中的神来决定,人的记忆
只限于记忆,哥哥变得沉默,我也是

每当提起无花果,时间像被拯救了一样
我们的脸上都会重新浮现昔日
明朗、干净的笑容,就像又一次铺满桌子
发出救赎般的光芒

**一张美国旧邮票**

一些人身穿红白相间的军服
举着旗子行走在荒野。地面上有人流着血
有人像耶稣一样望着天空
他们全都在这个标志为"星条"的国度
存在过。1775年到底发生了什么
现在已无人知晓。只有一些骨骸和条约
被人保存至今,充当证据
证实着一些人的幻想、猜测与梦境
与博物馆中虚幻的灯光一样,历史
是一尾沙丁鱼的残骨
它连一丝余腥也不愿留给我们

他抱着枪,口袋里装着未婚妻的肖像
可是,却分明已经咽了气
化成一口遗忘的矿井。自由、民众与家国
在哪里?为了虚无的命题,他举起投枪
戳入别人的肉身。于是,光点聚集在
一座岩石的顶部,假借着雪体的丰盈

在他们背后,炮火的浓烟徐徐飘升
那代表死亡的严酷与罪恶的阴影
如光的遗书,在这个世界上
并没有人知晓前方到底在哪里
他们只是不停地行走,不停地举起
落下的旗子。而身后那填满
短枪、头骨与匕首的泥潭,却早已干涸

**喊叫水诗篇**

一

此地,盛产坚硬的石头和肉体
一些人驱赶火焰般的羊群度过一生
他们长着黄色的牙齿、眼睛和手掌
在七月,在一抹金色的阳光里

男人纷纷变得安静，他们
从黑皮肤的女人手上接过粥
穿过野草，山谷，乌石堆砌的坟墓
去创造，去爱

二

少年在泥屋后种下爱情与死亡
他背起祖父的镰刀与红日，骑着马
去东方寻找词语和鲜花
在黎明之光的大地上，他不歌唱也不哭泣
五月之雾渐渐弥散，他看见在山坡上
一群人面朝神灵的故乡站立
为了换取洁净
他们背过身，吞咽着土

三

如今，已是北风呼啸的十月
我在松花江岸独自喝着黑罂粟茶
一种甜腻的暴力，在你的翅膀上
落满淫邪的灰点
你的降临始自一束被眷顾的光
当爱在大地上，如麋鹿之迹一样隐没
你该举起一只挥舞的手
朝着那天堂之河的对岸不停地呼唤
[以上选自《朔方》2016年第9期]

## 河滩

我已习惯了一个人出门
空寂的滨河公路上，晚风渐息
无数雷声都在诱引着我
多少次远行，我还是钟爱这片河滩上的黄昏
远处的对岸是几座灰白的泥屋
白杨林则在更远的山脚
我已经忘了我来这里的本意
那也许是因为我在晚餐后与哥哥争吵

或者是我没有找见那枚心爱的海螺
丰饶的芨芨草忘情地摇曳，似乎
我该走入它们中间，成为它们的一部分
一辆旧卡车疾驰而过，随之带来了雨声
无数肥硕与温暖的雨滴，击醒着我
它们使八月的河滩升起热腥的雾霭
此时，我的体内只剩下我
在这片松软的沙土上，我仿佛才破土新生
雨水顺着发梢和手臂又流入了河中
此刻，我觉得自己是真切的
这里再没有多余的爱的侵扰，我与那些
树丛、山地和人共同成为这雨的根须
但愿我不会再想起你，那会是另一种劳累
雨在最绝望时停歇了，遗留种种暧昧的水洼
乌云已退向了山地的另一侧
在傍晚的昏沉中，我感到完美
一些脆嫩的灯火在夜幕里悄悄长出
我想我并没有捡回那些已丢失的事物
那就让它们沿着河水流走，而我
只能用我涉过一个个冷冽的镜面的脚步
来涉过我这同样冷冽的此生

### "反隐逸游荡"

你从海底收获了挽救
又随众人溺亡在更高的云层
太多的声音在这个月穿过我的身体
太多的交汇、手臂和尘埃
在昆明湖，日光如死亡一样温和
我们坐在船上闲游，不说一句话
爱总使我显得疲惫
我们似乎都无力再去迎接那些
可爱如巨石崩散的
雪白与斧刃的人群
你所预说的都已成为我的过去
还有什么是我们一同毁灭就可以挽回的

只是现在，你已成为迷人的消失本身
成为所有的不属于
那么，就此告别吧
在银白与银灰的射影内
让我彻底变成你
变为你那绝望如海汐的热情
以及永恒如光的挚爱

## 日出

可爱又短促的告别
在春风中战栗出桃花的死
不足一年，爱人已是
一份哲学提纲的欢娱
你拿出一只黄梨，比命还亮
人生几多愁？只是
那抹光从来没有如此温柔
浅浅的，如我稀薄的心
在洁白之床，睡美人
品尝着空梦中微妙的盐粒
该如何去爱？去毁灭？
你以你完美的呼吸淹没着我
看啊，被囚人和他绝望的秘密
此刻，成为更高的不存在
而在你我之间，黎明
正把所有的残缺和骄傲
变为一场古老火海的注视
这是完成，闪荡不宁的美

  马骥文（1990—），本名马海波，回族，宁夏同心人，现居北京。诗作发表于《中国诗歌》《朔方》《民族文学》等。出版诗集《仙雀寺》。参加诗刊社第三十三届"青春诗会"。宁夏诗歌学会理事。

# 陈　斌

## 正午，像迷失了方向（外八首）

蝴蝶，这枚五月的信笺
你要把我引向哪里
我已读懂你体内古老的文字
你我都是土地的子民
都是那座废墟上开出的花朵
都是一把明晃晃的钥匙
打开尘封的秘境

蝴蝶，你这阳光下的小精灵
你要飞往哪里
丛林还是大漠
故乡的野草难道还不够你栖息
放下你的疲惫吧
择一城终老
这一泉清水已足够你畅饮

## 蝴蝶飞过

在四季的风里
花开了一次又一次
蝴蝶从一个地点辗转另一个地点

我喜欢它一头扎进我目光凝聚的海洋
一次次挑动我内心的风暴
那带有原始意味的狂野

在四季的风里
我的目光在漂浮、游荡

企图寻找一种与之匹配的修辞

## 黄昏

人们走上大街,目标是
黄昏的那架马车
以春天的名义出发
青草腐烂的气息弥漫
黄昏,蝴蝶的翅膀日渐黏稠

失恋像一场死亡
人间焰火渐渐熄灭
野草折断脊梁,星星噙满泪水
风中,一盏盏灯摇摇欲坠

我想翻开内心的一页独白
就像窗前的那轮月光
脱下往日的旧衣裳
失恋像一场死亡,像极了
[以上选自《朔方》2016年第9期]

## 酒馆里

透明的杯中盛满夜色
也盛满欲望的火焰,宛如蝴蝶跳动
唇边燃烧的灰烬转瞬即逝
但这一切都与你无关
你呼出的每一缕气息有如牙齿般洁白
更像那窗外的月光,制造一个千年的梦境
最后剩下的只有故事
只有酒馆里,一个个孤独的酒瓶
它们仰天大笑,吞云吐雾
装下生命中唯一的丰盈
装下诗歌,装下造物主留给人间
最廉价的奢侈品

## 雪后，你去山上汲水

安静的是雪，也是四周寂静的山野
风吹来，那些匍匐在大地上的雪愈发安静
仿佛在等待一场更大的雪

冻僵的梦境像牢笼，束缚草木一秋
束缚一口古井低迷的岁月
牛羊，在槽头低声细语、安度晚年

雪后，总有人去山上汲水
和扁担、铁桶、手推车、满地的积雪
一道前行，开辟出一道无言的征程

上山，下山，在若干个来回之间
那些深浅不一的脚印，多么像
一群展翅欲飞的蝴蝶
产下一串串忧郁之卵

## 五月

五月，青藏高原
细草鹅黄，更多的绿色
奔跑在回家的路上
那些急如闪电的马背
让游子心中的草原一再扩张、发烫

落在头顶的云朵，请你放慢脚步
和我的羊群一道同行
请你，在柔和的灯光下
走进我的日记，以泪水
以恋人的姿态

## 风中，我忍住了尖叫

在风中，我忍住了更多的尖叫

在塞北，习惯了逆风行走，
习惯了用摇晃的背影独当一面
面对来自四面八方的风声
不得已戴起了白色的口罩
像把一面旗帜挂在嘴上
也许，不战而降是为了更好地保存实力
在层层丢失的阵地里
决定美美地反戈一击
也许在多年以前，我还会在风中
疯狂奔跑，甚至破口大骂
像一个没教养的孩子
肆无忌惮、不顾一切地
和莫名而来的风声做一番较量
最后得胜而归
在塞北，我的身后，残阳如血
那得意的旗帜，高高悬挂
多么像最初的影子
为那些更远的路途鸣锣开道

## 重命名

虚度一个下午
去和久别重逢的老友聊天

让流水回归河道，清且浅
像鱼一样游向对岸
在很长时间
不再面对雾霾的天空发呆

让苔痕爬上台阶
草色重新入帘
月光撒下的时候
遍地富饶的种子
开出银色的花朵
心中的羊群和马匹
翻滚起层层波浪

我选择当下的日子
这一切，就十分美好

## 桃花开

清明节前后
一场雨水尚未到来

屋前屋后的桃花开了
漫山遍野的桃花也开了

一棵又一棵的桃树上面
挂满了粉红色的执念

他们仿佛完全忘记了
前几天的一场冷风

一盏茶的工夫，那些
粉红色的火焰，次第复活
［选自《延河》2017年第9期］

　　陈斌（1990—），笔名冰轩，甘肃庄浪人。就职于宁夏石嘴山市第一中学。作品发表于《星星》《延河》《朔方》《黄河文学》等。宁夏作家协会会员，宁夏诗歌学会会员。

# 赤心木

## 成长的样子（七首）

**晨**

有关这个季节的姓名
总会在清晨迎面的风中
送来一声声掷地的回响
南方的，北方的
透支的清晰度，与温和的亲切感

伸出双手，不知该捡拾哪一段
每一个点滴，凝成的故事，都成了曲谱
轻松欢快的，深沉忧伤的
永远都是感情，随着苍白的景色
时而绿，时而红，时而黄
时而摇曳着旺盛的生命力
倏尔又是飞谢凋零的凄凉

我在秋霜的早晨
弹奏着无字的往事

**夜**

纵使我珍惜着每一个和我相遇的人
可终究躲不过单相思的荒凉
有关你们的记忆
我在夜里反复吟诵

有着年轮的手绘
我涂上了相识的春夏秋冬

藏在青春相册里的照片
已经记不起当时我们有怎样的心情
只是逐渐模糊的，你的脸的轮廓
永远定格在了我的相机

不是不该相爱，而是爱错了方式
如果我是江南的水，你是那一叶扁舟
那么，谁还会阻挡我们厮守？
怪只怪我偏是一片北方的雪花
只是在今夜，想起了过往
泪水研成的墨
记下了曾经的不舍与牵挂

## 琴弦

路上有了落叶，烈日炎炎的夏天
我在风的影子里寻找昔日的阴凉
秋天已经开始漫步

疲倦了的火焰，懒散地歇息在顶楼
扩散的温柔，装帧着光辉的荣耀
我在顶礼膜拜，却被谁动了琴弦
弹出了久远的思念
骤然，面红耳赤

## 星期九

准备了很多天的雨
终于在昨天下午，温文尔雅地上演
如泣如诉的镜头，感动了
藏在泥土中的小草，让它还原了容颜
感动了灰尘尘的巍峨山巅
洗涤了肆意作乱的土粒
让它顺流而下，悄然离去
清晨悦耳的雨水声
滴漏了一地的污垢

满地的水欢快地蹦跳
我也想加入此行列
可惜找不到年幼时踏水的快乐

不想再回首,我怕回眸时的四目相对
衍生出太多的牵挂与不舍
重要的不是延误了行程
而是耽误了再次团聚的佳期
身在尘世,有时候不得不世俗啊

## 酸菜

久违的初秋黄昏
有了年岁的沧桑水缸
外婆的身影,跃然于这张淡黄的宣纸上
纸张裂了,光渗透的地方
照亮了青翠的白菜和杏木的案板
姥姥挽着袖子,一下又一下
淘洗着菜,然后捏把盐,撒把花椒
一层又一层,把庄稼人冬天的蔬菜
腌进了土黄色的缸里

那酸酸的味道,随着口水,悄悄下咽
酸酸的,想念外婆的味道也随之洇开
渲染着,初秋的落日

## 西风紧

星星掉了,落日长河的静美
山脚下的晚风,吹拂着野草的馨香
漫过了鼻尖,漫过了苍翠的玉米地
不加掩饰的笑声,如同孩子的天真
喜悦了饭后闲谈的庄稼人
西山上的风,把天边的云朵
剪裁成了一道道薄厚不均的思绪
像是被追捕的鱼儿,始终找不到一块石头

来掩藏自己的心事。空旷的天边
瘦弱的它们，无力前进
犹如村口守望的老人
想要止步，却身不由己

### 山里的阳光

山里的阳光，有些调皮的料峭
像是一位魔术师，掌控着四季的轮回
尽管这只是秋天，夏日的疲惫还未曾褪去
我沐浴在山里的阳光中
呼吸着原生态的气息
城市的浑浊，已在灵魂上集成了污垢
伸一个僵硬的懒腰，想把这清净
拥入怀抱。抓一缕清澈的阳光
把初来时的冰凉，慢慢地烘暖
我被这天然的炽热
迷恋得神魂颠倒——
想用余生，在这里繁华与凋谢
[以上选自《朔方》2016年第9期]

赤心木（1990—），本名朱喜利，女，宁夏固原人，现居彭阳。诗作发表于《朔方》等。

# 石杰林

## 当我老了(外六首)

别离开我,我想成为你 ——阿米亥

听一首排版正确的歌,然后睡去
脱皮的音响与屋角消瘦的猫一样
我喜欢和情绪稳重的人交谈,我喜欢回忆
我想成为新鲜的人,而不是裹挟在冰箱的苹果
龟裂的皱纹时刻提醒着我:我想成为年轻的自己
可是我真的老了,陈旧的妻子端来碾压过的药片
繁杂地说"你还好吗"?时钟徘徊成永久的床
读书,吃饭,听音质纯正的歌,然后老去
在每个端庄的夜晚,我都偷偷拿出初恋时的照片
早已焊连的相框,在最后断裂
我爱过很多人,现在也一样

## 谢谢

坚固的躯体漂浮于哀重的海洋与礁石
灼热的,不可复制地行将空旷,用雾霾
来埋葬死亡。谈及赫拉克勒斯的神箭初露锋芒
仿佛罅隙,固执,细长。忆及你,又如阶梯围捕目光
走不出去,棕色的鞋面持续静止
作为不受控制的空白地,我认出船的位置
我沉溺于宏大便不得不缩小自己
一场预备的太阳风暴需要弱小的牺牲
欣喜着,雷鸣的天气怠慢平静的结局,直到坏被消失
未被认清的开始,逢场作戏般迫近
锦囊装满雪的苍凉,以水的形式渗进身体
人们习惯打探真实,他们将崇高的敬仰给予陌生的时刻

将熟悉的谢谢四散而尽。昨夜,我却没有找到你

## 生活

经过三小时的阅读后,现在
我开始朝眼睛里滴眼液(一种流动的滚木)
它浸透跳起的眼睑,像点燃跃起的火
早晨睡醒的红印子依稀还在,黑夜的脉络
比划迫近的招呼,这是我一天的生活,封闭中
袒露明亮的阳台,那是来自外部的华丽纸袋
楼下小区内,一个刚出生的婴儿叫开大门
犹如1840年的中国。而柴可夫斯基用一生
演奏《罗密欧与朱丽叶》,诠释外部的力量
这些年,我们更像是地图上的国家
躺在指纹构筑的监狱里长大,偶然冒出来的尾巴群情激扬
尾巴剐蹭在光滑的水泥地上,摩擦出刺眼的火花
它们在夏天变成一群蚂蚁,压在我们黑色的尸体上
哦,这发烫的影子
于是我们感到一动不动,身体像固定的墙

## 反间计

泥盆纪时期盛产活体飞鱼与少量的蕨类
那时也有鼓,螺旋音标趴在造山运动的最底部
咕噜噜的,也会吵闹,气泡舔尽红色有毒之物
它们便有了高低起伏,一再繁育出森林、花卉与人类
这些凸起的部分,戳刺肥胖的无颌膨体
无穴位的身体,脱皮的药粒呈泡沫状蜷缩于纸杯
而后能定,远古的人类用奔跑发动战役
丢石头,摩擦起火,在封闭的洞穴里研习上天的旨意
后来占地封王,一个棺椁的王国里
草民们挖去一小块黑夜,完成最漆黑的进贡
而众多预备的幻景里,审美是情绪的堆积
诗人用墨掩盖缺席,巨大的空缺使肉抱紧骨头
肉与骨组成一个运动的现代人,紧密的日程牵引原始动态
等到闹铃响起的下一纪年里,一起成为软舌螺类

## 苦肉计

窗幔打开,像切开一半的橘子
阳光挂在白色的墙壁上酝酿泡沫
不想起床,来吧,瞄准我,期待一次没有彩排的走火
深呼吸,一块充满弹性的云进入腹部
这场演讲已然腐坏,让竹仗的划痕收服瓷白的老虎
再呼吸,躲避是一种热爱
菩萨的颓坐保佑姓氏的占有欲
卸甲的兵士擦拭凡士林与弓箭
他们很久没有在沙漠中看到海了,那些无用的馈赠之物
就如赫尔墨斯的神杖
他们的受伤是彩票背面的花色
多年后的战争遗迹前,许多老人在公路上游泳
进化成跳蚤,翻过虫卵般的赤壁之上
寻找弹孔,他们的后代也终会成为欠债的有钱人

## 空城计

每一个微笑背后都有一个厌倦的哈欠——福楼拜

别扣动相机的按钮,会有拳头
密实的延展,就像强壮的老人伸了一个懒腰
然后捉蚂蚁。别在雨天修补一朵破烂的云
这是充满战争的年代
我们与对手走入不同的两个极端
你降服体内肃杀之气,携琴昂曲,一脸轻松
我在城外厮喊,小童躲进红磨坊
那被性欲升起的旗子
弹开周围簇拥的空气,扩大箭镞试探的领地
暮色四合,他们收缩鼓与双人座,亮出鱼刺与写满字的表格
危险,风在吹
微微战栗的勇士们想吃荔枝
他们手持长矛,想要造一艘去往法国的船
"我想去巴黎,我也很想死"
擅长远足的将军

也注定会成为晕船的人

## 美人计

从她膝下逃离的第十二朵玫瑰
与午夜被盗的手铐。下水道里污水潺潺
受孕的物品,在暗处流动
坐下来,与片刻的童年一起欣赏海盗船
两个人的孤独是风
是刹车的龙卷风。敞亮的街头
情侣们在节日里下雨,倘若回到美狄亚的家乡
捆绑于速冻的桅杆上
流星擦伤对视的眼睛,如箭矢追逐阳光
他们又长久地发出身体之声
像翅膀下生出的两匹马。脚的印记在草原发芽
夏天散步的光滑广场,野草立成饱满的斧头
腐坏的空气里包裹昨夜的味道,男孩独自在第二天奔跑
并加速陷入晨曦,像女孩在洗头

［以上选自《中国诗歌网》2018年2月17日］

石杰林(1991—),宁夏盐池人。2010年开始诗歌创作,诗作发表于《诗刊》《诗选刊》《延河》《山东文学》等。入选《诗选刊》2013年度大展。宁夏作家协会会员。

# 杨阿龙

## 印象（外五首）

秋深了
河岸边坐着一个目光呆滞的人
头发蓬乱，挂着枯叶
花白的胡茬上，堆满霜

清晨发白发亮的空气里
一只土狗趴在水井旁。安睡
空天阴郁，墓园阴郁，故乡阴郁
静极的那片海——谁望着
望着，海鸟翻飞

每一株草都静立不动
每一块雪白的石头欲言又止
夕光中，你拖着橘红色的裙子
一点一点退去……

列车飞快奔驰
车窗外，一张张陌生的面孔
他们为何悲伤？

厚而冰冷的煤灰
覆盖一个个空空如也的羊头
月光肿胀。幽远的星空下
书打开着

## 伤逝

从此完全静寂了

悬挂的画像上植入白色盐粒

蜡烛点上，蜡烛熄灭
一个梦——

之后，这世间如一日
这世间剔净所有苦难的声息

## 符号

每一块紫色帘布的背后都是你
每一段舒缓的旋律迎向你

你是帘布后朝南的，沉默的窗
你是窗外落叶纷飞的南华山脉
你是旋律迭起的海
海上的一只飞鸟

你是裙摆，是星空，是一面口吃的墙
是墙壁上有待确认的遥远符号

## 默片

夏雨又为记忆涂上一层厚重的漆
那些遥远、潮湿的城市轮廓
闪烁；在大洋彼岸
一只色彩斑斓的蜘蛛
静静地悬于教堂旁一家新开的星巴克
黑色墙壁的画报上

## 失眠症

床铺上空的雪愈演愈烈
祷告过后，舞者摁灭剧场炫目的灯火
离开它，她们

一个人繁花凋零般
枯死于
夜游神降临的寂静卧榻上

直到红日初升
直到假寐的雾气化开
迎着雪的方向，飞升

## 姐姐

逝去的、路上的、迷恋的、还在欢爱的
来自哑巴的卑微籽粒
于夏日颂歌中剥落，碎裂，死去

姐姐，曾在不熄燃烧的长街尽头
一尾白白胖胖的蛇
漫过红砖丛深处的暗淡光带

姐姐，半年前，哑巴姐夫
出乎意料地奏出陈旧而悲泣的埙曲

一切都已太晚！姐姐，富人供奉过的众神
早就将村野与帝都
划开一道白骨森森的豁口

你腹中安睡的胎儿就躺在其中
她张着僵硬而空茫的嘴巴
姐姐，姐姐

杨阿龙（1995—），笔名冷瞳，宁夏海原人。诗歌、散文散见于报刊。宁夏作家协会会员。

# 卢三鑫

## 贺兰山阙(五首)

### 春天

已无足够的时间谈起过去
那些花儿在开
我坐在炉火旁,暮色渐沉
茶几上整整齐齐地摆放着
二十首情诗
和一首绝望的歌

我饮酒,茶杯里尽是苦涩
玫瑰花在艰难地开放
这是冬天
没有比冰冻三尺更柔软的土地
就让它们先于我走进春天
然后枯萎

### 沉默使人悲伤

山中无老虎,我打柴惊动了
一些无骨的蛇
它们蠕动,闭口不言
沉默一如往日腰间的匕首

贺兰山顶峰,横亘于一些人
突兀,且不规则
我忍受着无人应答的呼喊
和天欲降大雨的不安

**雾中贺兰山**

可以称它为西山
可以虚构一些玫瑰
白色的,它们在一块巨大的石头上
开花,甚于一生,都是冰凉的
也可以想象一万种树木花草
就是一万个女人

但我从未解开过你黑色的扣子
这雾中的贺兰山,这大地的乳房
这黄昏里应有尽有的阴影
我爱你风情万种,豪气冲天
日出开花,日落结果

**有些事始终无法完整地去表达**

是一些风声不及的远
让那些阳光抵达不了的早晨
在贺兰山阙,一片洁白的草原上
这白雾茫茫的银川,在冬天
硬得像一块石头

而当我假装敲开
一些事物的内核,比如路灯
轻轻一下,它就碎了
比如雪花,它开在树枝上草地上人群里
不必再描绘出棱棱角角
也有人爱它从天而降的美丽

比如她,爱流眼泪,只为我一人绽放
比如我,高举双手,大声呼叫
也无人应答,无人祈祷——
"这羞涩的冬天里,我只求
没有战乱,没有死亡"

### 在六月

罗山以南,在风吹来之前
大片的小麦将进入晚年

黄昏瘦得像一把秋天的镰刀
父亲挥舞着,在多年前

在六月的中下旬,我弯着腰,祈祷
多想自己就是一粒麦子

如果被收割也是一种幸福
世界上将没有任何一种疼痛止于死亡
[以上选自《朔方》2016年第9期]

　　卢三鑫(1996—),宁夏同心人,现居银川。作品发表于《朔方》《诗刊》等。宁夏诗歌学会会员。

# 编后：五年一斑

## 杨 梓

如果说2015年出版的《宁夏诗歌选(上下册)》是一部全面的选本，是为梳理从古到今宁夏诗歌的发展历程，珍藏宁夏诗人悠久的集体记忆，揭示宁夏诗人的另一番景象、风格和意义；那么《宁夏诗歌选(2013—2018)》是一个有所侧重的选本，就是要肯定坚持创作并有所突破的诗人和崭露头角且具创作潜力的诗歌新秀。

宁夏诗歌学会成立于2013年6月12日(端午节)，于2018年5月19日换届，王怀凌当选会长。选编五年诗选是今年的一项工作计划，对学会成立以来的工作予以小结，尽管我已离任但须尽到责任。

征稿通知发布后，大部分诗人发来作品；个别诗人没有回应，或许由于省级期刊发表所限。青年诗人是宁夏诗歌的未来和希望，对其作品未受局限，尽量选编。而一些散文诗相对诗歌而言尚有差距，也写散文诗的诗人发来的都是诗作，所以由于页码所限，只能放弃散文诗。因时间紧迫无暇查找资料，不能面面俱到，遗珠之憾在所难免，但完全可以代表宁夏诗歌五年来的发展成就。

在选编过程中，因排版问题对有些诗行予以合并。全书依旧按出生年月排序，有些同年出生的诗人查不到月份，所以排序前后可能不够准确。

在此，感谢宁夏文联对《宁夏诗歌选(2013—2018)》的亲切关怀，感谢诗人们的积极支持，感谢出版社认真编校。如果能为宁夏诗歌的繁荣尽些绵薄之力，并激励诗人们坚守梦想、大胆创新、勤奋创作，便是我最大的欣慰。

2018年12月5日于夏都闻月阁